ピタゴラスと豆

角川文庫
22320

目次

蒸発皿 5
記録狂時代 21
言葉の不思議 29
錯覚数題 49
KからQまで 66
初冬の日記から 75
猫の穴掘り 92
変った話 99
マーカス・ショーとレビュー式教育 114
庭の追憶 130
ピタゴラスと豆 136
山中常盤双紙 140

鷹をもらい損なった話 144
喫煙四十年 147
鳶と油揚 162
夢判断 168
鴉と唱歌 171
自由画稿 173
随筆難 253
糸車 261
震災日記より 269
三斜晶系 281
埋もれた漱石伝記資料 297
解説 角川源義 303
解説 鎌田浩毅 313

蒸発皿

一　亀井戸まで

久しぶりで上京した友人と東京會舘《とうきょうかいかん》で晩餐《ばんさん》をとりながら愉快な一夕を過ごした。向うの食卓には、どうやら見合いらしい老若男女の一団がいた。今日は日がよいと見える。近ごろの見合いでは、たいてい婿殿の方がかえって少しきまりが悪るそうで、嫁様の方が堂々としている。卓上の花瓶に活《い》けた紫色のスウィートピーが美しく見えた。會舘前で友人と別れて、人通りの少い仲通りを歩いていると、向うから子供をおぶった男が来かかって、「ちょっと伺いますが亀井戸《かめいど》へはどう行ったらいいでしょう。……玉《たま》の井《い》という処へ行くのですが」と云う。「それなら、あしこから電車に乗って車掌によく教えてもらった方がいいでしょう、」というと「いや、歩いて行くのです」とせき込んだ口調で云うのである。「それは大変だが、……それならとにかく向うの濠端《ほりばた》を右へまっすぐに神田橋《かんだばし》まで行って、そのへんでまたもういっぺんよく聞いた方がいいでしょう」と云って別れた。

かなり夜風が寒い晩だのに、男は羽織も着ず帽もなしで、いかにも身すぼらしいふうをしていた。三十恰好《かっこう》と思われる病身そうな蒼白《あおじろ》い顔に、顎鬚《あごひげ》をまばらに生やしているのが夜目にもわかった。そうしてその熱病患者に特有なような眼つきが何かしら押さえがたい心の興奮を物語っているように見えた。男の背中には五、六歳ぐらいの男の子が、さもくたびれ果てたような恰好でぐったりとして眠っていた。雨も降らぬのに足駄《あしだ》をはいている、その足音が人通りのまれな舗道に高く寒そうに響いていくのであった。

しばらく行過ぎてから、あれは電車切符をやればよかったと気がついた。引返して追駆けてやったら、とは思いながら自分の両脚はやはり惰性的に歩行を続けていった。女房にでも逃げられた不幸な肺病患者を想像してみた。それが人づてに、その不貞の妻が玉の井辺にいると聞いて、今それを捜しに出掛けるのだと仮定してみる。帽子も羽織も質に入れたくらいなら電車賃がないという事も可能である。あの男の顔つき眼つきはこの仮説を支持するに十分なもののように思われた。そうだとすれば実に可愛相な父子である。円タクでも呼んで乗せて送ってやってもしかるべきであったという気がした。

しかし、また考えてみると、近ごろ新聞などでよく、電車切符を人からねだっては他の人に売付ける商売があるという記事を見ることがある。この男は別に切符をくれともなんとも云いはしなかったが、しかし、あの咄嗟《とっさ》の場合に、自分が、もう少し血のめぐりの早い人間であったら、何も考えないで即座に電車切符をやらないではおかないであったろうと思われるほどに実に気の毒な想いをそそる何物かがあの父子の身辺につきまとっていたではないか。

しかし、また考えてみると、切符をくれと云わずに切符をもらうという巧妙な手段を考えてそれを遂行するとすれば、誰が見てもいかにも切符をやりたくなるというだけの何物かを用意しなければならぬのは明らかなことである。それには寒空に無帽の着流し、足駄ばき、あごの不精鬚に背の子等は必要で有効な道具立でなければならない。

そう考えてくると、第一この男が丸《まる》の内《うち》仲通りを歩いていて、しかもそこで亀井戸への道を聞くということが少し解しにくいことに思われてくる。こういう男がこの界隈《わい》のビルディング街の住民であろうとは思われない。いずれ芝《しば》か麻布《あざぶ》辺から来たものとすれば、例えば日比谷《ひびや》辺で多数の人のいる処で道を聞いてもよさそうなものである。それがこの淋《さび》しい夜の仲通りを、しかも東から西へ向って歩きながら、たまたま出逢《であ》った自分に亀井戸への道を聞くのは少しおかしいようにも思われる。

そうは云うものの、やはり初めの仮説に基いてもういっぺん考え直してみると、異常な興奮に駆られ家を飛出した男が、夜風に吹かれて少し気が静まると同時に、自分の身すぼらしい風体《ふうてい》に気がついておのずから人目を避けるような心持になり、また一方では内心の苦悩の圧迫に追われて自然に暗い静かな処を求めるような心持から、平生通ったこともないこの区域に入り込んだと仮定する。見馴《みな》れぬビルディング街の夜の催眠術にかかって、いつのまにか方角が分らなくなってしまう、ということは、きわめてありそうなことである。それが、たださえ暗い胸の闇路《やみじ》を夢のようにたどっている人間だとすれば、これはむしろ当然すぎるほど当然なことである。それで急に道を失ったと気がついて、はっとした時に、ちょうど来かかった人にいきなり道を聞くのになんの不思議もないことである。

しかし、こんなことを考えている元のおこりはと云えば、ただ彼《か》の男が自分に亀井戸への道を聞いたというきわめて簡単なただそれだけの事実にすぎない。たったそれだけの実証的与件では何事も実証的に推論できるはずはない。小説はできても実話はできないのである。

こんなことを考えながら歩いているうちに、いつのまにか数寄屋橋《すきやばし》に出た。明るい銀座《ぎんざ》の灯が暗い空想を消散させた。

紫色のスウィートピーを囲んだ見合いらしい華やかな晩餐の一団と、亀井戸への道を聞いた寒そうな父子との偶然な対照的な取合わせが、こんな空想を生む機縁になったのかもしれない。丸の内の夜霧がさらにその空想を助長したのでもあろう。

それにしても、あれはやはり電車切符ぐらいをやった方がよかったような気がする。もし欺《だま》されるなら欺されても少しも惜しくはなかったであろう。そんな芝居をしてまでも、たった一枚の切符を詐取《さしゅ》しなければならない人が仮にあるとすれば、それほどに不幸な憐《あわ》れな人がそうざらにたくさんこの世にあるであろうとは思われない。これに反して、こんな些細《ささい》な事実を本にしてこんな無用な空想を逞《たくま》しゅうしていられるような果報な人間もいるのである。やはり切符をやればよかったのである。

二　エレベーター

百貨店のひどく込み合う時刻に、第一階の昇降機入口に大勢詰めかけて待っている。昇降函《ばこ》が到着して扉が開くと先を争って押合いへし合いながら乗り込む。そうしてそれが二階へ来ると、もうさっさと出てしまう人が時々ある。出る時にはやはりすしづめの人々を押分けて出なければならないのである。わずかに一階を上がるだけならば、何もわざわざ満員の昇降機によらなくても、各自持合わせの二本の脚で上がったらよさそうにも思われる。自分の窮屈は自分で我慢すればそれでいいとしても、他の乗客の窮屈さに少しでも貢献することを遠慮した方がよさそうにも思われる。

それほど満員でない時に、例えば三階、四階間の上下にわざわざ昇降機を呼止めて利用する人もある。この場合には自分のわずかな時間と労力の節約のために他の同乗者のおのおのから数十秒ずつの時間を強要し消費することになるのである。これも遠慮した方がよさそうに思われる。

しかし、昇降機の方から云えば何階で止まるも止まらぬのもたいした動力のちがいはないであろうし、それが違ったところで百貨店の損益にも電力会社の経営にも格別重大な影響を及ぼす気づかいはないであろう。また運転嬢の労力にしたところで二階で出る人のために扉を開閉するのも二階ではいる人のために開閉するのも同じであるからこれも別に問題にはならない。

同乗客の側からいっても、他の便利のために少しの窮屈や時間の消費を我慢するくらいなことは当然な相互扶助の義務であろうから、なんの遠慮もいらないわけである。押込まれるだけ押込んでただ一階でも半階でも好きな処で乗って好きな処で下りればいいのである。また押合いへし合うことの嫌いな人間は遠慮なく昇降機を割愛して階段を昇降すればよい。それで問題はないのである。

ただ問題になるのはこの昇降機というもののメンタルテストの前に人間が二色に区別されることである。

何事でも人の寄る処へは押寄せていって群集を押分けて先を争わないと気の済まな

い人と、そういう処はなるべく避けて少々の便宜は犠牲にしても人を煩《わずら》わさず人に煩わされない自由の境地を愛する人とがある。この甲型の人の眼から見ると乙型の人間は消極的・退嬰的《たいえいてき》な利己主義者に見える。しかし乙はその自由のためにかえって甲の先を潜って積極的に進出する事もあるし、自分の自由を尊重すると同時に人の自由を尊重するという意味では利他的である。反対に乙型の人間から見れば甲型の人々は積極的なようではあるが、また無用な勢力の浪費者であり、人の迷惑を顧みない我利我利《がりがり》亡者《もうじゃ》のように見える。しかし甲はまたある場合に臨んで利害を打算せず自他の区別を立てないためにたのもしく温かい人間味の持主であることもありうるであろう。それはとにかくこの二つの型が満員昇降機のテストによって篩《ふる》い分けられるように見えるところに興味がある。

それとはまた別のことであるが昇降機の二つ三つ並んでいる前に立って、扉の上にあるダイアルに示された各機の時々刻々の位置の分布を注意して見ていると一つの顕著な事実に気がつく。それは、多くの場合に二つか三つの昇降機がほとんど並んで相《あい》角逐《かくちく》しながら動いている場合が多いということである。理想的には、例えば三つのうちの一つが一階にいるときに他の二つはそれぞれ八階と四階のへんにいる方がよさそうに思われる。換言すれば週期的運動の位相がほぼ等分にちがっている方が乗客の待合わせる時間を均等にし従って乗客の数を均等に分布する点で便利であろうと思われる。しかし実際には三つがほぼ同時に同じ階を同じ方向に通過する場合が多いように思われる。もっともそういう場合だけに注意を引かれ、そうでない場合は特に注意しないために、匆卒《そうそつ》な結論をしてはいけないと思って、ある日試みに某百貨店で半時間ぐらい実地の観測を行ってみた。観測の方法は、鉛筆と手帳をもって、数秒ごとに四つの昇降機のダイアルの示す数字を書き取るだけである。この観測の結果を調べた結果はやはり実際に予想どおりの傾向を示している。

こういう現象の起る原因は割合に簡単であって、ちょうど電車が幾台もつながってあるくようになるのとほぼ同様な原因によるらしい。すなわち、偶然二つが接近して同方向に動くようになるとそれからは、いつでも先へ立つ方が乗客の多いために時間をとって後のを待合わせるような結果になるからである。これも結局は、多くの人間がただ眼前のことだけを見てその一つ先に来るものを見ようとしないことを示す一例にすぎないであろう。これと似たことが人生行路にもありはしないかと思う。

それはとにかく、先を争うて押合う心理も昇降機の場合にはたいした恐ろしい結果は生じない。定員人数の制限を守りさえすれば墜落の恐れは滅多にない。しかしこの同じ心理が恐るべき惨害を醸《かも》す直接原因となりうるのは劇場や百貨店などの火事の場合である。その場合に前述の甲型の人間が多いと、階段や非常口が一時に押寄せる人波のために閉塞《へいそく》して、大量的殺人現象が発生するのである。

三　げじげじとしらみ

父は満五十歳で官職を辞して郷里に退隠した。自分の九歳の春であったと思う。その九歳の自分が「おとうさんはげじげじだよ、げじげじだよ」と云って出入の人々をつかまえては得意らしく宣伝したものだそうである。当時の陸軍では非職のことを「げじげじ」という俗称が行われていた。「非」の字の形が蚰蜒《げじげじ》の形態と似通っているためである。その当時誰かから聞きかじったこのげじげじという名称が、子供心になんとなく強く深い印象を与えたものと思われる。

中六番町《なかろくばんちょう》の家を引払おうという二、三日ぐらい前の夜半に盗賊がはいって、玄関脇の書生部屋の格子窓《こうしまど》を切破って侵入した。ちょうど引越前であったから一つ処に取纏《とりまと》めてあった現金や貴重品をそっくりそのまま綺麗《きれい》に攫《さら》っていった。かなり勝手を知った盗賊であろうという事であったが、結局犯人は見出《みいだ》されなかった。この、姿を見せないで大きな結果だけを残していった「盗賊」と、形は見えないが我家の生活に大きな変化をもたらした「げじげじ」とが幼時の記憶の中で親密に握手をしている。

家を引払ってからしばらくの間、鍛冶橋外《かじばしそと》の「あけぼの」という旅館に泊っていた。現在鍛冶橋ホテルというのがあるが、ほぼあれと同位置にあったと思われる。

「あけぼの」の二階の窓から見下ろすと、橋の袂《たもと》がすぐ眼の下にあった。そこに乞食《こじき》が一人、いつ見ても同じ処で陽春の日光に浴しながら蝨《しらみ》をとっていた。言葉どおりにぼろぼろの着物をきて、頬冠《ほおかぶり》をした手拭《てぬぐい》の穴から一束の蓬髪《ほうはつ》が飛出していたように思う。

蝨を取っているのだということはもちろんはじめは知らなかった。誰かから教わって始めて覚えたことである。汚ない着物を引っぱっては何かしら指の先で抓《つま》み取り、そうして口へ搬《はこ》んでは嚙《か》みつぶしている光景が、ひどく珍らしく不思議なものに思われた。それがいつ覗《のぞ》いてみても根気よく同じことを繰返しているのである。ほかには何もすることがなくて、ただ蝨を取るだけがこの男の一日じゅうの仕事であるかのように思われた。

この蝨取りの光景がよほど気に入ったものと見える。当時自分のいたずら書きをした手帳が近年まで郷里の家に保存されていたが、その手帳にこの鍛冶橋外の乞食が蝨を取っている絵がいくつとなく描いてあった。この稚拙なグロテスクのスケッチはけだし傑作であったと思う。その当時まだ蝨の実物を手にしたことはなかったはずであるが、しかしその絵にはこの虫がだいたい紡錘形《ぼうすいけい》をした体軀《たいく》の両側に数本の足の並んだものとして、写実的にはとにかく、少くも概念的に正しく描かれているのである。

いよいよ東京を立って横浜までは汽車で行ったが、当時それから西はもう鉄道はなかったので、汽船で神戸まで行くか人力で京都まで行くほかはなかった。吾々《われわれ》の家族は東海道《とうかいどう》見物かたがた人力の方を選んで永い陸路の旅をつづけたのであった。第一夜は小田原《おだわら》の「本陣《ほんじん》」で泊ったが、その夜の宿の浴場で九歳の子供の自分に驚異の眼を瞠《みは》らせるようなグロテスクな現象に出くわした。それは、全身にいろいろの刺青《いれずみ》を施した数名の壮漢が大きな浴室の中に言葉どおりに異彩を放っていたという生来初めて見た光景に遭遇したのであった。いわゆる倶梨伽羅紋々《くりからもんもん》ふうのものもあったが、そのほかにまた例えば天狗《てんぐ》の面やおかめの面や賽《さい》ころや、それから最も怪奇をきわめたのはシヴァ神の象徴たるリンガのはなはだしく誇張された描写であった。

げじげじから泥坊《どろぼう》、泥坊から蝨を取って食う鍛冶橋見付の乞食、それから小田原の倶梨伽羅紋々と、自分の幼時の「グロテスク教育」はこういう順序で進捗《しんちょく》していったのであった。この教程は今考えてみると偶然とは云いながら実によくできていたと思う。この教程の内容を今ここで分析するとすれば、おそらく数十枚の原稿紙を要するであろう。

それはとにかく、子供の時代に受けたいろいろの有益な「美的教育」のかたわらにこうした「グロテスク教育」もあったということは、つい近ごろまで意識しないでいたことである。それを意識した今日から翻ってよくよく考えてみると、こういう一見はなはだいかがわしいグロテスク教育も、美的教育と相並んで、少くも自分の場合においてはかなり大切なものであったように思われてくるのである。
子供を育てる親達の参考になれば幸である。

四　宇宙線

理化学が進めば世の中に不思議はなくなるであろうと云う人がある。しかし科学が進めばかえって今まで知られなかった新らしい不思議なものも出てくるのである。現在物理学者の問題となっている宇宙線などもその一例である。

宇宙のどこの果からとも知れず、肉眼にも顕微鏡にも見えない微粒子のようなものが飛んで来て、それが地球上のあらゆるものを射撃し貫通しているのに、吾々愚なる人間は近ごろまでそういうものの存在を夢にも知らないでいたのである。その存在を認める唯一の手段としては、この放射線のために空気その他の瓦斯《ガス》の分子が衝撃されて電離し、そのためにその瓦斯の電導度にわずかながら影響し、したがって特別な装置の鋭敏な電気計に感ずるという、そういう一種特別の作用を利用するほかはない。もっとも地上に存する放射性物質から発射されるいろいろの放射線もやはりこれと同様な性質をもっているのではあるが、それらのものが物質を貫通する能力に比べて比較にならぬくらい強大な貫通能力を宇宙線が享有しているために、地上の諸放射線とは自《おの》ずから区別されるのである。すなわち、数尺の鉛板あるいは百尺の水層を貫徹して後にも、なお機械に感じるのであるから、ビルディングの中の金庫の中に大事にしまってある品物でもこの天外から飛来する弾丸の射撃を免かれることはできないわけである。したがって吾々の大事な五体も不断にこの弾丸のために縦横無尽に射通されつつあるのは事実で、しかも一平方センチごとに大約毎分一箇ぐらいの割合であるから、例えば頭蓋骨《ずがいこつ》だけでも毎分二、三百発、一昼夜にすれば数十万発の微小な弾丸で射通されている。それだのに、おかしいことには、吾々はそんなことは全く夢にも知らずに平気ですましていられるのである。針一本でも突刺されば助からぬ脳髄を、これだけの弾丸が貫通して平気でいられるのは、その弾丸が微小であるためというよりはむしろあまりに貫通力が絶大であるためであるとも考えられる。

それはとにかく、こういう弾丸が脳を貫通していて、それが絶対になんらの影響をも人間に与えないかという疑問に対しては現代の科学では遺憾ながら確定的な返答ができない。したがってそれがなんらの影響もないと断言する根拠ももちろんないのである。

宇宙線が脳を貫通する間に脳を組成するいろいろな複雑な炭素化合物の分子あるいは原子の若干のものに擾乱《じょうらん》を与えてそれを電離しあるいは破壊するのは当然の事であるが、その電離または破壊が脳の精神機能の中枢としての作用になんらかの影響を及ぼすことがあるかもしれないと想像することは、決して科学的に全く不合理のことではないように思われる。

脳髄の中にある原子の数はたぶん十の二十何乗という莫大《ばくだい》な数であろう。その中の二つ、三つがどうにかなったとしてもたいした事はなさそうにも思われるが、しかしまた脳髄によって営まれていると考えられる精神現象の複雑さは想像のできないほど多様なものである。例えば、一万種の語彙《ごい》があるとしてその中からたった七語の錯列《パーミュテーション》を作るとすると約十の二十八乗だけの組合せができるが、吾々の脳髄はきわめて楽にその組合せのおのおのの区別を判別する能力をもっている。それどころか、昔でさえも例えば論語を全部暗誦《あんしょう》する人は珍らしくなかった。それだけのきわめて卑近な簡単な一例から考えても、人間の脳の機能に関係する原子分子の一つ一つの役目が、それほど閑散な、あってもなくても済むようなものではないであろうということが想像される。そうだとすると、約二、三百の宇宙線が、ある一時間に、ある人の脳髄の中にいかなる弾道を画いたかが、その脳の持主に何がしかの影響を及ぼすことになってもよさそうに思われてくる。例えば「紅茶にしようか、コーヒーにしようか」というような場合に、「そのどっちか」にきめさせるという程度の影響がないとも限らない。

ある一つのスペルマトゾーンの運動径路がきわめてわずか右するか左するかでナポ

レオンが生れるか生れぬかが決定し、したがって欧州の歴史が決定したと云った人があるが、ある人間のある瞬間に宇宙線が脳のどの部分をどう通過するかによって、その人の一生の運命が決定することもありはしないか。

人間の自由意志と称するものは、有限少数な要素の決定・古典的な物理的機巧では説明される見込のないものであるが、非常に多数な要素から成立つ統計的・偶然的体系によって説明される可能性はあるであろう。そういう説明が可能となった暁には、この宇宙線のごときもその自由意志の物理的機巧の一つの重要な役目をもつものとして幅を利《き》かすようにならないとも限らない。

長閑《のどか》な春日の縁側に猫が二匹並んで坐《すわ》っている。庭の樹々の梢《こずえ》には小鳥の影がちらちらする。二匹の猫があちらこちらに首を曲げたり耳を動かしたりするのが、まるで申合わせたようにほとんど同時に同一の挙動をする。ちょうど時計仕掛で拍子を合せた二つの器械のように見える。それが、どうかした拍子で、ふいと二つの猫の個性だか自由意志だかが現われて両《ふた》つがちがった挙動をするようになる。これは二つの猫の位置のわずかな差のために生ずる些細《ささい》な音や光の刺戟《しげき》の差でも説明されるかもしれないが、しかしまた猫の「自由意志」にも支配されると考えられよう。その自由意志が秋毫《しゅうごう》も宇宙線に影響されないとは保証できないような気がする。

以上はいわば他愛《たわい》もない春宵《しゅんしょう》の空想にすぎないのであるが、しかし、ともかくも吾々が金城鉄壁と頼みにしている頭蓋骨を日常不断に貫通する弾丸があって、しかもほんの近ごろまでは誰一人夢にもそれを知らずにいたというだけは確かな事実なのである。しかもその弾丸の本性はまだだれにも分からないのである。

科学はやはり不思議を殺すものでなくて、不思議を生み出すものである。

（昭和八年六月『中央公論』）

記録狂時代

何事でも「世界第一」という名前の好きなアメリカに、レコード熱の盛んなのは当然のことであるが、一九二九年はこのレコード熱がもっとも猖獗《しょうけつ》をきわめた年であって、その熱病が欧州にまでも蔓延《まんえん》した。この結果としてこの一年間にいろいろの珍しいレコードが多数に出来上った。それら記録の中で毛色の変ったのを若干拾いだした記事が机上の小冊子の中で見つかったから紹介する。

シカゴ市のある男は七十九秒間に生玉子を四十箇丸のみしてレコードを取ったが、早速医者の厄介になったとある。ずっと昔、たしか南米で生玉子の競食で優勝はしたが即死した男があった。今度のレコードは食った量のほかに処要時間を測定してあるのが進歩である。時間が無制限ならば百や二百の玉子をのむのは容易である。

ウィーンのある男は厳重なる検閲《けんえつ》のもとにウインドボイテル（軽焼まんじゅうの類《たぐい》）を六十九箇平げた。彼の敵手は決勝真際に腹痛を起して惜敗したと伝えられている。

こういう種類の競技には登場者の体重や身長を考慮した上で勝敗をきめる方が合理

的であるようにも思われるが、そうしないところを見ると結局強いもの勝ちの世の中である。

食いしんぼうのレコード保有者でも少し風変りなのは、パリのムシウ・シエールである。この人は一年間に宴会に出席すること四百回、しかも毎回欠かさずに卓上演説をしてのけたそうである。我国でも実業家・政治家の中には人と会食するのが毎日のおもなる仕事だという人があると聞いてはいるが、三百六十五日間に四百回の宴会はどうかと思われる。それにしても、この四百回の会食を遂げたという事実の真実性を証明するための審査ははなはだ面倒であったろうと想像される。

シガー一本をできるだけゆっくり時間をかけて吸うという競技で優勝の栄冠を獲《え》たのはドイツ人何某《なにがし》であった。すなわち、五時間と十七分というレコードを得たのである。遺憾《いかん》ながらそのシガーの大きさや重量や当日の気温・湿度・気圧等の記載がない。この競技は速度最小という消極的なレコードをねらうところに一種特別の興味がある。できるだけのろく燃えるという事と、燃えない、すなわち消火するという事とは本質的にちがうのである。これに対して例えば百メートルの距離をできるだけのろく「走る」競技が成立するかどうかという問題が起こし得られる。高速度活動写真で撮った、いわゆるスローモーションの競走映画で見ると同じような型式の五体の運動を、任意の緩速度で実行できるかというと、これは地球の重力 g の価を減らさなければむつかしそうに思われる。できるだけのろく「歩く」競技も審査困難と思われる。しかしこのシガーの競技は可能であるのみならず、どこかに実にのんびりした超時代的の妙味があるようである。ただこの競技の審査官はいかにも御苦労千万の次第である。誰かしかるべき文学者がこの競技の光景を描いたものがあれば読んでみたいものである。

シガーの灰の最大な団塊を作ったというレコードもやはりドイツ人の手に落ちた。これは一九二九年のことであるが、今年はヒトラーがたくさんな書物の灰をこしらえた。それでも昔のアレキサンドリア図書館の火事の灰のレコードは破れなかったであろう。

ベルギー人のメニエ君は一枚の端書《はがき》に一万七千百三十一語を書き込んでレコードを取った。これを書きあげるのに十四年かかったそうである。平均一年に千二百二十三語強、一日に三語ないし四語の割合である。面積一平方ミリに一語くらいの勘定になるようである。日本でも米粒の表面に和歌を書く人があるが、これに匹敵する程度の細字と思われる。聞くところによると、米粒へ文字を書くには、米粒を掌《てのひら》へのせて、毎日暇さえあればしみじみと眺めている、するとその米粒がだんだんに大きく見えてきておしまいには玉子のように、また盆のように大きく見えてくる、その時にまつ毛を一本抜いて、それに墨汁《ぼくじゅう》を浸し「すらすらと書けばよい」という話である。真偽はとにかく、これと似た事は、精密器械などをあつかう人のしばしば経験するところである。また、一秒の十分の一というような短かい時間でも天体観測の練習などしてみると、だんだんに長いものに思われてくるのである。

器械文明が発達すれば、精密なことは器械がしてくれるから人間はだんだん無器用になってもいいかというに、そうではなくて精密な器械を使うにはやはり精密な感官を要するので、器械の発達につれて人間も発達しなければ間に合わない。大和魂《やまとだましい》だけで器械を使ったのでは、第一器械も毀《こわ》れるが、場合によっては自身の命も危いのである。精密器械を作るのでも最後の仕あげは人間の感官によるほかはないような場合が多い。こういう点でこの細字書きのレコードは単に閑人《ひまじん》の遊戯ばかりともいわれない。考えようによってはランニングや砲丸投などのレコードよりもより多く文化的の意義があるかもしれない。体力だけを練るのは未開時代への逆行である。

タイピストの一九二九年のレコードは一分に九十六語でこれはフランスの某タイプ嬢の所有となっている。これなども神経のはたらきの可能性に関するものである。

ロスアンゼルスのアゼリン嬢は三十六秒間に八平方メートルの面積を綺麗に掃除したというレコードを取った。こういうのは「掃除した」か「しない」かの審査がむずかしそうである。掃除は早いが畳がいたんだり障子唐紙《からかみ》へ穴をあけるのでは少くも日本の女中の登用試験では落第であろう。

八十歳の老人でできるだけ長時間ダンスを続ける、という競技の優勝者ブーキンス君は六時間と十一分というレコードを取った。もっと若い仲間でのレコード七十九時間と三十分というのはウィーンのウィリー・ガガヴチューク君の手に帰した。三昼夜と七時間半も踊りつづける間に、睡眠はもちろん不可能であるが、食事や用便はどういうふうにしたものか聞きたいものである。

これに似たのでは八十二時間ピアノを弾き通したというのがある。この男の商売が屠牛業《とぎゅうぎょう》であるのが面白い。しかしこれにはずっと以前に百十時間というレコードがあったはずだから、何かコンディションが違っていることと思われる。この話は井原西《いはらさい》鶴《かく》の俳諧大矢数《はいかいおおやかず》の興行を思いださせる。

これらの根気くらべのような競技は、およそ無意味なようでもあるが、しかし人間の気力・体力の可能限度に関する考査上のデータにはなりうるであろう。場合によってはある一人のこういう耐久力のいかんによって一軍あるいは一国の運命が決するようなことがないとも限らない。

最も変ったレコードとしては、アメリカのコーラスガールで、接吻《せっぷん》の際における心臓鼓動数の増加が毎分十五という数字を得ているのがある。次点者は十三という数で惜敗したそうである。しかし事前におけるノルマルの鼓動数が書いてないから増加のパーセントは分らない。少し馬鹿げてはいるが、とにかくも人間のテンペラメントを数字で代表させようという傾向を示すものとして興味があるであろう。

これらの例で明らかであるように、いわゆるレコードはすべて数字によって記録されるものである。場合によっては数の大きいほどいいこともありまた場合によっては少ないほど優れていることもあるが、とにかく一線の上に連続的に配列された数量の尺度によって優劣を極《き》めるのである。こうしなければ優劣は単義的に決定しない。したがってレコードは設定されず、設定されないレコードは「破る」こともできない、破れないレコードはいわゆるレコードではないのである。例えば帽子の代りにキャベツを冠《かぶ》って銀座を散歩した男があるとすれば、これは確かにオリジナルな意匠としての記録に価する。しかしこのレコードは決して破られない。なんとならば、再びキャベツを用いたのでは、キャベツを用いたという質的レコードは破れないし、それかといって例えばももんがあを冠って新宿の通りを歩いてみても追付かない。キャベツとももんがあ、銀座と新宿との優劣はいくら議論しても決定する見込がないからである。そこへいくと数字の差違は実に明確である。十五が十三より二つだけ多いことにはどうにも異議の申立てようがないからである。

しかしまた、数字のレコードで優勝したとしても、その人が、その数字の代表する量の大小以外の点でも優れているという証拠には決してならない。これは明白なことであるが、しかし、往々忘れられがちな事実である。帽子のサイズのレコード保有者は必ずしも足袋《たび》の文数のレコードをもっていると限らない。百メートル競走の勝利者は千メートルでびりにならないとも限らない。気球に乗って一万メートルの高さに昇って眼をまわして下りてきたというだけの人と、九千メートルまで昇ってそうして精細な観測を遂げてきた人とでは科学的の功績から採点すればどちらが優勝者であるか、これは問題にもならない。

レコードは上述のごとく、いわば一つの線状尺度の比較できめるだけのものである。それで、もしも、物や人の価値をきめる属性の数がただ一つならば、このような線の尺度が一つあれば間に合う。しかし、空間の中に静止する一点の位置を決定するだけでも三つの数字が必要である。百箇の点の集団なら三百の数字が入用になる。物理的体系の「自由度《デグリー・オブ・フリーダム》」の増加と共にその状態を指定するに必要な尺度の読取の数もいくらでも増加する。近ごろよく「学問の自由」というようなことが議論されるようであるが、この自由なるものの自由度がいまだ数字できめられない限り、精密科学的には全く無意味な言葉である。百年議論してもこの自由の限界は数字では決められそうもない。

これに反してここに紹介した各種の珍奇なレコードは、ともかくもそれぞれ一つの「自由度」に対する数量的レコードへのおぼつかない試みの第一歩として、それぞれに固有ななんらかの文化的な意味をもつものだと思われるのである。

三原山《みはらやま》の投身自殺でも火口の深さが千何百尺と数字が決まれば、やはり火口投身者の中での墜落高度のレコードを作ることになるかもしれない。しかし単に墜落高度というだけのレコードならば飛行機搭乗者の方にもっと大きい数字がありそうである。レコードでもあまりありがたくないのがある。国辱的レコードというものもいろいろあるのである。二十余年前にワシントン府の青葉の街を遊覧自動車で乗廻《のりまわ》したことがあった。とある赤煉瓦《あかれんが》の恐ろしく殺風景な建物の前に来たとき、案内者が「世界第一の煉瓦建築であります」と説明した。いかなる点が第一だか分からなかったが、とにかくアメリカは「俳諧のない国」だと思ったのであった。このアメリカ魂は、摩天《まてん》楼《ろう》のレコードを作ると同時にギャング犯罪のレコードをも造りだすであろう。何一つレコードを持たないような円満具足の理想国はどこかにないものかと考えることもある。

（昭和八年六月『東京朝日新聞』）

言葉の不思議

一

『鉄塔』第一号所載木村房吉氏の「ほとけ」の中に、自分が先年『思想』に書いた言語の統計的研究方法（『万華鏡《まんげきょう》』所載）に関する論文のことが引合いに出ていたので、これを機縁にして思いついた事を少し書いてみる。

「わらふ」と laugh についてもいろいろな面白い事実がある。laugh は (A S.) hlehhan から出たことになっているらしいが、この最初の h がとれて英語やドイツ語になり、その h が「は」になり、それから「わ」になったと仮定するとどうやら日本語の「笑ふ」になりそうである。ギリシアの gelao も g が gh になり、それから g がとれて、「は」「わ」と変ればやはり日本語になるから面白い。(L.) rideo, (Fr.) rire は少しちがうが「ら」行であるだけはたしかである。「げらげら笑ふ」「へらへら笑ふ」というから g+l や h+l のような組合せは全く擬音的かもしれない。マレイの glak も同様である。馬の笑うのは ilai でこれは日本に近い。

「あざ笑ふ」の「あさ」は「あさみ笑ふ」の「あさ」かと思うがこれは (Skt.) √has に通じる。一人称単数現在なら hasami だからよく似ている。hāsita は笑うべき事で「はしたない」に通じる。「はしゃぐ」が笑い騒ぐ事で、「あさましい」も場合によると「笑ひ事」であるのも面白い。

セミティックの方面でも (Ar.) basama は「微笑する」で「あさむ」「あさましい」と似ている。しかし「笑ふ」の dahika はむしろ「たはけ」に似ている。(Ar.) fariha は「喜ぶ」で「わらふ」に似ている。

「あさましい」はまた (Skt.) vismayas で「驚く」方にも通じるが、それよりも元の smi, smaya で微笑にもなる。

(Skt.) garh は非難する方だが軽蔑《けいべつ》して笑う方にもなりうるのである。これも g+r である。そういえば「愚弄《ぐろう》」もやはり g+r だから妙である。

「べらぼう」も引合いに出たが、これについて手近なものは (Skt.) prabhū また parama でいずれも「べらぼう」の意がなくはない。しかしまた、「強い」方の意味の bala から出た balavat だって似ていなくはない。「珍らしい」「前例のない」方の aprāpya, apurva でも、やはり日本式ローマ字で書くと p+r+b (m) の部類に這入《はい》る。

これらはサンスクリトとしてはきわめて明白に、それぞれ全く異なる根幹から生じたものであるのに、音の方ではどこか共通なものがあり、同時に意味の方にも共通なものがあるから全く不思議な事実である。

英語の brave や bravo も「べらぼう」の従兄弟《いとこ》であるが、これはたぶん (L.) barbarus と関係があるという説がある。そうとすればギリシアの barbaros とも共通に、外国人を軽蔑《けいべつ》していうときの名であったらしい。しかし「勇敢」では少し工合が悪い。また一方で Barbarossa が「赤鬚《あかひげ》」であるのも不思議である。
(Ar.) gharīb, ghurabā「異常」は喉音《こうおん》の gをとると「わらふ」にも似るし、hをbに変えると「べらぼう」の方に近づく。すると結局「わらふ」と「べらぼう」も従兄弟だか再従兄弟《またいとこ》だか分からなくなるところに興味がある。ついでに (Skt.) ullasitā が「うれしい」で (L.) jocus が「茶化す」に通じるのも面白い。

barbarus で思いだすのは「野蛮」と (Skt.) yavana である。後者は、ギリシア人 (Ionian) であったのが後には一般外国人、あるいは回教徒の意に用いられ、ちょうどギリシア人の barbaros に相当するものになっているから面白い。東夷《とうい》南蛮の類であり、毛唐人《けとうじん》の仲間である。この「ヤヴナ」が「野蛮」に通じまた「野暮《やぼ》な」に通ずるところに妙味がないとは云われない。

またこの「毛唐」がギリシアの「海の化けもの」kētos に通じ、「けだもの」、「気《け》疎《うと》い」にも縁がなくはない。

話は変るが二、三日前若い人達と夕食をくったとき「スキ焼」の語原だと云って某新聞に載っていた記事が話題に上った。維新前牛肉など食うのは禁物であるからこっそり畑へ出て焚火《たきび》をする。そうして肉片を鋤《すき》の鉄板上に載せたのを火上にかざし、じわじわ焼いて食ったというのである。こういうあんまりうま過ぎるのはたいていうそに決まっていると云って皆で笑った。そのときの一説に「すき」は steak だろうというのがあった。日本人は子音の重なるのは不得意だから st が s になることは可能である。漆喰《しっくい》が stucco と兄弟だとすると、この説にも一顧の価値があるかもしれない。

ついでに (Skt.) jval は「燃える」である。「じわりじわり」に通じる。茄子《なす》の「鴫焼《しぎ》」の「しぎ」にもいろいろこじつけがあるが、「しき」と変えてみると、結局「すき」と同じでないかという疑いが起る。

steak はアイスランディックの steik と親類らしいが「ひたきのおきな」の「ひたき」を「したき」と訛《なま》ると似てくるから面白い。「焚《た》く」は (Skt.) dah に通ずるが此方はよほどもっともらしい。(Ice.) steik は steka と親類で英語の stick すなわちステッキと関係があり、串《くし》に刺して火にあぶる「串焼」であったらしい。このステッキがドイツの stechen につながるとすると今度は「突く」「つつく」が steik に近づいてくるし、また後者と「鋤く《す》」とも自ら幾分の縁故を生じてくるのである。

こんな物数奇《ものずき》な比較は現在の言語学の領域とは没交渉な仕事である。しかし上述のいろいろな不思議な事実はやはり不思議な事実であってその事実は科学的説明を要求する。どれもこれもことごとく偶然の現象だとして片づける前にともかくも何かしら合理的な方法の篩《ふるい》にかけて吟味しなければならない。しかし従来のように言語の進化をただ一次元的、線的のもののように考えるあまりに単純な基礎仮定から出発した言語学ではこの問題は説明される見込はない。例えば自分がかつて提議したような統計的方法でも、少くも一つの試みとして試みなければならないと思う。上記の諸例はそういう方法を試みるであろう場合に必要な非常に多量な材料の中の、二、三の例として数えられるべきものであろうと思う。

もし許さるるならば、時々こういう材料の断片を当誌の余白を借りて後日のために記録しておきたいと思う。

（昭和七年十二月『鉄塔』）

二

錨《いかり》と怒《いかり》、いずれも「イカリ」である。ところが英語の anchor と anger が、日本人から見ればやはり互に似ている。「アンカー」と「アンガー」である。

anchor はラテンの anchara でまたギリシアのアンキユラで「曲った鈎《かぎ》」であり、したがってまた英の angle とも関係しているらしい。ペルシアでは lāngar である。サンスクリトの lāngala は鋤であるがしかし錨のような意味もあるらしい。同時に membrum virile の意味もある。ロシアの錨はヤーコリである。こうなるとよほど日本語に接近する。「イカリ」はまた「いくり」にも似ている。

anger はアイスランドの angr やLの angor などのような「憂苦」を意味する言葉と関係があるそうで、一方ではまたスウェーデンの「悔恨」を意味する anger に通ずる。このオンゲルは「オコル」に似ている。

怒を意味する choler はギリシアの胆汁《たんじゅう》のコレーから来ているそうで、コレラや gall や yellow なども縁があるそうである。イカリのイが単に発語だと仮定するとこれがやはり似通ってくるから面白い。ギリシアのカレポス、オルギロス、アグリオスいずれにしてもkまたはgの次にlまたはrの音がつづいてくるのが面白い。

ロシアではｇがｈに通ずる。日本ではｈがｆに通ずる。それでｇｒの代りにｆｒを取ってみると英国の激怒 fury, Lの furia, furere に対する。

九州辺ではｄがｒに通ずる。そこで、ｇｒの代りにｇｄを取ってみると、アラビアの動詞 ghadiba（怒）の中に見出される。この最後の ba は時によりただのｂによって響きを失うことはあるのである。

名古屋辺の言葉で怒ることをグザルというそうであるが、マレイでは gusari となっている。土佐《とさ》の一部では子供が不機嫌で guzu-guzu いうのをグジレルと云い、またグジクルという。アラビアでは「ひどく怒らせる」が ghāza である。

ロシアの「怒」gniev はギリシアの動詞 aganaktein の頭部に似ている。古事記《こじき》の「いごのふ」にも似ている。gn をロシア流に hn にする。方で、「忿怒《ふんぬ》」から「心」を取去って、呉音《ごおん》で読めば hnn である。

英語の gnarl は「唸《うな》る」に通じる。「がなる」にも通じる。英語の vex はＬの uehere に関係し「運搬」の意がありサンスクリトの vah から来たとある。日本でもオコルとオクルが似ているのと相対して面白い。ｈは往々ｋｈまたｋに通じるから uehere と uokoru とはそれほど遠くは離れていないのである。weigh もやはり縁があるとの事である。vah は「負う」に通じる。

腹を立てる、腹立つというのはあて字であろうと思われる。サンスクリトの

kruclhyati の k を h で置換えるとともかく hrdt という音列を得られる。これを haradati の子音と比べると同一である。偶然とするとかなり公算の少い場合の一致である。ロシアの serditi もやはりいくらか似ているのである。苛立《いらだ》つが irritate (L. irritare) に似ていることは明白である。

「あらぶる神」の「アラブル」がLに rabere = to rage に似ていることも事実である。

「床屋」が何故に理髪師であるか不思議である。「髪結床《かみゆいどこ》」から来たかと思われる。その「床」が分からない。

マレイ語で頭髪を剃《そ》るのは chukor であり女の髪を剃るのが tokong である。また蘭領《らんりょう》インドでは「店」が toko である。

マレイの理髪師は tukang chukor また tukang gunting である。

アラビアでは「店」が dukkan, ペルシアでも dukan である。ペルシアの床屋さんは dallak である。

ギリシアで剃るのは xurein で我が suri に通じる。髪を切る意味の cheirein は「切る」「刈る」に通じる。

Skt. kshura は剃刀《かみそり》。krit は切るであるとすると不思議はない。

面白いことは、土佐で自分の子供の時代に、紙鳶《たこ》の競揚をやる際に、敵の紙鳶糸を切る目的で、自分の糸の途中に樹の枝へ剃刀の刃をつけたものを取付ける。この刃物を「シューライ」と名づける。これは前記のサンスクリトの「クシューラ」とよく似ている。これはたしかに不思議である。

床屋も不思議だがハタゴヤもなぜ旅館だか分からない。

ギリシアの宿屋が pandocheion でいくらか似ているのは面白い。パドケヤとハタゴヤである。pan と dechomai, すなわち誰でも接待する意だそうである。衆生を済度する仏がホトケであるのは偶然の洒落《しゃれ》である。

ラテンで「あるいはAあるいはB」という場合に alius A, alius B とか、alias A, alias B とか、また vel A, vel B という。alius と vel とは別物であるのに、どちらも日本の「アル」に似ているから面白い。英語の or でも少しは似ている。Skt. の「または」「あるいは」は athawa である。

ロシアで「すなわち」というような意味で、znatchiti を使う。日本の snaati と似ている。

また tak kak というのがいろいろの意味に使われるが whereas の意味では、「それはそうとともかく」の「兎角《とかく》」に通じなくない。うさぎの角《つの》ではどうにも手に合わない。

ドイツの noch（=nun auch）で日本語の naho に似ている。イタリアの eppure は日本の「ヤッパリ」と同意義である。

因果関係は分からなくても似ているという事実はやはり事実である。ことばの事実を拾い集めるのが言葉の科学への第一歩である。玉と石とを区別する前には、石も一応採集して吟味しなければならない。石を恐れて手を出さなければ玉は永久に手に入らない。

（昭和八年四月『鉄塔』）

三

春（ハル）のラテン語が ver であるが、ポルトガル語の verão は夏である。ペルシアの春は bahār、蒙古《もうこ》（カルカ）語では h'abor である。ドイツ語の Frühling は früh から来たとすればこれはfとrである。仮名で書くとみんなハ行とラ行と結付いている点に興味がある。アイヌ語の春「パイカラ」はだいぶちがうが、しかしpを

bに、kをhに代えると自からペルシアの春に接近する。この置換は無理ではない。「張る」「殖える」「腫《は》る」などもhまたはfにrの結合したものである。full, voll, πλέως なども聯想《れんそう》される。

夏（ナツ）と熱（ネツ）とはいずれもnとtの結合である。現代の支那《しな》音では、熱は jo の第四声である。「如」がジョでありニョであり、また「然」がゼンでありまたネンであると同じわけである。蒙古語の夏は jün である。朝鮮語の「ナツ」は昼である。しかし朝鮮語で夏を意味する言葉は「ヨールム」で熱がヨールである。yをjに、語尾のrをtにすると（この置換もそれほど無理ではない）支那の現代音になる。ハンガリーの夏は nyár（ニャール）。コクネー英語で hot は ot であるがこれは日本語の「アツ」に似ている。フランスの夏が été であるのも面白い。アイヌの夏 sak は以上とは仲間はずれであるが、しかしアラビアの saif に少し似ているのが面白い。語尾のkは kh からhになる可能性があり、日本ではhがfになるのである。

秋（アキ）は「飽」や「赤」と関係があるとの説もあるようであるが確証はないらしい。英語の autumn が「集む」と似ているのは面白い。これはラテンの autumnus から来たに相違ないが、このラテン語は augeo から来たとの説もある。この aug がアキとは少し似ている。「あげる」「大きい」なども連想される。秋（シュウ）が現在の日本流では、「収」「聚《しゅう》」と同音である。

冬（フユ）は「冷《ひ》ゆ」に通じ「氷《ヒョウ》」に通じ χιων（雪）にも通じる。露語の zima は霜（シモ）や寒（サム）や梵語《ぼんご》の hima（雪）やラテンの hiems（冬）やギリシアの cheimon（冬）やまたペルシア語の sarmai（寒い）にも似ている。フィンランド語の kuura（霜）は日本の「こほり」の音便読みに近い。英語の cold は冷肉（コールミート）のコールである。氷《こお》るに近い。朝鮮語で冬は「キョーウル」である。ヘブライ語の寒さも「コール」である。

winter は日本語の「いてる」とどこか似ているとも云われよう。

フランス語の冬 hiver はラテンの hibernum であろうがこれを「冷える」と比べてみるのも一興である。

日本の山には「何々やま」と「何々だけ」とがある。アラビアの山 jabal ペルシアの山 jebel は一見「ヤマ」と縁が遠いようであるが j が y になり b が m になる例は多いようであるから、それほど無関係ではない。(邪はジャでありヤである。馬はバでありマである)

トルコ語の山 dagh は「だけ」に似ている。アジア中部には tagh のついた山がいろいろある。ターグは「たうげ」に似ている。

ドイツ語の屋根 Dach は上記の dagh に通じる。「棟《むね》」が「峰《みね》」に通ずるのと類する。

アイヌの「ヌプリ」は「登り」に通じ、山頂を意味する「タプカ」も「峠（タウゲ）」に少し似ている。峠が「たむけ」の音便だとの説は受取れない。山（シャン、サン）の仲間はちょっと見当らないが、しかしアイヌの「シン」は地や陸を意味すると同時にまた「山地」（平地に対する）をも意味するそうである。これに多数を意味する接尾音をつけた「シンヌ」はたくさんな山地でこれが「信濃《しなの》」に似るなどちょっと面白いお慰みである。

アイヌ語「シリ」はいろいろの意味があるがその中で陸地を意味する場合もある。またこれに他の語が結ついた時には「シリ」が山を意味する事もあるらしい。この「シリ」が梵語《ぼんご》の山「ギリ」に通じる可能性がある。

この「ギリ」は露語の「ゴーラ」に縁がありそうに見える。箱根《はこね》の強羅《ごうら》を思い出させる。また信州《しんしゅう》に「ゴーロ」という山名があり、高井富士《たかいふじ》の一部にも「ゴーロ」という地名がある。上田《うえだ》地方方言で「ゴーロ」は石地の意だそうである。土佐の山にも「ナカギリ」という地名がある。

日本の山名に「カラ」「クラ」のついたのの多い事を注意すべきである。「丘陵」もkとrである。

一方ではまた露語でgがhに代用されまた時にvのように発音されることから見る

と、フィン語の山 vuori やチェック語の hora が同じものになるし、hが消えたりvが母音化するとギリシアの oro や蒙古の oola も一つになってくる。またヘブライの山 har も親類になってくるから妙である。

ドイツの Berg はだいぶちがうが、しかしgを流動的にし、bをvにすればフィン語に接近し、bを唇音《しんおん》のmへ導けばタミール語の malai に似てくる。後者は「盛り土」の「盛り」に似る。日本で山の名に「モリ」の多いのが、みんな「森」の意だかどうか分からない。

ラテン系の mons, monte, montagne, mountain 等は明白な一群を形成していて上記とは縁が遠く見える。これに似た日本語はちょっと思い出せない。無理に持ってくれば饅頭《まんじゅう》が mound に似ている、これはおかしい。

ハンガリー語の山 hegy (ハヂ) が「飛騨《ひだ》」に似ているのが妙である。このgはむしろdに似た音であるから。日本語「ひたを」は小山の意である。

ペルシア語の小山 kuh (クフ) は「丘」や「岡」に縁がある。アイヌの「コム」もやや似ている。この「コム」は小山であり、また瘤《こぶ》である。すなわちmをbに代えたのが日本語の「こぶ」である。これと多少の縁のあるのが英語の knob, hump, hummock, ドイツの Knopf, Knauf などである。その他「瘤」の仲間にはマレイの gmbal, ロシアの gorb, ズールーの kuhan, ハンガリーの gomb, csomó 等である。

オロチは「丘の霊」だとの説がある。「オ」は「丘」で「ロ」は接尾語だということである。この「オロ」がギリシア語や蒙古語の山とそっくりなのが面白い。「ムレ」は山の古語だそうであるが、これは上記タミール語の malai に少し似ている。朝鮮のモイよりもこの方が近い。また前述の理由からドイツ語やフィン語とも音声的に縁がある。

毎回断っているとおり、相似の事実を指摘するだけで、なんらの因果関係を附会するつもりはないから誤解のないように願いたい。

（昭和八年七月『鉄塔』）

四

「ウミ」（海）のヘブライ語が yām である。「ヨミノクニ」は黄泉《よみ》でもあるがまた「海」だとの説もあったように思う。この「ヤーム」が「ウミ」よりもむしろ「ヤマ」に似ているのが面白い。西グリンランドのエスキモーの言葉 imaq は海で imeq は水である。q はいろいろに変化するから ima, ime が「ウミ」であり水である。英語の humid（水気ある）の終の d をとれば「ウミ」に近くなり、第二綴字《てつじ》だけだと「ミヅ」になる。

英の sea はチュートンの sae から来たとある。saiwiz も聯関している。これが「ウシホ」(ウシオ)の「シオ」と少しは似ている。

「ワダツミ」「ワダノハラ」の「ワダ」は water や露の voda やその他同類の水を意味する言葉と類し、また「ワタル」という意味の wade (L. vadere) および関係の諸語と似ている。梵語《ぼんご》 udadhi (海) が単数四格で終にmがつけば「ワダツミ」に近づく。

「オキ」(沖) はギリシア「オーケアノス」の頭部に似る。

「カタ」(潟) はタミール語の海 kadal に近い。

朝鮮のパーターはやはり「ワタ」の群に入れ得られよう。

「ナダ」は梵語の川 nadi に似ている。

「カハ」(川、河、カワ) は「河《ホー》」と実際に縁がありそうである。その他にはシンハリースの ganga (川) とわずかばかり似るだけで、他にちょっと相手が見つからない。

「ナガレ」はもちろん「流れ」であるが、ある人の話では「ナガ」は「長」で「ルル」が「流」であろうとの事である。これを「リウ」と読むとギリシアの「レオ」(流れる) と近い。

トルコの「ネフル nehr」(川) はhを例の gにすると、「ナガレ」に近よる。

朝鮮の「ナイ」（川）とアイヌの「ナイ」（川、谷）はそっくりであることから見ると日本内地でも同じ言葉で川を意味する地名がありそうに思ふ。

土佐に奈半利《ナハリ》川と伊尾木《イオキ》川とが並んでいる。面白いことには、アラビア語の川は「ナフル」、ヘブライのが「ナハル」「ナーバール」等。フィン語の川は **yoki**「ヨキ」である。もちろん、直接の縁があろうとは思われぬ。また上記の川名も川の名が先きか土地の名が先きか、それも分からない。「なばりの山」もあるから。

朝鮮の「ムール」は蒙古語らしい。カルカ語の川は **mürën** である。

人間の頭部「かうべ」「くび」に聯関して「かぶと」「かむり（冠）」「かぶり」「かぶ（株）」「かぶ（頭）」「くぶ（くぶつち）」「こぶ（瘤）」「かぶら（蕪菁）またかぶ」「かぶら（鏑）」「こむら（腓）」「こむら（樾）」などが聯想される。これに対して想起される外国語ではまず英語でもあり、ラテンの語根でもあるところの **cap** がある。青森の一地方の方言では頭が「がっぺ」である。ラテンの **caput** は兜《かぶと》とほぼ同音である。ドイツ語の **Kopf, Haupt** も同類と考えられる。ギリシアの *κεφαλή*, マレイの **kpala** は「かむり」「かぶり」の類である。『和名鈔《わみょうしょう》』には「顱《ろ》和名加之良《わみょうかしら》乃加波良《のかはら》脳蓋也《のうがいなり》」とあるそうで「カハラ」は頭の事である。ギリシアやマレイとほとんど同一である。

アラビアの頭骨 qahfun は「カフフ」で「かうべ」に近い。

英語の円頂閣 cupola はラテンの cupa（樽《たる》）から来たそうであるが、現在の流義では同一群に属する。

英語の head はチュートン系の haubd といったような語から来ているが、音韻法則によるとLのカプトとは別だそうである。しかしこの「ハウプト」は、そんな方則を無視するここの流義では、やはり兜の組である。

頭部を「つむり」とも云う。これはLの tumuli（堆土《たいど》）と同音である。cumuli（積雲）は「かむり」の方である。

「あたま」も頭部である。梵語 ātman は「精神」であり「自己」である。「たま」は top に通じる。

敵の首級を獲ることを「しるしをあげる」と云う。「しるし」が頭のことだとすると、これは梵語の sirās（頭）、sīrsham（頭）に似ている。

八頭の大蛇《だいじゃ》を「ヤマタノオロチ」という。この「マタ」が頭を意味するとすると、これはベンガリ語の māthā（頭）やグジャラチの māthoon やヒンドスタニ語の mund に縁がある。これが子音転換すれば「タマ」になる。

髑髏《どくろ》を「されかうべ」と云う。この「され」は「曝《さ》れ」かもしれないが、ペルシア語の sar は頭である。

「唐児《カラコ》わげ」を「からわ」という。『日本紀《にほんぎ》』に「角子」を「あげまきからわ」と訓してあるそうで、もしかすると「からわ」また「からは」は初めには頭を意味したかもしれない。とにかくロシアの golova, glava（セルボ・クロアチアも同）、チェッコの hlava, ズールの inhloko（in は接頭語）等いずれも「カラワ」と音が近い。

またこれらは子音転換《メタテシス》によれば前述の k h r の群になるのである。冠《かんむり》の「イソ」というのは『俚言集覧《りげんしゅうらん》』には「額より頭上を覆う所を云」とあるが、シンハリース語の isa は頭である。ハンガリーでは esz がそうである。もっとも「イソ」はまた冠の縁や楽器の縁辺でもある。海の縁でもあるから、頭と比較するのは無理かもしれない。しかし「上」は「ほとり」と訓《よ》まれることがあるのである。「かうべ」の群中へ、仮に「神《かみ》」と「上《かみ》」も「髪《かみ》」も入れておく。

朝鮮語「モーリ（頭）」は「つむり」の「むり」と比較される。「つ」は分からない。蒙古カルカ語の tologai はタミール語の talaï に通じる。

「かしら」に似たものがちょっと見つからなかった。ところがLの capillus はもとは cap（頭）の dim だそうで caput や、ギリシアの「ケファレ」と同じものである。そうして、この「カピラ」は「毛髪」の意に使われている。これが「カヒラ」を経て「カシラ」になりうるのである。『言海』によると「カシラ」は「髪」の意にも使われているからちょうど勘定が合うのである。そうすると「かしら」も結局「かむり」

「かぶり」の群に属する。

（昭和八年八月『鉄塔』）

錯覚数題

一　ハイディンガー・ブラッシ

眼は物を見るためのものである。眼がなければ外界の物は見えない。しかし眼が両《ふた》つあれば眼で見えるはずのものがなんでも見えるかというと、そうはいかない。眼前の物体の光学的影像がちゃんと網膜に映じていてもその物の存在を認めないことはある。これはだれでも普通に経験することである。例えば机の上にある紙切りが見えないであたり近所を捜し廻ることがある。手に持っている品物をないないと云って騒ぐのは、漫画のヒーロー「あわてものの熊さん」ばかりではない。

留守にたずねてきた訪問客が誰だかよく分からない場合に、取次いだ女中に「鬚《ひげ》があったか、なかったか」と聞いてみると、大概の場合に、はっきりした記憶がない。故長岡《ながおか》将軍くらいの程度ならばこういう認識不足はないであろうが。

知人の家の結婚披露《ひろう》の宴《うたげ》に出席する。宅へ帰って「お嫁さんは綺麗な方でしたか」

と聞かれれば「綺麗だったよ」と答える。およそ、綺麗でない新婦などは有り得ないのである。しかし、どんな式服を着ていたかと聞かれると、たった今見てきたばかりの花嫁の心像は忽然《こつぜん》として灰色の幽霊のようにぼやけたものになってしまう。

「貴方《あなた》の懐中時計の六時の処はどんな数字が書いてありますか」と聞いてみると、大概の人はちょっと小首をかしげて考え込んでしまう。実物を出してみると、六時の処はちょうど秒針のダイアルになっているのである。

こういう認識不足の場合はいいが、認識錯誤の場合にはいろいろの難儀な結果が生じる。盗難や詐欺にかかった被害者の女師匠などが、加害者でもなんでもない赤の他人の立派なお役人を、どうでもそうだと云い張る場合などがそれである。

突発した事件の目撃者から、その直後に聞取ったいわゆる証言でも大半は間違っている。これは実験心理学者の証明するとおりである。そのいわゆる実見談が、もう一人の仲介者を通じて伝えられる時は、もう肝心の事実はほとんど蒸発してしまって、他のよけいなものやまるで反対のものなどが入交じってしまっている。写真をとっても証拠にならぬ場合のある事はアムンゼンの飛行機の行くえに関する間違いの例でも知られる。

新聞記事の間違いだらけな事はもちろん周知のことであるが、昨日の出来事さえ真実が伝わらぬとすればいわゆる史実と称するものもどこまで信用できるか分からない。

ことによると九十パーセントが間違いかもしれない。いっそのこと、全部間違いばかりと事がらがきまればかえって楽であるが、困ったことには時に本当なことが交じるので全部棄てるわけにゆかないから始末が悪いのである。

吾々の眼も時々吾々を瞞《だま》すが、いつも瞞すと限らないで、時々は気まぐれに本当のものを見せてくれるので困る。そうでなければ眼などはない方が慥《たし》かに利口になれるであろう。

ハイディンガー・ブラッシと称するものがある。偏光を生じるニコルのプリズムを通して白壁か白雲の面を見ると、妙なぼんやりした一抹《いちまつ》の斑点《はんてん》が見える。煤《すす》けた黄褐《おうかつ》色《しょく》の千切形あるいは分銅形をしたものの、両端にぼんやり青味がかった雲のようなものが見える。ニコルを廻転《かいてん》すると、それにつれて、この斑点もぐるぐる廻る。自分も学生時代にこれに関する記事を読んで早速実験してみたが、なかなか見えない。そのうちに、ニコルをやけに急激に捻《ね》じ廻していると、なんだか、時々ぱっぱっと動くものがあるような気がするので、それに注意を集注してみると、なるほど、ちゃんと書物に記載してあると同じようなものが見える。いや、見えていたのである。一度気がついてみると、どうしてこんな明白なものが、今まで見えないでいたか、ほとほと不可解に思われるほどにそれほどに明瞭《めいりょう》に見えるのである。そうなると、今度は、別の目的でニコルを覗く時にでも、これがあまりによく見え過ぎて目的とする他の光象を観察する邪魔になるのである。故野口英世《のぐちひでよ》博士が狂人の脳髄の中からスピロヘータを検出したときにも、二百箇のプレパラートを順々に見ていって百九十何番目かで始めてその存在を認め、それから見直してみると、前に素通りしたいくつもの標本にもちゃんと同じもののあるのが見つかった。

ハイディンガーがこの現象を発見してまもなく、ヘルムホルツがこれをたしかめようと思って実験したがどうしても見えなかった。それから十二年後になって、ある日ひょいとニコルを覗いてみたらただのいっぺんでこれが見つかったそうである。人により、時によりこれの見え方に異同のあるのも事実らしい。

これは眼底網膜の一部が偏光で照らされた時に生じる主観的生理的現象である。「幽霊」などと似たところもあるが、それよりはもう少し普遍的な存在である。

これとは全く縁のないことではあるが、時代思想の「偏り光線」で照らされた多数の人の心の眼にきわめてはっきり見える主観的心理的影像が、為政者や教育者の眼に見えないことがあると、いろいろな重大な騒ぎが起ったりする。昔からの思想争闘弾圧史はみんなそれから来ている。ある時はまたXの方向に振動する偏光を見ている一派と、Yの方向に振動する偏光を見ている他の一派とが喧嘩《けんか》をする。云う事が直角だけちがう。しかし、ちょっとニコルを廻してみれば敵の言い分は諒解《りょうかい》されよう。偏らぬ自然光で照らせば妙なブラッシの幽霊などは忽然《こつぜん》と消滅するであろう。「心境の変化」で左翼が右翼にまた右翼が左翼に「転向」するのも、畢竟《ひっきょう》は思想のニコルが直角だけ廻ったようなものかもしれない。使徒ポールの改宗なども同様な例であろう。耶《や》蘇《そ》の幽霊に逢ってニコルが廻ったのである。しかしどちらへ曲げても結局偏光は偏光である。すべての人間が偏光ばかりで物を見ないで、偏らぬ自然光でも物を見るような時代がもし来れば、あらゆるデマゴーグは腕を揮《ふる》う機会を失うであろう。

二　蔓薔薇と団扇とリベラリスト

鉢植の蔓薔薇《つるばら》がはやると見えて到るところの花屋の店に出ている。それが、どれもこれも申合せたようにいわゆる「懸崖《けんがい》作り」に仕立てたものばかりである。同じ懸崖にしても、少しはなんとかちがった恰好をしたのがあってもよさそうに思われるが、どれを見てもまるで鋳型に入れたようなもので、薔薇の枝がみんな窮屈そうな顔をして搦《から》み合っているのである。こんなにはやらない前の懸崖作りはもう少しリベラリスティックな枝ぶりを見せていたようである。

来客用の団扇《うちわ》を買おうと思って、あちこち物色してみて気のついたことは、我らの昔ふうの団扇の概念に適合するようなものがほとんど影をかくしたことである。丸竹の柄《え》の節の上の方を細かく裂いて、それを両側から平面に押し拡げてその上に紙を貼り、その紙は日月の部分蝕《ぶぶんしょく》のような形にして、手許《てもと》に近い方の割竹を透かした、そういうものが、少くも吾々の子供時代からの団扇の定義のようなもので、それ以外ののはいわば変種のようなものであった。こういう昔の型には、研究してみたらおそらくいろいろな物理学的の長所があるだろうと思われる。このほうが風を生ずる点で、効率《エフイシエンシー》がいいという説もあるがこれは研究してみないと分からない。しかし撓《しな》い工合《あい》は慥にこのほうが柔かで、ぎごちなくないように思われる。これに反して木製の柄で割り竹を無理に〆めつけたのは、なんとなく手ごたえが片意地で、柄の附根で首が千切れやすい。

そんな理窟《りくつ》はどうでもよいとして、こうまでも「流行」という、えたいの知れぬ人工的非科学的な因子が、送風器械としては本来科学的であるべき器具の設計に影響を及ぼすものかと驚かれるくらいである。しかし、考えてみると、団扇や扇のようなものは元来どこまでが実用品で、どこまでが玩弄品《がんろうひん》であるか、それは分からない。玩弄品としては、年々目先が変って、それで早く毀《こわ》れてしまう方がいいに違いない。ただ困るのは、資本家でもなく、民衆でもなく、流行に構わぬ趣味上のリベラリストだけであろう。しかし、机の抽出《ひきだ》しを引張ればあくものと思っているのが錯覚であるように、自分の欲しいものが市場にあるはずだと思うのはやはりはなはだしい錯覚であるに相違ない。

三　捜すものは無い

捜さない時には、邪魔なほどに眼の前にころがっているものが、いざ入用となって捜すときはなかなか見つからない。こういう気のする人は少なくないであろう。そういう特別な場合の記憶だけが残存蓄積するせいもあろう。捜してすぐにあった場合は忘れるからである。

しかし、また、実際、特別緊急な捜しものをする場合には、心にこだわりがあって、自由な観察と認識の能力が幾分減退しているためも慥に幾分かはあるらしい。

これとはまた少し趣のちがった「捜すものは無い」場合がある。

大きな書店の陳列棚を素見《ひやか》していると、実にたくさんの本がある。俳句の本、山登りの本、唯物論的弁証法の本、ゴルフの本、なんでも無いものはないように見える。ところが、何かしらある些細《ささい》な題目についてやや確実詳細な具体的知識を得たいと思って参考書を捜すとなってみると、さて、なかなか容易に自分の要求に適応する本は見つからないものである。

例えば、薔薇の葉につくチューレンジ蜂の幼虫を駆除するに最も簡易で有効な方法を知りたいと思って、いろいろな本を物色してみたが、なるほど、多くの本にはこれに関する簡単な記載はあるが、書き方がたいていきわめて概念的で、本を読んだだけで、具体的に正確に直ちに実行に移しうるものはほとんど見つからなかった。例えば亜砒酸鉛《あひさんえん》を使用すればいいが、劇毒であるから注意を要するとあるが、その注意の仕方は一言も書いてないから、この記事を読んだだけではちょっと物知りになるだけで実行できない。それで本の方は断念して、園芸好きのR研究所の門衛U君に教わって理研製殺虫剤ネオトンのやや濃度の大きい溶液で目的を達せられることを知った。園芸書の著者になってみると、何々会社製の何剤がいいなどと明白に書くのは何かいけない差支えがあると見える。ラジオ放送と似た禁令があるかもしれないが、読者の要求に対しては不親切であると思われる。

　墨の製法を書いた本はないかと思って気をつけてみたが、なかなか見つからない。化学的染料塗料色素等に関する著書はずいぶんたくさんにあるが、古来の支那墨、それは現在でもまだかなりに実用に供されているあの墨の詳しい製法を書いたものは容易に見つからない。昔の随筆物なども物色してみたし、古書展覧会なども漁《あさ》って歩いたがやっぱり自分の目的に適合するものはない。ところが、自分の研究所のW君の兄さんが奈良県の技師をしておられるというので、これに依頼して、本場の奈良で詮議《せんぎ》してもらったら、早速松井元泰《まついげんたい》編『古梅園墨談《こばいえんぼくだん》』という本を見つけて送ってくれたので、始めてだいたいの具体的知識にありついた。なお後にこのほかに松井元惇の『梅園日記』というもののある事をも知った。ともかくこれで製造法の真似ぐらいはできるようになった。自分の最初の捜し方が拙であったことは慥であるが、それにしても、本屋に並んでいる書物が「類型的」であり、「非独創的」であり、「懸崖作《けんがいづく》りの蔓ばら」のようなものであるという例証にはなるかと思う。もう少し専門学術的な書物になると、特にドイツなどには実にいろいろの特殊問題に対して、それぞれ便利な書物ができているのに驚くことがある。それにしても、題目の種類によっては、少くも日本の本屋で捜そうとするとなかなか容易に見つからぬこともしばしばである。

以前に「鳥類の嗅覚《きゅうかく》」に関する詳しい記事のありそうな本を捜していた時に、某書店の店員が親切にカタログを漁ってともかくも役に立ちそうな五、六種の書名を見つけてくれて、「海外注文」を出してもらったが、一年以上たってもただ一冊手に入っただけで、残りのものは梨の礫《つぶて》である。

このごろでは「夜光虫ノクチルカ」その他の発光動物に関するものを捜しているが、纏まった手ごろな本はまだ見つからない。おかしいことには自身の捜さないのではずいぶん特殊な狭い題目の本があり過ぎるほどあるような気がするのである。

同じことを書いた本が幾種類もあるより、まだ本になっていないことを書いた本が一つでも多く出た方が読者には便利であるが、著者ならびに出版者にとっては、やはり類型主義の方が便利であると見える。書物でも、やはりョーヨーのようなものである。

話はちがうが、せんだって日比谷で「花壇展覧会」というものがあった。いろいろの薔薇があった中に、柱作りの紅薔薇の見事なのが数株並んでいた。燃えるような緋《ひ》紅色《こうしょく》の花と紫がかった花とが面白く入り交じって愉快な見ものであった。なんという名の薔薇か知りたいと思ったが、現場には、品種名の建札もなく、また誰の出品かも分からなかった。数日後にまた日比谷で「薔薇の展覧会」が開かれたので出掛けていって、行当りばったりに会の係りの人に先日の柱作りの品種を聞いてみたが分からない。そのうちに、あれはたしか横浜のS商会の出品だったから、あちらの同商会の出張所で聞いてみたらいいだろうと教えてくれる人があった。それで早速そのS商会の陳列所へ行くと、係りの店員は先日の「花壇展覧会」は見なかったから知らないという。いろいろ問答をしてそこに出陳されている切花を点検した結果、たぶんそれはローヤル・スカーレットと称する品種であるらしいというくらいのところまではやっと漕ぎ付けることができた。

こんな些細な知識を求めるのでも容易なことではない。いやむしろ些細なことだからむつかしいかもしれない。

学問の方でも当世流行の問題に関する知識を求めようとする場合は参考書でも論文

でもあり過ぎて困る。しかしそういう本や論文を読んだだけで、自分の疑問のすべてが解かれるためしはほとんどない。くすぐったい所になると、どの本を見てもやっぱり、くすぐったい。分かりきったことは、どの本を見ても明瞭《めいりょう》である。

実験的研究に関する書物や論文を読んでも記載を読んだだけで、そのとおりやってもできないことはよくある。肝心の要訣《ようけつ》がぼかしてある場合が多いのは著者の故意か不親切か独り合点か分からない。芸術家も同様に科学者も自分のしていることの妙所を認識できないためかもしれない。

結局自分に入用なものは、品物でも知識でも、自分で骨折って掘出すよりほかに途《みち》はない。本屋にあまりたくさんいろいろな本があるので、ついつい欺《だま》されて本さえ見れば学者になれるというような錯覚に囚《とら》われるのである。

四　錯覚利用術

これも眼のたよりにならぬ話である。

急に暑くなった日に電車に乗っていくうちに頭がぼうっとして、今どこを通っているかという自覚もなくぼんやり窓外を眺めていると、とあるビルディングの高い壁面に、たぶん夜の照明のためと思われる大きな片仮名のサインが「ジンジンホー」と読まれた。どういうわけか、その瞬間に、これは何か新らしい清涼飲料の広告であろうという気がした。しかしその次の瞬間に電車は進んで、私は丸の内「時事新報《じじしんぽう》」社の前を通っている私を発見したのであった。

宅に近い盛り場にあるある店の看板は、人がよく「ボンラクサ」と読んでなんのことだろうと思うそうである。丸の内の「グンデルビ上海」の類である。東海道を居眠りしてきた乗客が品川で眼をさまして「ははあ、はがなしという駅が新設になったのかなあ」と云ったのも同様である。

反対に、間違ったのを正しく読むのは校正の場合の大敵である。これを利用して似寄った名前の偽似商品を売るのもある。

例えばゴルフの大家梅木鶴吉という人があるとする。そうして書店の陳列棚に「ゴルフの要訣《ようけつ》、梅本鶴吉著」という本があったとすると、十人が九人まで「本」を「木」と読んでその本を買ってくるであろう。そうしてその九人の人のうち四人か五人まではおしまいまで、その間違いに気づかずにしまうかもしれない。書いてある事に間違いがなければ、苦情の云いようはない。

こういう間違いの心理のもう少し複雑なものを巧みに利用したと思われるのが新聞記事の中で時々見つかる。

例えば、ある学者が一株の椿《つばき》の花の日々に落ちる数を記録して、その数の日々の変化異同の統計的型式を調べ、それが群起地震の日々あるいは月々の頻度《ひんど》の変化異同の統計的型式と抽象的形式的に類型的であるという論文を発表したとする。そのような、ほんのちょっとした論文の内容がどうかすると新聞ではたいした「世界的」な研究になったり、ラジオでまで放送されて、当の学者は蔭《かげ》で冷汗を流すのである。この新聞記事を読んだ人は相当な人でも、あたかも「椿の花の落ち方を見て地震の予知ができる」と書いてあるかのような錯覚を起こす。そうして学者側の読者は「とんでもなく吹いたものだ」と云って笑うか怒るかである。ところでその記事をよくよく読んでみるとちっとも、そんな嘘は書いてないのである。ともかくもその論文の要点はそんなにひどく歪曲《わいきょく》されずに書いてある。それなのに、活字の大小の使い分けや、文章の巧妙なる陰影の魔力によって読者読後の感じは、どうにも、書いてある事実とはちがったものになるのである。実に驚くべき芸術である。こういうのがいわゆるジャーナリズムの真髄とでもいうのであろう。

ついこのあいだもある学者がアメリカの学会へ行って「黄海《こうかい》の水を日本海へ注入して電力を起こす」という設計を提出して世界の学者を驚かせたという記事が出た。数日後に電車でひょっくりその学者に逢って「君はアメリカに行っているはずじゃないですか」と聞いたら、そうではなくて、ただ論文を送っただけで、それを誰かが代読したのだそうである。題目は朝鮮の河川の流域変更に関するものだそうである。なるほど、新聞記事のどこにも、当人自身がその論文をよんだとはっきり書いてはなかったかもしれない。河川の流域を変ずれば、なるほど黄海に落ちるはずの水を日本海に入れる事も可能である。しかし、新聞記事の多数の読者には、どうしても、当人が登壇して滔々《とうとう》と論じたかのごとく、また黄河《こうが》の水を大きなバケツか何かで、どんどん日本海へ汲込《くみこ》むかと思わせるようになっているのである。その方がなるほど確に面白いには相違ないのである。一種の芸術としては実に感歎《かんたん》すべきものであるが、犠牲になる学者の難儀もまた少々ではないのである。

この術は決して新らしいものではなくて、古い古い昔から、時には偉大なる王者や聖賢により、時にはさらにより多く奸臣《かんしん》の煽動《せんどう》者によって利用されてきたものである。前者の場合には世道人心を善導し、後者の場合には惨禍と擾乱《じょうらん》を捲《ま》き起こした例がはなはだ多いようである。いずれもとにかく人間の錯覚を利用するものである。

もしも人間の「眼」が少しも錯覚のないものであったら、ヒトラーもレーニンもただの人間であり、A—A事件もB—B事件も起らず、三原山も賑《にぎわ》わず、婦人雑誌は特種を失い、学問の自由などという言葉も雲消霧散《うんしょうむさん》するのではないかという気がする。しかしそうなってははなはだ困る人ができてくるかもしれない。「錯覚」を喰《く》って生活している人がどのくらいあるかちょっと見当がつかないのである。また錯覚から喚《よ》びさまされて喜ぶ人はほとんどまれである。尊崇している偉人や大家がたちまちにして凡人以下になったりするのでは誰でも不愉快である。大概の錯覚は永久に大事にそっとしておく方がいいかもしれない。ただ事がらが自然科学の事実に関する限り、それを新聞社会欄の記事として錯覚的興味をそそることだけは遠慮なく止めた方がいいであろうと思う。何人《なんぴと》をも益することなくして、ただ日本の新聞というものの価値を堕《おと》すだけだからである。

五　紙獅子

銀座や新宿の夜店で、薄紙を貼り合せて作った角張ったお獅子《しし》を、卓上のセルロイド製スクリーンの前に置き、少しはなれた処から団扇で風を送って乱舞させる、という、そういう玩具を売っているのである。これは物理的にもなかなか面白いものである。ヨーヨーも物理的玩具であるが、あれはだいたいは簡単な剛体力学の原理ですべてが解釈される。しかしこの獅子の方は複雑な渦流《かりゅう》が複雑な面に及ぼす力の問題を包んでいる。飛行機と突風との関係に似て一層複雑な場合であるから、世界じゅうの航空力学の大家でも手こずらせるだけの難題を提供するかもしれない。

この玩具は、たしかに二十年も前にやはり夜店で見たことがあるから、かなり昔からあるかもしれない。もしこれが日本人の発明だとしたら慥に自慢のできるものである。事によると支那から来たかもしれない。玩具研究家の示教を得れば幸である。

こんな巧妙なものでも、時代に合わず、西洋からはやってこない限りたいして商売にはならないらしい。

二十年前に見た時に感心したのは売手の爺《じい》さんの団扇の使い方の巧妙なことであった。団扇の微妙な動かし方一つでおどけた四角の紙の獅子が、ありとあらゆる、「いわゆる獅子」の姿態をしてみせる。つくづく見ていると、この紙片に魂が這入《はい》って、本当に二匹の獅子が遊び戯れ相角逐《あいかくちく》しまた跳躍しているような幻覚を惹《ひ》き起させた。真に入神の技であると思って、深い印象を刻みつけられたことであった。操り人形の糸の代りに空気の渦を使っているのだから驚く価値があるのである。これもやはり錯覚を利用する芸術である。

それが、昭和八年の夜店に現われたところを見ると、昔の紙の障子はセルロイドの円筒形スクリーンに変っている。売手のよごれた苦《にが》い爺さんは、洋服姿のモダンボーイに変っている。しかし団扇の使い方に見られたあの入神の妙技《ヴァーチユオシテイ》はもう見られない。獅子はバタバタとチャールストンを踊るだけである。なるほどこの方がほがらかで現代的で見るのに骨が折れない。一目見れば満足して次の店に移っていかれる。忙がしい世の中に適している。

大正から昭和へかけての妙技無用主義、ジャズ・レビュー時代がどれだけ続いて、その後にまた少し落着いてゆっくり深く深く掘り下げて洗錬を経たものが喜ばれ尊重される時代が来るか、天文学者が遊星の運動を観測しているような、気永い気持で見ているのもまた興味のないことではない。

（昭和八年八月『中央公論』）

KからQまで

一

電車停留場のプラットフォームに「安全地帯」と書いた建札が立っている。巌丈《がんじょう》な鉄棒の頂上に鉄の円盤を固定したもので、人の手の力くらいでは容易に曲げ動かすことができないようにできている。それが、どうしたのかひどく折れ曲って変態仮名のその字のようになっているのがある。トラックでも衝突したかと思われる。鉄棒がこんな目に遭うくらいだから人間にとってはあまり安全な地帯でないのである。したがってこの曲った標柱は天然自然の滑稽《こっけい》であり皮肉である。これをそっくり写真に取れば、立派な、高級な漫画になるであろう。しかし安全も危険も実は相対的の言葉である。安全地帯の危険率も、危険地帯の安全率もゼロではない。

二

ある会社のある工場に新《あら》たに就職した若い男が、就職後まもなく誰かから自分の前任者が二人まで夭死《ようし》をしたこと、その原因がその工場で発生する毒瓦斯《ガス》のためらしいという話を聞き込んで、ひどく驚きおびえて、少し神経衰弱のような状態になっていると聞いた。しかし前任者が果して瓦斯中毒で死んだかどうかも確実には分からないようである。いったいどんな職業でも、ちょうど自分の前任者が引続いて二人死んだという場合を捜せばいくらも例があるかもしれない。また、前任者がみんな健康でぴちぴちしている、その後を受けた自分が明日死ぬかもしれない。また一方、毒瓦斯の出ない工場にはまたいろいろ別の危険が潜伏していて、そうして密《ひそか》に犠牲者の油断のすきを狙って爪を研《と》いでいるであろう。それで、用心のいい人は毒瓦斯に充《み》ちた工場で平気で働き、不用心な人は大地で躓《つまず》いてすべって頭を割るのであろう。

三

「心境の変化」という言葉が近ごろ一時はやった。「気が変った」というのとたいした変りはないが新らしい言葉には現代の気分があると見える。「私の心境が変化した」というのは客観的な云い方であり、自分の心を一つの現象として記述するという点でともかくもいくらか科学的であるとT君がいう。なるほど、そういえば「結婚をやめた」「中止した」というよりも「結婚が解消した」という云い方がやはり客観的・現象的であり科学的であるかもしれない。「憂鬱《ゆううつ》になった私である」といったような不思議な表現の仕方も、そう考えるといくらか了解できるようである。

四

流行言葉《はやりことば》の中でも「ソートーナモンジャ」と「ドーカと思うね」には、どこか科学的なスケプチシズムの匂いがある。円タクで白山坂上《はくさんさかうえ》にさしかかると、六十恰好《かっこう》の巌丈な仕事師上りらしい爺《じい》さんが、浴衣《ゆかた》がけで車の前を蹣跚《まんさん》として歩いて行く。ちょうど安全地帯の脇の狭い処で、車をかわす余地がない。警笛を鳴らしても爺さんは知らぬ顔で一向によける意志はないようである。安全地帯に立って見ていた二、三人連れの大学生の一人が運転手の方を覗《のぞ》き込んで、大声で、「ソートーなもんじゃー」と云った。傍観者の立場からの批判を表明したのである。運転手は苦笑しながら、なおも、ゆるやかに警笛を鳴らした。乗客の自分も失笑したが、とにかくこの流行言葉にはどこかに若干の「俳諧《はいかい》」がある。

五

盲や聾《ろう》から考えると普通の人間は二重人格のように思われるかもしれない。性格分裂者のように見えるかもしれない。時によって「眼の人」になったり、また時によっては「耳の人」になる。そうして「眼の人」と「耳の人」とは、必ずしも矛盾しないとは限らないからである。

六

銀座四丁目から数寄屋橋《すきやばし》まで歩いて、それから廻《まわ》れ右をして帰ってくるとやはりもとの同じ銀座四丁目に帰ってくる。廻れ右の代りに廻れ左をして帰っても同じである。これが物理的・物質的の世界である。Aから出発してBへ行ってから廻れ右をして帰ってくると、もうAは消えてなくなってCになっている。廻れ左をして帰るとそれがDになっている。これが心の世界である。

七

ファシストはアルプスを愛し、リベラリストはラインやエルベの川の景色を、マルキシストはツンドラや沙漠《さばく》の景色を好むかもしれない。松やもっこくやの庭木を愛するのがファシストならば、蔦《つた》や藤やまた朝貌《あさがお》、烏瓜《からすうり》のような蔓草《つるくさ》を愛するのがリベラリストかもしれない。しかし草木を愛する限りの人でマルキシストになれる人があろうとは想われない。

八

防空演習の夜にとうとうおしまいまで灯火を消さなかったのが近所の風呂《ふろ》屋である。何度となく警告しにきた青年団員がおしまいに少し腹を立てたらその時だけ消した。しかし青年団員が一町も行過ぎるとまた点灯した。もっとも電灯を消さなかったのは風呂屋の主人であるが、それを消させなかったのは浴客である。サイレンが鳴り、花火が上がり、半鐘が鳴っている最中に踵《きびす》を接して暖簾《のれん》を潜って這入《はい》っていく浴客の数は一人や二人ではなかったのである。風呂屋の主人は意外な機会に変った英雄主義を発揮してみせたわけである。もっとも同時に若干の湯銭を獲得したことも事実ではあるが。

九

今朝五時頃に眼が覚めて床の上でうとうとしているとき妙なことを思い出した。子供の時分に姉の家に庫次という眇目《すがめ》の年取った下男《げなん》が居た。それがある時台所で出入の魚屋と世間話をしながら、刺身庖丁《ぼうちょう》を取り上げて魚屋の盤台の鰹《かつお》の片身から幅二分くらい長さ一尺近い細長い肉片を巧にそぎ取った。そうしてその一端を指でつまんで高く空中に吊《つ》り下げた真下へ仰向《あおむ》いた自身の口をもっていって、見る間にぺろぺろと喰《く》ってしまって、そうしてさもうまそうに舌鼓《したつづみ》をつづけ打った。その時の庫次爺の顔を四十余年後の今朝ありありと思い浮べたのである。どうしてそんなことを想い出したかが分からない。その直前にどんなことを考えていたかと思っていささかおぼつかない寝覚の記憶を逆に追跡したが、どうもその前の連鎖が見つからない。しかし、その少し前にこの夏泊った沓掛《くつかけ》の温泉宿の池に居る家鴨《あひる》が大きな芋虫を丸呑《の》みにしたことを想い出していた。それ以外にはどうしてもそれらしい連想《れんそう》の鎖も見つからないのである。青い芋虫と真紅の肉片、家鴨と眇目の老人では心像の変形が少しひど過ぎるが、しかしこの偶然なひと朝の経験から推して考えてみるとフロイドの「夢判断」の学説も、そのことごとくが全くのこじつけではないかもしれないという気がしてくるのである。

十

四、五月頃に新宿駅前から帝都座《ていとざ》前までの片側の歩道にヨーヨーを売る老若男女の臨時商人が約二十人居た。それが、七月半ば頃にはもう全く一人もいなくなってしまった。そうしてその頃からマルキシストの転向が新聞紙上で続々として報道されている。後世の頭のいい史家でヨーヨーとマルクスの関係を論ずるものが出ないとも限らない。七月下旬に沓掛へ行ったときは時鳥《ほととぎす》が盛に啼《な》いたが、八月中旬に再び行ったときはもう時鳥を聴くことができなかった。すべては時の函数《かんすう》である。

十一

赤いカンナがいろいろ咲いている。文字で書けば朱とか紅とかいうだけであるが、種類によってその赤い色がことごとくちがう。よく見ると花ばかりでなくそれぞれの葉の色も少しずつ違う。それが普通にはみんな赤いカンナと緑の葉で通るのである。人間の言葉の不完全なことがよく分かる。こんな不完全な言葉を使った「論理」などは当てになるはずがない。煽動者《せんどう》の利器とする詭弁《きべん》の手品の種はここから出てくるのである。

十二

ひところ、学生の観客の多い映画館で、ニュース映画の中にたまたまソビエトの赤旗の行列などがスクリーンに現われると、観客席の暗闇から盛な拍手が起るのであった。ことによると、自分の中にもどこかに隠れているらしい日本人固有の一番みじめな弱点を曝露《ばくろ》されるような気がして暗闇の中に慙愧《ざんき》と羞恥《しゅうち》の冷汗を流した。

十三

健康な人には病気になる心配があるが、病人には恢復《かいふく》するという楽しみがある。瀕《ひん》死《し》を自覚した病人が万一なおったらという楽しみほど深刻な強烈な楽しみがこの世にまたとあろうとは思われない。古来数知れぬ刑死者の中にもおそらくは万一の助命の急使を夢想してこの激烈な楽しみの一瞬間を味わった人が少くないであろう。

十四

日本人の名前をローマ字で書くのにいろいろの流儀がある。しかしまだ誰も Toyo Tomi Hide Yosi という風に書く人はないようである。しかし、そう書いてはいけないという絶対的な理由はないようである。いわゆるイニシアルでも、T. T. とだけでは、例えば自分と同番地の町内につい近ごろまで四人もいた。しかし、T. T. H. Y. という風に四字の組合せならば暗合のチャンスはずっと少くなる。尤《もっと》も大井愛といったような姓名だと Oo I Ai で少し短か過ぎ、また Tyô Sô Ga Be Ta Rô Za E Mon では少しごたごたし過ぎるかもしれない。ただし、漢字でかくのとたいした変りはない。それにしても日本の学者の論文が外国に紹介されるときに別人の仕事が同一人の仕事のように取扱われるような、よくある混同を避けるにはこういう新案もいいかもしれないのである。もう一歩進んで姓名の代りに囚人のように三一六五八九二四といったような番号をつけるのも最合理的な一方法であるかもしれないが、そうなるのはやはり悲しい。

（昭和八年十月『文芸評論』）

初冬の日記から

一年に二度ずつ自分の関係している某研究所の研究成績発表講演会といったようなものが開かれる。これが近年の自分の単調な生活の途上に横たわるちょっとした小山の峠のようなものになっている。学生時代には学期試験とか学年試験とかいうものがやはりそうした峠になっていたが、学校を出ればもうそうしたものはないかと思うと、それどころか、もっともっとけわしい山坂が不規則に意想外に行手に現われてきた。これは誰でも同じく経験することであろう。しかしずっと年を取った後に、再びこうした規則正しく繰返される「試験」の峠を越そうとは予期しなかったが、そのおかげで若い日の学生時代の幻影のようなものを呼び返し、そうしてもう一度若返ったような錯覚を起こさせる機縁に際会するのである。

それはとにかく、学生時代に試験が無事にすんだあとの数日間はいつでも特別に空の色が青く日光が澄み切って輝き草木の色彩が飽和してみえた、それと同じように、研究所の講演会のすんだあとの数日は東京市の地と空とが妙にいつもより美しく見えるようである。ことに今年は実際に小春の好晴がつづき、その上にこの界隈《かいわい》の銀杏《いちょう》の黄葉がちょうどその最大限度の輝きをもって輝く時期に際会したために、その銀杏の黄金色に対比された青空の色が一層美しく見えたのかもしれない。

　そういうある日の快晴無風の午後の青空の影響を受けたものか、近頃かつて経験したことのないほど自由な解放された心持になって、あてもなく日本橋《にほんばし》の附近をぶらぶら歩いているうちに、ふと昨日人から聞いた明治座《めいじざ》の喜劇の話を想い出してちょっと行って覗《のぞ》いてみる気になった。まだ少し時間は早かったが日本橋通りをぶらぶらするのも劇場の中をぶらぶらするのもたいした相違はないと思って浜町《はまちょう》行のバスを待受けた。何台目かに来た浜町行に乗込んだら幸に車内は三、四人くらいしか乗客はなくてこのころのこの辺のバスには珍らしくのんびりしていた。腰をかけて向側を見ると二十歳くらいの娘がいる。どこかで見たような顔である。

　KFという女優らしい。それはこれから見にいこうとしている明治座の喜劇に出演するはずのその当人であるらしい。舞台顔は数回、ただしいつもだいぶ遠方の二等席からではあるが、見たことがあり、演芸の雑誌などでしばしば写真を見たことがある。しかし、それにしても乗っているのが青バスであるのに、服装がどうも自分の想像している名代女優というものの服装とはぴったり符合しない。たぶん銘仙《めいせん》というのであろう。とにかくそこいらを歩いている普通十人並の娘達と同じような着物に、やはりありふれたようなショールを肩へかけて、髪は断髪を後ろへ引きつかねている。しかし白粉気のない顔の表情はどこかそこらの高等女学校生徒などと比べては年の割にふけてみえるのである。ほぼ同年頃の吾《われ》らの子供らと比べると眉宇《びう》の間にどことなしに浮世の波の反映らしいものがある。膝《ひざ》の上にはどうも西洋菓子の折らしい大きな紙包みを載せている。

聞くところによると、そのKという女優は、富豪の娘に生れ、当代の名優といわれるTKの弟子になってその芸名のイニシャルをもらい、花やかに売出したのであったが、財界の嵐で父なる富豪が没落の悲運に襲われたために、その令嬢なるKは今では自分の腕一つで働いて生活しているという話をファンの一人であるところのSから時々聞かされていたので、その話をこの青バスの中の目前の少女と結びつけて考えてみると、それですべてが無理なく説明されるような気がした。

二、三年前Sと大久保余丁町《おおくぼよちょうまち》の友人Mを尋ねての帰りに電車通りへ出ると、そこの路地の入口に一台の立派な自動車が止まっていた。そこへ折から乗込む女を見るとそれが紛れもない有名な人気女優のMYであった。劇場から差しむけの迎えの自動車であろうか、それとも自用車であろうか、とつまらぬ議論をしたことであった。

そんなことを考えているうちに人形町《にんぎょうちょう》辺の停留場へ来るとストップの自働信号でバスはしばらく停車した。安全地帯に立っていた中年の下町女が何気なしにバスの間を覗いていたがふと自分の前の少女を見付けてびっくりしたような顔をして穴の明くほど見つめていたようである。

浜町近くなる頃には他の乗客はもうみんな下りてしまってその少女と自分と二人きりになってしまった。「失礼ですがあなたはKさんですか」ちょっとそう云って聞いてみたいような気がした、と同時に、それが自然になんのこだわりもなく云えるまでに到達していない自分を認識することができたのであった。

明治座前で停ると少女は果して降りていく、そのあとから自分も降りながら背後から見ると、束ねた断髪の先端が不揃いに鼠でも齧《か》じったような形になっているのが妙に眼について印象に残った。少女は脇目もふらずにゆっくり楽屋口の方へ歩いていく。やはりそれに相違なかったのである。

開場前四十分ほどだのにもうかなり入場者があった。二階の休憩室にはいろいろな飾物が所狭く陳列してあって、それに「花○喜○丈」と一々札がつけてある。一座の立役者Hの子供の初舞台の披露があるためらしい。ある一つの大きな台に積上げた品物を何かとよく見るとそれがことごとく石鹸《せっけん》の箱入であった。

売店で煙草を買っていると、隣の喫茶室で電話をかけている女の声が聞こえる。「猫のオルガン六つですか」と何遍も駄目をおしている。「猫のオルガン」がなんのことだか分からないがたぶんおもちゃのことらしい。なんとなしこの小春日にふさわしい長閑《のどか》なものの名である。

幕があくと舞台は銀座街頭の場面だそうで、とあるバーの前に似顔絵かきと靴磨き二人と夕刊売の少女が居る。その少女が先刻のバスの少女であるが、ここでは年齢が急に五つか六つ若くなっている。その靴磨きのルンペンの一人がすなわち休憩室の飾物をもらった子供のお父さんである。バーは紙の建築で人の出入はないが表をいろいろの人通りがある。

役者でも舞台の一方から一方へただ黙って通りぬけるだけの役があるらしい。そんな役であってもやはり舞台へ出る前にはなんべんも鏡を見て緊張し、すうと十秒くらいの間に舞台を通り抜けてしまうとはじめてほっとして「試験」のすんだのどかさを味わうであろう。自分などの専門の〇界における役割もざっとこれに似たもののような気がしてそれらの「通行人、大ぜい」諸君の心持を人事《ひとごと》ならずいろいろと想像してみるのであった。

そこへコケットのダンサーが一人登場して若い方の靴磨きにいきなり甲高《かんだか》なコケトリーを浴びせかける。本当の銀座の舗道であんな大声であんな媚態《びたい》を演じるものがあったら狂女としか思われないであろうが、ここは舞台である。こうしないと芝居にならないものらしい。隣席の奥様がその隣席の御主人に「あれはもと築地《つきじ》にいた女優ですよ。うまいわねえ」と賞讃《しょうさん》している。このダンサーは後に昔の情夫に殺されるための役割でこの喜劇に招集されたもので、それが殺されるのはその殺人罪の犯人の嫌疑をこの靴磨きの年とった方、すなわち浅岡了介に背負わせるという目的のために殺されなければならないことになっている。しかも、その嫌疑が造作もなく晴れるようではこの「与太者《よたもの》ユーモレスク、四幕、十一景」は到底引き延ばせるはずがないので、それで、この嫌疑をなるべく濃厚に念入りにするためにいろいろと面倒な複雑なメカニズムが考案されなければならないのである。こういう考案をするのはちょうど吾々《われわれ》が何かちょっとした器械でも考案する場合といくらか似たところのある仕事で、面倒でもありまたそれだけに面白くもあるであろうと想像される。ちょっとした考えの穴があると動くはずの器械が動かないのである。

靴磨きにアパートにおける殺人の嫌疑をかけるためには殺されるダンサーのアパートにその靴磨きをなんとかしておびき入れ、そうしてアパートにおける彼らの姿を確実に目撃した証人をこしらえておく必要がある。それでその手順の第一としてまず街上でダンサーに若い方の靴磨き田代公吉へモーションをかけさせ、アパートへ遊びに来ないかと招待させる。それをすぐオーケーとばかりに承諾しては田代公吉が阿呆《あほう》になるからそれは断然拒絶して夕刊娘美代子の前に男を上げさせる。この夕刊売の娘を後に最後の瞬間において靴磨きのために最有利な証人として出現させるために序幕からその糸口をこしらえておかなければならないので、そのために娘の父を舞台の彼方《かなた》で喘息《ぜんそく》のために苦悶《くもん》させ、それに同情して靴磨きがたった今、ダンサーからもらった五円を医薬の料にやろうというのをこの娘の可憐な一種の嫉妬をかりていったん謝絶させておく。そうしておいてから、田代公吉を縄張問題から同業の暴漢になぐらせ負傷させ卒倒させておいてそこへ前のダンサーを通りかからせ、そうして目的のアパートへ連れていかせる。そこでダンサーに身の上話をさせることによって悪漢騎手の旧情夫の存在を観客に呑込ませる。そうして後に不利な証拠物件を提供するためにダンサーの指環を靴磨きに贈らせ、靴磨きの金鎚《かなづち》をその部屋に遺却させる。彼らのアパートにおける目撃者としてアパートの掃除婦を役立たさせるためにわざわざ浅岡に水を汲《く》みにやって廊下でこのおばさんに出逢《であ》わせておく必要のあることはもちろんである。浅岡田代が去ったあとへ悪漢旧情夫が登場するのであるが、しかし彼がいよいよダンサーを殺す残酷な現場は電気係が配電盤のスウィッチをひねって綺麗《きれい》に消してしまう。殺す理由がどうもはっきりしないが、とにかく殺せばそれでよいのである。さて、この真犯人の姿と顔とを誰かにこの現場近くではっきり見届けさせておかないとあとで困る。しかしまた、この一番大切な証人は最後の瞬間までかくれて出頭しないようにしておかないと工合が悪い。そうしないと早く片がつき過ぎて困るのである。そのためにこの証人には何かしら少し後暗い所業をしかもこの事件に聯関してさせておかないと都合がよくない。それかといってあんまり悪い事ではまた困るのである。この難儀な迷惑な証人の役目を負わせるための適任者は、別に物色するまでもなく例の夕刊嬢において見出《みいだ》されるのである。一度拒絶した五円をもらわねばやはり父の薬が買えない。その五円をもった田代がこのアパートに来ているものと見当をつけて尋ねてくるところに多少の複雑な心理的な味を見せようというのである。さて来てみるとダンサーの室の前で変な男すなわち真犯人が取乱したふうで手を洗っている。それが慌てて逃出す。ダンサーの室は叩《たた》いても音がしない。洗面台に犯人の遺《のこ》した腕時計が光っていて、それが折から金につまった小娘を誘惑する。ここはなかなかこの娘役者の骨の折れるところであろう。たぶん胸の動悸《どうき》を象徴するためであろうか、機関車のような者を舞台裏で聞かせるがあれは少し変である。

容疑者の容疑をもう一段強めるために、もう一つのエピソードを導入したいので次のような仕かけを考えたものである。この挿話の主人公夫婦として現われる二人の俳優の演技が老巧なためにこれが相当な効果をあげているようである。

銀座を追われた靴磨き両人に腹を減らさせて浜町公園のベンチへ導く。そこに見物には分かっているが靴磨き二人には所有者不明の写真機がある。それをひねくり廻している矢先きへ通りかかったのが保険会社社長で葬儀社長で動物愛護会長で頭が禿《は》げて口髯《くちひげ》が黒くて某文士に似ている池田庸平こと大矢《おおや》市次郎《いちじろう》君である。それが団十郎の孫にあたるタイピストをつれて散歩しているところを不意に写真機を向けて撮る真似をされたので平生妻君恐怖症にかかっているらしい社長はこの靴磨きを妻君からわざわざさし向けられた秘密探偵社の人とすっかり思い込んでしまってこの実はフィルムのはいっていない写真機の買収にかかる。これは自分達の器械じゃないからと靴磨きが正直に弁解するのを、巧んだゆすりの手と思い込んでますます慄《ふる》え上がりとうとう二百五十円まで奮発する。そうして社長に売渡した器械の持主があとから出てきたのには実価以上の百円やって喜ばせて帰して、結局百五十円の純益金を得る。それをもって根岸《ねぎし》の競馬に出かけるのである。競馬であてて喜び極ったところを刑事につかまったのが可哀相な浅岡である。刑事がここまで追跡する径路ははなはだ不明であるが、つかまりさえすればそんなことはこの芝居にはどうでもよいので、これですっかり容疑者被告を造上げる方の仕事が完成したわけである。

次は当然法廷の場である、憎まれ役の検事になるべく意地のわるい弁論をさせて、被告と見物に気をもませ、被告に不利な証人だけを選《え》りぬいて登場させる、弁護士にはなるべく口が利《き》けないようにするが、但し後の伏線になるようにアパートの時計が二十分進んでいたというアパート掃除婦の新証言をつかまえさせて後に警察医の鑑定と対照してアリバイを構成する準備をしておくのである。なかなか凝《こ》ったものである。

こうして被告を絶望のどん底におし込んでおかないと、あとの薬が利かない。こうしておいて後にそろそろ被告の運命を明るい方へ導くために、今度は有利な側の証人を招集する段取りになる。共犯嫌疑者田代公吉は弁護士梅島君のところに、不都合にも、「かくまわれ」ていて、そうして懸命に彼の社長殿と夕刊嬢とを捜している。雪の日のミルクホールで弁護士から今日の判廷の様子を聞《か》かされ、この二十四時間に捜しあてなければ愚鈍なる陪審官達はいよいよ有罪の判断を下すであろうという心細い宣告を下されるのである。天一坊《てんいちぼう》の大岡越前守《おおおかえちぜんのかみ》を想い出させる。

さすがそこは芝居であるからこのミルクホールの店先を肝心の夕刊嬢がちょうどそのときまるで打合せておいたように通りかかる。それを見かけた田代はコーヒーの勘定などはあとでいいからすぐ駆出せばよいのにその勘定でまごまごしてなかなか追っかけない。こうしないといけない理由は、やっと勘定をすませて慌てて駆出したために自動車にひかれるというもっともらしいことにしたいためである。

その自動車から毛皮にくるまって降りてきた背の低い狸のようなレディーのあとから降りてきたのがすなわちこの際必要欠くべからざる証人社長池田君で、これがその恐怖する妻君の前で最も恐るべき証人となりうる恐れのあるところの田代のためにその友人浅岡に有利なる証人として法廷に出頭することを約するのやむなきに到ったのが、やはりその恐怖のためであったのである。何物かの匂いを嗅《か》いだ妻君は「陪審制度というものも一度見学の必要がある」という口実で自分もどうしても傍聴に出るのだと主張する。そうして大団円における池田君の運命の暗雲を地平線上にのぞかせるのである。そこへおあつらえ通り例の夕刊売が通りかかって、それでもうだいたいの道具立てはできたようなものである。これでこの芝居は打出してもすむわけである。それではしかし見物の多数が承知しないから最後の法廷の場がどうしても必要である。あるいはむしろこの最後の場を見せるだけの目的で前の十景十場を見せてきた勘定にもなる。前の十場面は脚本で読ませておいて大切な一場面だけ見せてもいいかもしれない、とも考えられるが、それでは登場人物が劇中人物に成りきるだけの時間が足りないであろう。役者が劇中人物に成りきるまでにはやはり相当な時間がかかるからである。

最後の法廷でまず最初に呼出された証人の警察医はこれは役者でなくて本物である。観客中の本職の素人《しろうと》が臨時に頼まれて出てきたのかと思うほど役者ばなれがして見えた。こういうのは成効であるか不成効であるか、それは自分らには分からない。

この一座には立役者以外の端役《はやく》になかなか芸のうまい人が多いようである。この一座に限らず芝居の面白味の半分は端役の力であることは誰でも知っているらしいが、しかし誰も端役のファンになって騒ぐ人はないようである。騒がれることなしに名人になりたい人はこれらの端役の名優となるべきであろう。

証人社長も真に迫るがこの人のはやはり役者の芸としての写実の巧みである。証人の上がる壇に蹴躓《けっまず》いたりするのも自然らしく見えた。これはもちろん同じことを毎日繰返しているのである。開演期間二十余日の間毎晩一度ずつ躓かなければならないことを考えると俳優というものもなかなか容易ならぬ職業だと思われる。それはとにかくこの善良愛すべき社長殿は奸智《かんち》にたけた弁護士のペテンにかけられて登場し、そうして気の毒千万にも傍聴席の妻君の面前で、曝露《ばくろ》されぬ約束の秘事を曝露され、それを聞いてたけり立ち悶絶《もんぜつ》して場外にかつぎ出されるクサンチッペ英太郎君のあとを追うて「せっかく円満になりかけた家庭をめちゃめちゃにされた」とわめきながら退場するのは最も同情すべき役割であり、この喜劇での儲《もう》け役であろう。

さていよいよ夕刊売の娘に取っときの切り札、最後の解決の鍵《かぎ》を投げ出させる前に、もう一つだけ準備が必要である。それは真犯人の旧騎士吉田を今の新聞記者吉田に仕立ててそれをこの法廷の記者席の一隅に、しかも見物人にちょうどその目標となるべき左の顋《あご》下の大きな痣《あざ》を向けるように坐《すわ》らせておく必要があるのである。

夕刊売が問題の夜更けに問題のアパート階上の洗面場で怪しい男の手を洗っているのを見たという証言のあたりから、記者席の真犯人に観客の注意が当然集注されるから、したがってその時に真犯人は真に真犯人であるらしい挙動をして観客に見せなければならないこともちろんである。それで、特に目につくような赤軸の鉛筆で記事のノートを取るような風をしながら、その鉛筆の不規則な顫動《せんどう》によって彼の代表している犯人の内心の動乱の表識たるべき手指のわななきを見せるというような細かい技巧が要求される。「その男になにか見覚えになる特徴はなかったか」と裁判長が夕刊売に尋ねる。その瞬間に、よほどのぼんやりでない限りのすべての観客のおのおのの大きくみはった二つの眼が一斉にこの不幸な犯人の左の顋下の大きな痣に注がれるのはもとより予定のとおりである。その際に、もしかこれが旧劇だと、例えば河内山宗俊《こうちやまそうしゅん》のごとく慌てて仰山《ぎょうさん》らしく高頬のほくろを平手で隠したりするようなはなはだ拙劣な、友達なら注意してやりたいと思うような挙動不審を犯すのであるが、ここはさすがに新劇であるだけに、そういう気の利かない失策はしない。しかし結局はとうとうその場に堪えきれなくなって逃げ出しを計る。これはしかしこういう場合における実際の犯人の心理を表現したものであるかどうか少し疑わしい。自分にはまだ経験はないから分かりかねるが、たとえ逃げ出すにしても逃げ出し方があれとはもう少しどうにか違うのではないかという気がするのである。しかしそんなことは心理劇でもなんでもないナンセンス劇「ユーモレスク」には別にたいした問題にするほどの問題ではないので、ともかくも夕刊売のK嬢をして「あの男です、あの男です」と叫ばせ、満場を総立ちにさせ、陪審官一斉に靴磨きの「無罪」を宣言させ、そうして狂喜した被告が被告席から海老《えび》のようにはね出して、突然の法廷侵入者田代公吉と海老のようにダンスを踊らせさえすればそれでこの「与太者ユーモレスク、四幕、十一景」の目的の全部が完全に遂げられるわけである。

とにかくなかなか骨の折れた手のかかったメカニズムであるがところどころに多少

のがたつきがあったり大きな穴が見えたりするにしても、おしまいまで無事に連続して運転するのはなかなか巧妙なものである。

エピローグとして最初と同じ銀座舗道の夜景が現われる。ここで若い靴磨きが変な街路詩人の詩を口ずさみ三等席の頭上あたりの宵の明星を指さして夕刊娘の淡い恋心にささやかな漣《さざなみ》を立てる。バーからひびくレコード音楽は遠い巴里《パリ》の夜の巷《ちまた》を流れる西洋新内らしい。すべてが一九三三年向きである。

この芝居を見ている間に、なんべんか思わず笑い出してしまった。近所の人が笑うのに釣込まれたせいもあるがやはりおかしくなって笑ったのである。何がおかしいと聞かれると実は返答に困るようなはなはだ他愛《たわい》のない、しかしそれだけに純粋無垢《むく》の笑を笑ったようである。近ごろ珍らしい経験をしたわけである。やはり「試験」のあとの青空の影響もあったのかもしれない。それでせっかくこんなに子供のように笑ったあとで、それから後のプログラムの名優達の名演技を見て緊張し感嘆し疲労するのは、少くも今日の弛緩《しかん》の半日の終曲には適しないと思ったので、すぐに劇場を出て通りかかった車に乗った。車はいつもとちがう道筋をとって走り出したのでどこをどの方角に走っているか少しも分からない。大都市の冬に特有な薄い夜霧のどん底に溢《あふ》れ漲《みなぎ》る五彩の照明の交錯の中をただ夢のような心持で走っていると、これが自分の現在住んでいる東京の中とは思えなくなって、どこかまるで知らぬ異郷の夜の街をただ一人こうして行方も知らず走っているような気がしてきた。

とある河の橋畔に出ると大きなビルディングが両岸に聳《そび》え立って、そのあるものには窓という窓に明るい光が映っている。車が方向をかえるたびに、そういう建物が真《ま》っ闇《くら》い空にぐるぐる廻転《かいてん》するように見えた。何十年も昔、世界のどこかの果のどこかの都市で、ちょうどこんな所をこんな晩に、こんなふうにして走っていたような気がするのである。

気がついたら室町《むろまち》の三越《みつこし》の横を走っていたので、それではじめてあらゆる幻覚は一度に消えてしまって単調な日常生活の現実が甦《よみがえ》ってきた。そうして越えてきた「試験」の峠のあとの青空と銀杏の黄葉との記憶が再び呼び返され、それからバスの中の女優の膝の菓子折、明治座の廊下の飾物の石鹸、電話の「猫のオルガン」から、もう一度「与太者ユーモレスク、四幕十一景」を復習しながら、子供のように他愛のない笑を車内の片隅の暗闇の中で笑っている自分を発見したのであった。

緊張のあとに来る弛緩は許してもらってもいいであろう。そのおかげで吾々は生きていかれるのである。伸びるのは縮まるためであり、縮むのは伸びるためである。伸びるのが目的でもなく縮むのが本性でもなく、伸びたり縮んだりするのが生きている心臓や肺の役目である。これが伸び切り、縮み切りになるときが吾々の最後の日である。

弛緩の極限を表象するような大きな欠伸《あくび》をしたときに車が急に止まって前面の空中の黄色いシグナルがパッと赤色に変った。これも赤のあとには青が出、青のあとにはまた赤が出るのである。

これを書き終った日の夕刊第一頁に「紛糾せる予算問題。急転！　円満に解決」と例の大きな活字の見出しが出ている。そうして、この重大閣議を終ってから床屋で散髪している○相のどこかいつもより明るい横顔と、自宅へ帰って落着いて茶をのんでいる特別にこやかな△相の顔とが並んでたのもし気に写し出されている。ここにも緊張の後に来る弛緩の長閑《のどか》さがあるようである。「試験」が重大で誠意が熱烈でしたがって緊張が強度であればあるほどに、それを無事に過ごしたあとの長閑さもまた一入《ひとしお》で吾々の想像できないものがあるであろうと思いながら、夕刊第二頁をあけると、そこには、教育界の腐敗、校長の瀆職《とくしょく》事件や東京市会と某会社をめぐる疑獄に関する記事とが満載されている。これらの記事がもし半分でも事実とすると、東京市の公共機関の内部には、ゆるみきりにゆるんでしまって、そうして生命を亡《うしな》って腐れてしまった部分がいくらかはあると見える。新聞ばかり見ていると東京も日本も骨髄まで腐れているかと思うこともあるが、そうでもないと思われるたしかな証拠もなくはない。世の中が真暗くなったような錯覚を起こさせるのがジャーナリズムの狙いどころではあろうが、考えてみるとどこの世界にでも与太者のユーモレスクのない世界はないであろう。そんなものにばかり気を取られていると自分の飯に蠅《はえ》がたかる。こんな新聞記事をよむ暇があったら念仏でもするかエスキモー語の文法でも勉強した方がいい。

火鉢のそばに寝ていた猫が起きあがって一度垂直に伸び上がってぶるぶると身振いをする。それから前脚を一本ずつずっと前へ伸ばして頭を低く仰《あおむ》向いて大きな欠伸をして、尻尾《しっぽ》をSの字に曲げてから全身を前脚の方へ移動しのめらせてそうして後脚を後方へのばした。これからそろそろ庭へ出て睡蓮《すいれん》の池の水をのんで、そうして彼の仕事の町内めぐりにとりかかるのであろう。自分はこれから寝て、明日はまた、次に来る来年の「試験」の準備の道程におぼつかない分厘《ふんりん》の歩みを進めるのである。

（昭和九年一月『中央公論』）

猫の穴掘り

猫が庭へ出て用を便じようとしてまず前脚で土を引っかき小さな穴を掘起こして、そこへしゃがんで体の後端部をあてがう。しかしうまく用を便ぜられないと、また少し進んで別のところへ第二の穴を掘ってさらに第二の試みをする。それでもいけないとさらに第三、第四と、結局目的を達するまでこの試みをつづけるのである。工合《ぐあい》の悪いのが自分の体のせいでなくて地面の不適当なせいだと思うらしい。どこへ住居を定めあるいは就職してもなんとなく面白くいかないで、次から次へと転宅あるいは転職する人のうちにはこの猫のようなのもあるいはあるかもしれない。

永らく坐りつづけていたあとで足がしびれて歩けなくなる。その時、しびれた足の爪先をいくら揉《も》んでもたたいてもなかなか直らない。また、夜中に眼が覚めてみると、片腕から手さきがしびれて泣きたいような歯がゆいような心持がすることがある。これもその、しびれた手さきや手首を揉《も》んでも掻《か》いてもなかなか直らない。これらの場合にはそのしびれた脚や腕の根元に近いところに着物のひだで圧迫された痕跡《こんせき》が赤く印銘されているのでそこを引っかき摩擦すればしびれはすぐに消散するのである。病気にもこんなふうに自覚症状の所在とその原因の所在とがちがうのがあるらしい。

人間の心の病や、社会や国家の病にもこんなのがある。異常を「感じる」ところをいくら療治してもその異常は直らない。それを「感じさせる根原」の所在を突き止めなければ病は直せないのである。しかしこの病原を突きとめて適当な治療を加えることのできるような教育者や為政家は古来まれである。

喧嘩《けんか》ばかりしていて、とうとうおしまいに別れてしまう夫婦がある。聞いてみると到底性格が一致せぬからだという。しかしよくよく詮議《せんぎ》してみるとやはり貧乏がすべての究極の原因であったという場合もかなり多いようである。紳士と紳士が主義の相違で仲違《たが》いをしたというのが、その背後に物質の問題のかくれていることもある。

世の中が妙に騒々しくて、青いX事件があるかと思うと黒いY事件、黄色いZ事件などが続出する。ある人はこれを社会経済状態の欠陥のせいだと信じ、またある人は唯物論的思想の流行による国民精神の廃頽《はいたい》のせいだと思い込む。しかしこれらの動揺の真因は必ずしもそう手近な簡単なものではないかもしれないと思われる。

いろいろ考えられる原因の中での一つのかなり重要な因子として次のようなものが考えられる。それは、理化学の進歩の結果としてあらゆる交通機関が異常に発達したのはよいが、その発達が空間的・時間的に不均整なために、従来は接触し得なかったようなはなはだしい異質的なものの接触が烈しくなり、異質間の異性質のグレディエントが大きくなった。そうして、そういう接触に人間が馴《な》れうるためにはそういう接触の時間的変化があまりに急激過ぎるか、ないしは人間の頭の適応性があまりに遅鈍であり過ぎるか、とにかくそのために接触界面の現象としていろいろな異常現象が頻出するかと思われるふしも少くないようである。

例えば熱鉄を氷片に近づける場合を考えてみる。近づける速度が非常にゆっくりしていれば、近づいていく間に鉄はだんだん冷却し、氷はだんだんに解け、解けた水は暖まり、それでいよいよ接触する瞬間にはもう両方の温度の差はわずかになっているから、接触しても別にじゅっともすうとも云わない。しかし両者の近づくのが早くて摂氏六百度、七百度の鉄がいきなり零度の氷に接触すると騒動が起る。

水の中に濃硫酸をいれるのに、きわめて徐々に少しずつ滴下していれば酸は徐々に自然に水中に混合してたいして間違いは起らないが、いきなり多量に流し込むと非常な熱を発生して壜《びん》が破《わ》れたり、火傷《やけど》したりする危険が発生する。

汽車や飛行機や電話や無線電信はいわば氷の中へ熱鉄を飛び込ませ、水の中へ濃硫酸を酌み込むような役目をつとめるものである。

交通機関の拡がるのは、風の弱い日の火事の拡がるように全面的ではなくて、不規則な線に沿うて章魚《たこ》の足のごとく菌糸のごとく播《ひろ》がり、またてづるもづるの触手のごとく延びるのである。それがために暗黒アフリカの真只中《ただなか》にロンドン製品の包紙がちらばるようなことになる。提灯《ちょうちん》とネオン灯とが衝突することになる。それが騒動のもとになるのである。

こういう騒動をなくするにはあらゆる交通機関をなくしてしまうか、ただしはこれらの機関をまんべんなく発達させるか、どちらかによるほかはない。

精神的交通機関についてもやはり同様で、皆無か具足か、どちらかを選ぶことにしなければ面倒は絶えない。

教育にしても子供から青年までの教育機関はあっても中年、老年の教育機関が一向にととのっていない。しかし、人間二十五、六歳まで教育を受ければそれで十分だという理窟《りくつ》はどこにもない。死ぬまで受けられる限りの教育を受けてこそ、この世に生れてきた甲斐《かい》があるのではないかと思われる。現在ある限りの学校を卒業したところで、それで一人前になれるはずがない。

中年学校、老年学校を設置して中年、老年の生徒を収容し、その教授、助教授には最も現代的な模範的ボーイやガールを任命するのも一案である。

子供を教育するばかりが親の義務でなくて、子供に教育されることもまた親の義務かもしれないのである。

新しい交通機関、例えば地下鉄や高架線が開通すると、誰よりも先に乗ってみないと気のすまないという人がある。つい近ごろ、上野《うえの》公園西郷《さいごう》銅像の踏んばった脚の下あたりの地下に停車場ができた、そこから成田《なりた》行、千葉行の電車が出るようになった。その開通式の日にわざわざ乗りに行った人の話である。千住大橋《せんじゅおおはし》まで行って降りてはみたが、道端の古物市場のほかに見るものはないので、すぐに「転向」してまた上野行に乗込み、さて車内の乗客を見渡すと、先刻行きに同乗した見覚えの顔がいくつも見つかったそうである。たぶんみんな狐につままれたような顔をしていたことと想像される。

地味な科学者の中でさえも「新らしいもの好き」がある。新らしいもの好きが新らしい長所を取るべきは当り前であるが、いわゆる「新らし好き」は無批判無評価にただその新らしさだけに飛びつくのである。新らしい電車に飛び乗ってうれしくなってしばらく進行していると「三河島《みかわしま》の屋根の上」に出る。幻滅を感じて狐につままれた顔をして引返してくる場合もあるであろう。しかしアインシュタインは古い昔のガリレーをほじくって相対性原理を掘りだし、ブローイーは塵《ちり》に埋もれたハミルトンにはたきと磨きをかけて波動力学を作りあげた。

時々西洋へ出かけて目新らしい機械や材料を仕入れてきては田舎学者の前でしたり顔にひけらかすようなえらい学者でノーベル賞をもらった人はまだ聞かないようである。

そうはいうものの新らしいものにはやはり誘惑がある。ある暖かい日曜に自分もとうとう京成《けいせい》電車上野駅地下道の入口を潜った。おなじみの西郷銅像と彰義隊《しょうぎたい》の碑も現に自分の頭の上何十尺の土層の頂上にあると思うと妙な気がする。

市中の地下鉄と違って線路がむやみに彎曲《わんきょく》しているようである。この「上野の山の腹わた」を通り抜けると、ぱっと世界が明るくなる。山のどん底から山の下の平野の空へ向って鉄路が上向きに登っているから、ちょうど大砲の中から打出されたような心持がして面白い。打出されたところは昔呉竹《くれたけ》の根岸《ねぎし》の里今は煤《すす》だらけの東北本線の中空である。

高架線路から見おろした三河島は不思議な世界である。東京にこんなところがあったかと思うような別天地である。日本中にも世界中にもこれに似たところはないであろう。慰めのない「民家の沙漠」である。

泥水をたたえた長方形の池を囲んで、そうしてその池の上にさしかけて建てた家がある。その池の上の廊下を子供が二、三人ばたばた駆け歩いているのが見えた。不思議な家である。

千住大橋でおりて水天宮《すいてんぐう》行の市電に乗った。乗客の人種が自分のいつも乗る市電の乗客と全くちがうのに気がついて少し驚いた。おはぐろのような臭気が車内にみなぎっていたが出所は分からない。乗客の全部の顔が狸や猿のように見えた。毛孔《けあな》の底に煤と土が沈着しているらしい。向側に腰かけた中年の男の熟柿《じゅくし》のような顔の真ん中に二つの鼻の孔が妙に大きく正面をにらんでいるのが気になった。上野で乗換えると乗客の人種が一変する。ここにも著るしい異質の接触がある。広小路《ひろこうじ》の松坂屋《まつざかや》へはいってみると歳末日曜の人出で言葉どおり身動きのできない混雑である。メリヤス靴下を並べた台の前には人間の垣根ができてその垣根から大小いろいろな無数の手が出てうごめきながら商品をつまぐり引っぱり揉みくたにしている。どの手の持主がどの人だかとても分からない。大量塵芥《じんかい》製造工場のようなものである。また万引奨励機関でもある。

これらの現象もやはり交通文明の発達と聯関しているようである。

小さな不連続線が東京へかかったと見えて、狂風が広小路を吹き通して紳士の帽を飛ばし淑女の裾《すそ》を払う。寒暖二様の空気が関東平野の上に相戦うために起る気象現象である。気層の不平の結果である。

昔、不平があると穴を掘ってはこっそりその中へ吐き込んだ人がある。自分も何かしら書きたいことがあって筆を取ったはずであったが、思うことがなかなか思うように書けないので、途中で打切ってさてなんべんとなく行を改めてさらに書出してみても、やはりうまく書けない。思うことの書けないのは世の中のせいかというような気もするが、これも猫の穴掘りと同様に実は自分の筆の通じが悪いせいかもしれないのである。

（昭和九年一月『東京朝日新聞』『大阪朝日新聞』）

変った話

一　電車で老子に会った話

中学で孔子《こうし》や孟子《もうし》のことは飽きるほど教わったが、老子《ろうし》のことはちっとも教わらなかった。ただ自分らより一年前のクラスで、K先生という、少し風変りというよりも奇行をもって有名な漢学者に教わった友人達の受売り話によって、孔子の教と老子の教との間に存する重大な相違について、K先生の奇説なるものを伝聞し、そうして当時それを大変に面白いと思ったことがあった。その話によると、K先生は教場の黒板へ粗末な富士山《ふじさん》の絵を描いて、その麓《ふもと》に一匹の亀を這《は》わせ、そうして富士の頂上の少し下の方に一羽の鶴をかきそえた。それから、富士の頂近く水平に一線を劃《かく》しておいて、さてこういう説明をしたそうである。「孔子の教ではここにこういう天井がある。それで麓の亀もよちよち登っていけばいつかは鶴と同じ高さまで登れる。しかしこの天井を取払うと鶴はたちまち沖天《ちゅうてん》に舞上がる。すると亀はもうとても追付く望みはないとばかりやけくそになって、呑めや唄えで下界のどん底に止《とど》まる。その天井を取払ったのが老子の教えである」というのである。なんのことだかちっとも分からない。しかし、この分からない話を聞いたとき、なんとなく孔子の教よりは老子の教の方が段ちがいに上等で本当のものではないかという疑いを起したのは事実であった。富士山の上に天井があるのは嘘だろうと思ったのであった。

二十年の学校生活に暇乞《いとまご》いをしてから以来、何かの機会に『老子』というものもいっぺんは覗《のぞ》いてみたいと思い立ったことは何度もあった。そのたびごとに本屋の書架から手ごろらしいと思われる註釈本《ちゅうしゃくぼん》を物色しては買ってきて読みかけるのであるが、第一本文がむやみにむつかしい上にその註釈なるものが、どれもたいていはなんとなく黴《かび》臭い雰囲気の中を手捜りで連れていかれるような感じのするものであった。それらの書物を通して見た老子は妙にじじむさいばかりか、なんとなく偽善者らしいもったいぶった顔をしていて、どうも親しみを感ずるわけにはいかないので、ついついおしまいまで通読する機会がなく、したがって老子に関する概念さえなしにこの年月を過ごしてきたのであった。

つい近ごろ本屋の棚で薄っぺらな「インゼル・ビュフェライ叢書《そうしょ》」をひやかしていたら、アレクサンダー・ウラールという人の『老子』というのが出てきた。たった七十一頁の小冊子である。値段が安いのと表紙の色刷の模様が面白いのとでなんの気なしにそれを買って電車に乗った。そうしてところどころをあけて読んでみるとなかなか面白いことが書いてあって、それが実によくわかる。面白いから通読してみる気になって第一頁から順々に読んでいった。原著の方は知らないのであるから誤訳があろうがあるまいが、そんなことは分かるはずもなし、またいくらちがっていてもそんなことは構わない。ただいかにも面白いのでうかうかと二、三十章をひと息に読んでしまった。そうしてその後二、三回の電車の道中に知らず知らず全巻を卒業してしまったのである。

不思議なことには、このドイツ語で紹介された老子はもはや薄汚ない唐人服を着たにがにがとこわい顔をした貧血老人ではなくて、さっぱりとした明るい色の背広に暖かそうなオーバーを着た童顔でブロンドのドイツ人である。どこかケーベルさんに似ている、というよりはむしろケーベルさんそっくりの老人である。それが電車の中で隣席に腰かけていて、そうして明晰《めいせき》に爽快《そうかい》なドイツ語でゆっくりゆっくり自分に分かるように話してくれるのである。その話が実に面白い。哲学の講義のようでもあり、また最も実用的な処世訓のようでもあり、どうかするとまた相対性理論や非ユークリッド幾何学の話のようでもある。そうかと思うと、また今の時節には少しどうかと心配されるような非戦論を滔々《とうとう》と述べ聞かすのであった。

同じ思想が、支那服を着ていてそうして栄養不良の漢学者に手を引かれてよぼよぼ出てきたのではどうしても理解ができなかったのに、それが背広にオーバー姿で電車の中でひょっくり隣合ってドイツ語で話しかけられたばかりにいっぺんに友達になってしまったような体裁である。こんなことから考えてみると、我国固有の国民思想を保存し涵養《かんよう》させるのでも、いつまでも源平時代の鎧兜《よろいかぶと》を着た日本魂《やまとだましい》や、滋籐《しげどう》の弓を提《さ》げた忠君愛国ばかりを学校で教えるよりも、時にはやはり背広を着て折鞄《おりかばん》でも抱えた日本魂をも教える方がよくはないかという気がしたのである。

それはとにかく、このドイツ語がどれくらい原著に忠実であるかということは自分には分かりかねるが、しかしところどころあたってみるとかなり在来の日本人の註釈などとはちがっていて誤訳ではないかと思うところもある。しかしこのドイツ訳の方がともかくも話の筋がよく通っていて読んで分かりやすいことだけは慥《たしか》である。例えば「大方無隅《たいほうむぐう》。大器晩成《たいきばんせい》。大音希声《たいおんきせい》。大象無形《たいしょうむけい》。」というのを「無限に大きな四角には角がない。無限に大きな容器は何物をも包蔵しない。無限に大きい音は声がない。無限に大きな像には形態がない」と訳してある。「大器晩成」の訳は明らかにちがっているようではあるが、他の三句に対してはこの訳の方がぴったりよく適合するから妙である。それは別として、ここのドイツ訳は数学者や物理学者にとってなかなか面白く読まれるであろう。同様な意味で面白いのは「大日逝。逝日遠。遠日反。」の最後の句を「無限の遠方は復帰である」と訳してあるが、これはアインシュタインの宇宙を指しているようで面白い。また「無有入於無間」を「個体性のないものは連続的物質中に侵入する」と訳しているが、これは、なんとなく古典物理学のエーテルを云っているようで面白い。「故致数車無車」を「部分の総和は全体ではない」と訳しているのでも、当否は別としてやはり面白い。欠けた硝子《ガラス》片を寄せたものは破《わ》れない硝子板にはならないのである。

老子は虚無を説くから危険思想だとこわがる人があるそうである。しかし自分が電車で巡り合った老子の虚無は円満具足を意味する虚無であって、空っぽの虚無とは全く別物であった。老子の無為は自覚的には無為であるが実は無意識の大なる有為であった。危険どころかこれほど安全な道はないであろう。充実したつもりで空虚な隙間だらけの器物はあぶなく、有為なつもりの無能は常に大怪我の基である。老子の忠告を聞流しているために恐ろしい怪我や大きな損をした個人や国家は歴史のどの頁にもいっぱいである。

桃太郎や猿蟹《さるかに》合戦のお伽噺《とぎばなし》でさえ危険思想宣伝の種にする先生方の手にかかれば老子はもちろん孔子でも孟子でも釈尊《しゃくそん》でもマホメットでもどのようなふうに解釈されどのような道具に使われるかそれは分からない。しかし『道徳教』でも『論語』でもコーランでも結局は吾々の知恵を養う蛋白質《たんぱくしつ》や脂肪や澱粉《でんぷん》である。たまたま腐った蛋白を喰って中毒した人があったからといって蛋白質を厳禁すれば衰弱する。

電車で逢った背広服の老子のどの言葉を国定教科書の中に入れていけないといういわれを見出すことができなかった。日本魂を腐蝕《ふしょく》する毒素の代りにそれを現代に活《い》かす霊液でも、捜せばこの知恵の泉の底から湧き出すかもしれない。電車で逢った老子はうららかであった。電車の窓越しに人の頸筋《くびすじ》を撫《な》でる小春の日光のようにうららかであったのである。

二　二千年前に電波通信法があった話

欧州大戦のまさに酣《たけなわ》なるころ、アメリカのイリノイス大学の先生方が寄り集まって古代ギリシアの兵法書の翻訳を始めた。そのわけは、人間の頭で考え得られる大概の事は昔のギリシア人が考えてしまっている、それだからギリシアの戦術を研究すれば何かしらきっと今度の戦争に役に立つような、参考になるようなうまい考えの掘出しものが見つかるだろう、というのであった。それで大勢のギリシア学者が寄合い討論をして翻訳をした、その結果が『ロイブ古典叢書』の一冊として出版され我邦《わがくに》にも輸入されている。その巻頭に訳載されている「兵法家アイネアス」を冬の夜長の催眠剤のつもりで読んでみた。読んでいるうちに実に意外にも今を去る二千数百年前のギリシア人が実に巧妙な方法でしかも電波によって遠距離通信《テレグラフィー》を実行していたという驚くべき記録に逢ってすっかり眠気をさまされてしまったのである。もっとも電波とはいってもそれは今のラジオのような波長の長い電波ではなくて、ずっと波長の短かい光波を使った烽火《のろし》の一種であるからそれだけならばあえて珍らしくない、と云えば云われるかもしれないが、しかしその通信の方法は全く掛け値なしに巧妙なものといわなければならない。その方法というのは次のようなものである。

まず同じ形で同じ寸法の壺《つぼ》のような土器を二つ揃える。次にこの器の口よりもずっと小さい木栓を一つずつ作ってその真中におのおの一本の棒を立てる。この棒に幾筋も横線を刻んで棒の側面を区分しておいてそれからその一区分ごとにいろいろな簡単な通信文を書く。例えば第一区には「敵騎兵国境に進入」第二区には「重甲兵来」というふうな、最も普通に起りうべきいろいろな場合を予想してそれに関する通信文を記入しておく。次にこの土器に水を同じ高さに入れておいてこの木栓を浮かせると両方の棒は同高になることももちろんである。そこでこの容器の底に穴をあけて水を流出させれば水面の降下につれて栓と棒とが降下するのであるが、その穴の大きさをうまく調節すると二つの土器の二つの棒が全く同じ速度で降下しいつでも同じ通信文が同時に容器の口の処に来ているようになるのである。このような調節ができたらこの二つの土器を、互に通信を交わしたいと思う甲乙の二地点に一つずつ運んでおく。そこで甲地から乙地に通信をしようと思うときにはまず甲で松明《たいまつ》を上げる。乙地でそれを認めたらすぐ返答にその松明を上げて同時に土器の底の栓を抜いて放水を始める。甲地でも乙の松明の上がると同時に底の栓を抜く。そうして浮かしてある栓の棒がだんだんに下っていってちょうど所要の文句を書いた区分線が器の口と同高になった時を見すましてもう一度烽火《のろし》をあげる。乙の方ではその合図の火影を認めた瞬間にぴたりと水の流出を止めて、そうして器の口に当る区分の文句を読むという寸法である。

話は変るが、一九一〇年ごろベルリン近郊の有名な某電機会社を見学に行ったときに同社の専売の電信印字機を見せてもらった。発信機の方はピアノの鍵盤《けんばん》のようなものにアルファベットが書いてあって、それで通信文をたたいていくと受信機の方ではタイプライターが働いて紙テープの上にその文句をそっくりそのままに印刷していく仕掛けである。この機械の主要な部分は発信機と受信機と両方に精密に同時に回転する車輪である。すべての仕掛けはこの車の同時調節によって有効になるので、試みにわざとちょっとばかりこの調節を狂わせると、もう受信機の印刷する文句はまるきりわけの分からぬ寝言にもならない活字の行列になってしまうのである。

この二十世紀の巧妙な有線電信機の生命となっている同時調節《シンクロニゼーション》の応用も、その根本原理においては前記の古代ギリシアの二千何百年前の無線光波通信機の原理と少しも変ったことはないのである。

写真電送機械の機構にもやはり同様な原理が応用されている。この場合には土器を漏れる水の代りにフィルムを巻いた回転円筒が使われ、棒に刻んだ線を人間が眼で見て烽火を挙げる代りに真空光電管の眼で見た相図を電流で送るのである。自働電話の送信器の数字盤が廻るときのカチカチ鳴る音と自働連続機のピカピカと光る豆電灯の瞬《また》きもやはり同じような考えを応用してできた機構の産物であると見ればも見られなくはないであろう。

このように、二千年前の骨董《こっとう》の塵の中にも現代最新の発明の種があるとすれば、同じ塵の中には未来の新発明の品玉がまだまだいくらも蔵されているかもしれない。「アー、そんなものは君、もう二十年も前にドイツの何某が試みて失敗したものだよ」といったようなことをしたり顔に云って他人の真面目なそうして実際はかなり有望な独創的研究をあたまからけなしつけるようないわゆる大家も決して珍らしくはない。「それは君、昔フランスでやったものだよ」と云って若い技師の進言を言下に退ける局長もまた珍らしくはないであろう。これらの大家や局長がアイネアスの兵法を読んでいなかったおかげで電信印字機や写真放送機が完成したかもしれないのである。

三　御馳走を喰うと風邪を引く話

昔、自分の勤めていた役所にMという故参《こさん》の助手がいた。かなりの皮肉屋であったが、ときどき面白い観察の眼を人間一般の弱点の上に向けて一風変ったリマークをすることがあった。その男の変った所説の一例を挙げると、自分が風邪を引いて熱を出したりしたとき「アンマリ御馳走《ごちそう》を喰べ過ぎるんじゃあないですか」と云ってはにやにや笑うのであった。

御馳走を喰うと風邪を引くというのはいったいどういう意味だか分からなかった。御馳走を喰えば栄養になり、喰い過ぎれば腹下りを起こすくらいのことは知っていたが、この、医学者でも物理学者でもなんでもない助手M君の感冒起因説は、当時の自分の医学上の知識を超越していたのである。

しかし、その当時気のついていたことは、何かしら自分の研究仕事にうまい糸口が見つかってそれですっかり嬉《うれ》しくなって仕事に夢中になる、そういう時にどうもきまって風邪を引くらしいということである。もっともこれとてもそういう時にひいた風邪だけが特に記憶に残るので、それでそういう片手落の結論に導かれたのかもしれないが、しかし、そうばかりでもないと思われる理由は慥にある。そう云ったふうに夢中になっているときには、暑さや寒さに対して室温ならびに衣服の調節を怠るような場合がどうしても多い上に、身心共に過労に陥るのを気持の緊張のために忘却して無理をしがちになるから自然風邪のみならずいろんな病気に罹《かか》りやすいような条件が具備するわけかと思われるのである。

そうだとすると、これは精神的の御馳走を喰い過ぎたために風邪を引くのだと、云えば云われなくもないであろう。

しかし、その当時に、当時には御馳走と思われた牛鍋《ぎゅうなべ》や安洋食を腹いっぱいに喰って、それであとで風邪を引いたというはっきりした経験はついぞ持合わせず、したがってM君の所説は一向に無意味なただの悪《にく》まれ口としか評価されないで閑却されていたのである。

ところが、おかしなことにはつい近年になってこのM君の無意味らしく思われた言葉が少しずつ幾分かの意味を附加されて記憶の中に甦《よみがえ》ってくるような気がする、というのは、どうかして宴会や友達との会合などが引続いて毎日御馳走を喰っていると、その揚句《あげく》にふいと風邪を引くというような経験がどうも実際に多いような気がしてきたのである。御馳走の直接の結果であるか、それとも御馳走に随伴する心身の疲労のためだかその点は分からないが、とにかく事実そういう場合が多いらしい。

昔から、粗食が長寿の一法だとの説がある。これは考えてみると我がM君の説を裏側から云ったもののように思われてくる。いったい普通の道理から云うと年をとればうまいものを喰って栄養をよくした方がよさそうに思われるが、うまいものはついつい喰い過ぎる恐れがある。しかし、まずいものは喰い過ぎたくても喰い過ぎる心配が少い。つまり、粗食それ自身がいいのではなくて喰い過ぎないことがいいのかもしれない。もしか粗末なものを喰い過ぎることができたらその結果は御馳走の飽食よりもっと悪いかもしれないであろう。そうだとすると、結局、なるべくうまい上等の御馳走を少し喰っているのが一番の長寿法だということになるかもしれない。これはやさしそうでなかなかむつかしいことらしい。

胃が悪い悪いと年中こぼしながら存外人並以上に永生きをした老人を数人知っている。これも御馳走を喰い過ぎたくても喰い過ぎられなかったおかげかもしれないと思われる。食慾不振《しょくよくふしん》のおかげで、御馳走がまずく喰われるという幸運を持合せたのであろう。何が仕合《しあわ》せになるかもしれないのである。

四　半分風邪を引いていると風邪を引かぬ話

流感がはやるという噂である。竹の花が咲くと流感がはやるという説があったが今年はどうであったか。マスクをかけて歩く人が多いということは感冒が流行している証拠にはならない。流行の噂に恐怖している人の多いという証拠になるだけである。

流感は初期にかかると軽いが後になるほど悪性だとよく人が云う。黴菌《ばいきん》がだんだん悪るずれがしてきて黴菌の「ヒト」が悪くなるせいでもなさそうである。

流行の初期に慌《あわ》てて罹る人は元来抵抗力の弱い人ではないかと思う。そういう弱い人は、ちょっと少しばかり熱でも出るとすぐにまいってしまって欠勤して蒲団《ふとん》を引っかぶって寝込んで静養する。すればどんな病気でもたいていは軽症ですんでしまう。ところが、抵抗力の強い人は罹病《りびょう》の確率が少いから統計上自然に跡廻しになりやすい、そうしてそういう人は罹っても少々のことではなかなか最初から降参してしまわない。そうして不必要で危険な我慢をし無理をする、すればたいていの病気は悪くなる。そうしていよいよ寝込むころにはもうだいぶ病気は亢進《こうしん》して危険に接近しているであろう。実際平生丈夫な人の中には、無理をして病気をこじらせるのを最高の栄誉と思っているのではないかと思われる人もあるようである。

自慢にならぬことを自慢するようでおかしいが、自分などは冬中はいつでも半分風邪を引いている。詳しく言えば、風邪の症状を軽微なる程度において不断に享楽している。無理をしたくてもできないというありがたい状況に常住しているのである。そのために、あらゆる義理を欠き、あらゆる御無沙汰《ごぶさた》をして、寒さを逃げ廻っては、こそこそと一番大事なと思う仕事だけを少しずつしている。そのお蔭《かげ》で幸に今年はまだ流感に冒されずしたがって肺炎にもならずに今日までたどりついたような気がする。ましてや雪の山で遭難して世間を騒がす心配などは絶対になくてすんでいるわけである。

危険線のすぐ近くまで来てうろうろしているものが存外その境界線を越えずに済む、

ということは病気ばかりとは限らないようである。ありとあらゆる罪悪の淵の崖の傍をうろうろして落込みはしないかとびくびくしている人間が存外生涯を無事に過ごすことがある一方で、そういう罪悪とおよそ懸けはなれたと思われる清浄無垢《むく》の人間が、自分も他人も誰知らぬ間に駆足で飛んできてそうした淵の中に一目散《いちもくさん》に飛込んでしまうこともあるようである。心の罪の重荷が足にからまって自由を束縛されている人間はかえって現実の罪の境界線が越えにくいということもあるかもしれないのである。

今に戦争になるかもしれないというかなりに大きな確率を眼前に認めて、国々が一生懸命に負けない用意をして、そうしてなるべくなら戦争にならないで世界の平和を存続したいという念願を忘れずにいれば、存外永遠の平和が保たれるかもしれないと思われる。もしも、いつも半分風邪を引いているのが風邪を引かぬための妙策だという変痴奇論《へんちきろん》に半面の真理が含まれているとすると、その類推からして、いつも非常時の一歩手前の心持を持続するのが本当の非常時を招致しないための護符になるという変痴奇論にもまたいくらかの真実があるかもしれないと思われる。

このような変痴奇論を敷衍《ふえん》していくと実に途方もない妙な議論がいろいろ生まれてくるらしい。例えば孔子の教えた中庸《ちゅうよう》ということでも解釈のしようによっては「いつも半分風邪を引いているように」というふうに受取れるかもしれない。生まれてから七、八十歳で死ぬまで一度も風邪を引かないような人があったら、はたが迷惑かもしれない。クリストに云わせても、それほどに健康ではち切れそうだと、狭い天国の門を潜るにも都合が悪いであろう。

あえて半分風邪を引くことを人にすすめるのではない。弱いものの負惜みの中にも半面の真があるというだけの話である。

星の世界の住民が大砲弾に乗込んで地球に進入し、ロンドン附近でさんざんに暴れ廻り、今にも地球が焦土となるかと思っていると、どうしたことか急にぱったりと活動を停止する。変だと思ってよく調べてみると、星の世界には悪い黴菌がいないために黴菌に対する抗毒素を持合わせない彼星の住民は、地球上の数々の黴菌に会ってひとたまりもなく全滅した。こういう架空小説を書いた人がある。

あまり理想的に完全なマスクをかけて歩いているとついマスクを取った瞬間にこの星の国の住民のような目に会いはしないか。そんなことを考えると、うっかりマスクを人にすすめることもできない。それかといってマスクをやめろと人に強《し》いる勇気もない。ただ世の中にマスク人種と非マスク人種との存在する事実を実に意味の深い現象としてぼんやり眺めているばかりである。

（昭和九年三月『経済往来』）

マーカス・ショーとレビュー式教育

アメリカのレビュー団マーカス・ショーが日本劇場《にほんげきじょう》で開演して満都の人気を収集しているようであった。日曜日の開演時刻にこの劇場の前を通ってみると大変な人の群が場前の舗道を埋めて車道まではみ出している。これだけの人数が一人一人これから切符を買って這入《はい》るのでは全部が入場するまでにいったいどのくらい時間が掛かるかちょっと見当がつかない。人ごとながら気になった。

後に待っている人のことなどはまるで考えないで、自分さえ切符を買ってしまえばそれでいいという紳士淑女達のことであるから、切符売子といろいろ押問答をした上に、必ず大きな札を出しておつりを勘定させる、その上に押合いへし合いお互に運動を妨害するから、どうしても一人宛平均三十秒はかかるであろう。それで、待っている人数がざっと五百人と見て全部が入場するまでには二百五十分、すなわち四時間以上かかる。これは大変である。

こんな目の子勘定をして紳士淑女の辛抱強いのに感心する一方では自分でこの仲間にはいろうという勇気を沮喪《そそう》させていた。

ある日曜日の朝顕著な不連続線が東京附近を通過していると見えて、生温かい狂風が軒を揺がし、大粒の雨が断続して物凄《ものすご》い天候であった。昼前に銀座まで出掛けたら諸所の店前の立看板などが吹飛ばされ、傘を折られて困っている人も少くなかった。日本劇場の前まで来てみると、さすがに今日はいつもの日曜とちがって切符売場の前にはわずかに数人の人影が見えるだけであったので急に思いついて入場した。

二階の窓から狂風に吹飛ぶ雲を眺めながら考えるともなく二十年前に見たベルリンのメトロポール座のレビューを想い出していた。ウンテル・デン・リンデンの裏通りのベーレン街にあったこの劇場のレビューは、一つの出しものを半年も打ちつづけていて、それでいて切符は数日前までみんな売切れになっていた。世界の都でなければあり得ない現象である。一年半の滞在中たった一度だけはいってみたが、見たものの記憶はもう雑然としてたいてい消えてしまっている。ツェペリン飛行船が舞台の真中に着陸する、その前でロココ時代の宮庭と現代の世界との混合したような夢幻の光景が渦を巻いたといったような気がするだけである。ジァンペートロというバリートンが当時異常な人気を呼んでいて、なんでもある貴族の未亡人から、自分の願いを容《い》れてくれなければ自殺するという脅迫を受けて困っているというような噂が新聞で持《も》て囃《はや》されたが、しかしそれは単に宣伝のための空ごとだというゴシップもあった。どんな優男《やさおとこ》かと思っていたらそれが鬼将軍のような男性美の持主であったのである。例により夜会服姿の黒奴に扮《ふん》した舞踊などもあったが、西洋人ばかりの観客の中に交じった我々少数の有色人種日本人には、こうしたニグロの踊は決して愉快なものではなかった。

パリの下宿はオペラの近くであって、自分の借りていた部屋の窓から首を出して右を見ると一、二町先きの突きあたりにフォリー・ベルジェアの玄関が見えた。それほど近所に居ながらこれも這入ったのはただ一度だけであったし、見たものの記憶の薄れたことも同前である。名画をもじったタブロー・ヴィヴァンの中にダヴィドの「ルカミエー夫人」を模したのなどは美しかったが、シャバの「水浴の少女」をそっくりそのままベッドの前に立たせ、変なおやじが箒《ほうき》で腰をなぐろうとしている光景ははなはだ珍妙ないかがわしいものであった。大切《おおぎ》りにナポレオンがその将士を招集して勲章を授ける式場の光景はさすがにレビューの名に恥じない美しいものであった。

ムーラン・ルージュはこれと同じようでも、どこかもう少し露骨で刺戟《しげき》の強いものであった。完全に裸体で豊満な肉体をもった黒髪の女が腕を組んだまま腰を振り振り舞台の上手から下手へ一直線に脇目もふらず通り抜けるというものすごい一景もあった。

要するにレビューというものはただ雑然とした印象系列の偶然な連続としか思われなかった。ワグナーの歌劇やハウプトマン、ズーデルマンなどの芝居などに親しんでいた当時の自分にはレビューというものは結局ただエキゾチックな玩具箱《おもちゃ》を引っくり返したようなものにすぎなかった。

そんなわけであったから、後にアメリカに渡ったときも、レビューなど人にすすめられても見る気はしなかったのである。それがめぐりめぐった二十余年の今日の嵐の東京でアメリカ名物マーカス・ショーを見ようというのである。

この興行には添えものの映画を別にして正味二、三時間の間に三十に近い「景」が展開される。一景平均五分程度という急速なテンポで休止なしに次から次へと演ぜられる舞台や茶番や力技は、それ自身にはほとんどなんの意味もないようなものでありながらともかくも観客をおしまいまであまり退屈させないで引きずっていくから不思議なものである。

昔見たベルリンやパリのレビューの印象に比べてこのアメリカのレビューの著しくちがうと思った点は、この現在のアメリカのものの方が一層徹底的に無意味で、そのためにかえってさっぱりしていて嫌味が少いことと、それからもう一つは優美とか典雅とかいう古典的要素の一切を蹴飛ばしてしまって、旺盛《おうせい》な生活力をいっぱいに舞台の上に横溢《おういつ》させていることとであろうと思われた。ある意味では野蛮でブルータルであると同時に一方ではまた新鮮で明朗で逞《たくま》しい美しさがないとは云われない。

踊る人間の肉体の立派さは神の作った芸術でこれだけはどうにもしようがない。特にあのアラビア人のような名前のついた一団の自由自在に跳躍する翻筋斗《もんどり》の一景などは見るだけで老人を若返らせるようなものである。見るのは芸ではなくして活きる力である。

踊る女の髪の毛のいろいろまちまちなのが当り前だがわれわれ日本人の眼には不思議である。近ごろは日本人の顔がだんだんに西洋人に似てくるようで、銀座などを歩いているとあちらの映画スターに似たような顔つきをした男女を見かけることも珍しくないがただ髪の毛だけは、当り前のことだが皆申し合せたように真黒である。しかし、日本人の日常生活がだんだん西洋人のに近くなって一世紀、二世紀と経つうちには髪の色もだんだん明るくなっていかないとも限らないであろう。

呼物の「金色の女」はなるほどどうしても血の通っている人間とは思われなくて、金属の彫像が動いているとしか思われない。あんなものを全身に塗っては健康によくないであろうと思うとあまりいい気持はしなかった。塗料が舞台の板に附くかと思って気をつけて二階から見ていたがそんな風には見えなかった。

どこかの山中の嶮崖《けんがい》を通る鉄道線路の夜景を見せ、最後に機関車が観客席に向って驀進《ばくしん》するというはなはだ物々しいふれだしのあった一景は、実は子供だましのようなものであった。舞台の奥から機関車のヘッドライトが突進してくるように見えるのは、ただ光力をだんだんに強くし、ランプの前の絞りを開いていくだけでそういう錯覚を起こさせるのではないかと思われた。

しかし、ともかくも見ただけの甲斐はあった。友人の哲学者N君に逢ったとき、「哲学者はこういうものを一見すべきだろう」と云って見学をすすめておいたが、その後の端書《はがき》によるとやはり見にいったそうである。それ以来逢わぬからまだこの人のレビュー観を詳《つまび》らかにすることができない。

数日たった後に帝劇で映画の間奏として出演しているウィンナ舞踊団を見た。アメリカのと比べてどこか「理論」の匂いがある。それだけにやはり充実した理窟なしの活力といったようなものが足りなくて淋《さび》しい。見物は義理からの拍手を送るのに骨を折っているように見え、踊子が御挨拶《あいさつ》の愛嬌《あいきょう》をこぼして引込む後姿のまだ消え切らぬ先きに拍手の音の消えていくのが妙に気の毒であった。

これらと比較のために宝塚《たからづか》少女歌劇というものも一度見学したいと思っていた。早《そう》慶《けい》戦のあった金曜日の夕方例によって友人と新宿の某食堂で逢って連句をやろうと思っていると、〇大学の学生が大勢押しかけてきて、ビールを飲んで卓を叩いて校歌を唄い出した。喧騒の声が地下室に充ちて向合っての話声も聞取れなくなった。「一体勝って騒いでいるだろうか負けて騒いでいるだろうか」と云ったら友人は「負けたらしいね」と答えた。これも当代世相レビューの一景と思えば面白くもあったが、天下の早慶戦の日に落着いて連句などを作ろうとするものの不心得を自覚したので、ふと思付いて二人で東宝《とうほう》劇場へ出かけることにした。

「れ・ろまねすく」「世界の花嫁」まで見て割愛《かつあい》して帰ってきた。連句はとうとうお休みである。

アメリカレビューやウィンナ舞踊を見た眼で見た少女歌劇は実に綺麗で可愛らしいものではあったが、いかにもか弱く、かぼそく、桜の花というよりはむしろガラス製の人形でも見るような気のするものであった。老人や軍人の男装をした踊子までがみんな女の子のきいきい声を出すのでなおさらそういう「毀《こわ》れやすい」感じを起こさせるようである。例えばヴァイオリンのE線だけによる協奏楽というものが、もしあったとしたら、ちょうどこんなものではないかという気がした。テンポにもアダジオやアンダンテはあってもアレグロがなく、表情にもフォルチシモがなく、そうかといってピアニシモもなかった。

ウィンナ舞踊はそういう意味では一番「音楽的」であったかもしれない。テンポにもエキスプレションにも少くも理論的には相当な振幅《アンプリチュード》はあった。ただ惜しいことには至芸にのみ望み得られる強い衝動が欠けていた。アメリカン・レビューにはそういう古典的な意味での音楽などはない代りに、オリンピックのグラウンドや拳闘《けんとう》のリンクに見らるる活力の鼓動と本能の羽搏《はばた》きのようなものをいくらかでも感ずることができるのであった。

それほどにも国々の国民性がこんな演芸の末にまで現われるというのは面白いよりはむしろ恐ろしいことであろう。

連句をお休みにしてその代りにレビューを見物しながら、この二つの芸術の比較といったようなことを考えてみた。両方に共通な点もいろいろある。しかしそういう共通点だけから見ると、連句の方はレビューとは比較にならぬほど洗煉《せんれん》されたものである。連句では一景から次の景またその次の景への推移と連絡の必然性によって呼出される暗示の世界に興味の大半がつながれているが、レビューではそういう連鎖の必然性はほとんど閑却されているようである。それゆえに、連句三十六景のコンチニュイティは容易に暗記ができるが、レビューの二十八景の順序はとうてい覚えられそうもないのである。ともかくもこの二つのものの比較はいろいろの暗示の光を与える。一方では連句的レビューの可能性が示唆され、他方ではまたアメリカン・レビュー的連句の開拓も展望される。

筋の通った劇よりも、筋はなくて刺戟と衝動を盛り合わせたレビューのはやる現代に、同じような傾向がいろいろの他の方面にも見られるのは当然のことかもしれない。それについてまず何よりも先きに思い当るのは現代の教育のプログラムである。

習字と漢籍の素読と武芸とだけで固めた吾らの父祖の教育の膳立《ぜんだ》てでは、ともかくも一つのイデオロギーに統一された、筋の通り切ったものであった。明治大正を経た昭和時代の教育のプログラムはそれに比べてたしかにレビュー式である。盛りだくさんの刺戟はあるが、あとへ残る纏《まと》まった印象はややもすればはなはだ稀薄《きはく》である。

単に普通教育、中等教育の内容全体がそうであるのみならず、その中のある一つの科目の教科書がまたそれぞれにレビュー式である。読本をあけて見る。ありとあらゆる作者のあらゆる文体の見本が百貨店の飾棚のごとく並べられてある。今の生徒は『徒然草《つれづれぐさ》』や『大鏡《おおかがみ》』などをぶっ通しに読まされた時代の「こく」のある退屈さを知らない代りに、頭に沁《し》みる何物も得られないかもしれない。

自分等が商売がら何よりも眼につくのは物理学の中等教科書の内容である。限られた紙幅の中に規定されただけの項目を盛り込まなければならないという必要からではあろうが、実にごたごたとよくいろいろのことが鮨詰《すしづめ》になっている。一頁の中に三つも四つもの器械の絵があったりする。見ただけで頭がくらくらしそうである。そうしてそれらの挿図の説明はというとほとんど空っぽである。全く挿図のレビューである。そのうちの一つだけにして他は割愛して、その代りその一つをもう少し詳しく分かるように説明した方が本当の「物理」を教えるためには有効でありそうに思われる。それからまた、近ごろの教科書には本文とはたいした関係のないしかし見た眼に綺麗なようないろいろの図版を入れることがはやるようである。これもいったい「物理」とどんな関係があるのか、少くも本文をよんだだけではちっとも分からない。

汽車弁当というものがある。折詰の飯に添えた副食物が、いろいろごたごたと色取りを取合せ、動物質植物質、脂肪蛋白澱粉、甘酸辛鹹《かんさんしんかん》、というふうにプログラム的に編成されているが、どれもこれもちょっぴりで、しかもどれを食ってもまずくてからだのたしになりそうなものは一つもない。物理の教科書を見るたびになんとなくこの汽車弁当を思い出すのであったが、今度レビューを見学してからレビューと教科書の対照を考えさせられるような機会に接した。

多くのレビューでは、見ている間だけ面白くて、見てしまったあとでは綺麗に忘れてしまうのがむしろその長所であり狙いどころではないかと思うが、物理やその他の科学の教科書はそれでは困りはしないか。

三つのものを一つに減らしてもその中の一番根本的な一つをみっしりよく理解し呑込んでしまえば、残りの二つはひとりでに分かるというのが基礎的科学の本来の面目である。そうでなくても一つのものをよく玩味《がんみ》してその旨《うま》さが分かれば他のものへの食慾はおのずから誘発されるのである。たくさんに並べた栗のいがばかりしゃぶらせるような教科書は明らかに汽車弁当に劣ること数等であろう。

いったい「教えるためには教えない術《すべ》が必要である」というパラドックスがいわば云い得られなくはない。

中学校でS先生から生物学の初歩を教わったときの話である。主に口授を筆記するのであったが、たまたま何かの教材の参考資料として、英国製で綺麗な彩色絵の上に仮漆を引いた掛図を持出し、その中のある図について説明をした。その図以外にいろいろ珍らしいなんだか分からないものの絵がたくさんあってそれが吾々の強い好奇心を刺戟したが、もちろん講義に関係のないそれらの絵については先生は一言も触れなかった。その不可解な絵が妙に未知の不思議の世界に対する知識慾を刺戟しそれがいつとなく植物学全体への興味を煽《あお》るのであった。もしもあの時に先生が掛図のいろいろの絵の一つ一つを残らず通りいっぺんの簡単な説明で撫でて通ったのであったら、効果はおそらくまるで反対のものになりはしなかったかと想像される。

教科書に挿入されたいろいろな綺麗な図版などはおそらくこのS先生の掛図と同様な効果を狙ったものかもしれないが、これは失敗である。なぜかといえばS先生のは一と口うまいものを食わせておいて、その外にいろいろの旨そうなものをちらと見せたきり引込めてしまう流儀であるが、教科書は一向うまくない汽車弁当のおかずの品々を無理やりに口の中へ押込むような流儀だからである。

光の反射屈折に関する基礎法則を本当によく呑込ませることに全力を集注し、そうしてそれを解説するに最適切な二、三の実例を身にしみるように理解させれば、その余の複雑な光学器械などは、興味さえあらば手近な本や雑誌を見てひとりで分かることである。何も中学校でいちいち無理に教える必要はないと思われる。電流と磁気との基礎的な関係をゆっくり丁寧になるべく簡単な実験で十分徹底的に諒解《りょうかい》させれば、ダイナモやモーターのいろいろな様式などは三文雑誌にでも譲ってたくさんであろう。しかし、そういう一番肝心な基礎的なことがよく分からないで枝葉のデテールをごたごたに暗記して、それで高等学校の入学試験をパスし、大学の関門を潜ぐり、そうしてきわめてスペシァルなアカデミックな教育を受けて天晴《あっぱ》れ学士となり、そうしてしかも、実はその専門の学問の一番エレメンタリーな第一義がまるで分かっていないというスペシァリストは愚か大家さえできるという実に不思議な可能性が成立するのである。

物理のような基礎科学の教科書が根本の物理そのものはろくに教えないで瑣末《さまつ》な枝葉の物理器械や工学機械のカタログを暗記させるようなものでは困ると思う。レビュー式でも本当に面白いレビューならまだしも、さっぱり面白くない百景を並べたのでは全く生徒が可愛相である。結局は物理学そのものが嫌いになるだけであろう。レビュー見学のノートから脱線してつい平生胸に溜《た》まっていた教科書の不平をこぼしてしまったが、こういう脱線もまた一つのレビュー的随感録の一様式中の一景として読者の寛容を願いたいと思う。

政府の統制の下に組織された教育のプログラムがレビュー式であるくらいだから、

民間の営利機関の手に成る大衆向の教育機関であるところの雑誌や新聞のレビュー式ないしは汽車弁当式であることは当然である。たまたまレビュー式でない雑誌はあるが、そういうのは特別な関係の誌友類似の予約講読者のあるものに限るので、一般大衆を相手にするものはできるだけレビュー式編輯法《へんしゅうほう》を採らなければ経営が困難だということである。誠にもっともな次第と思われる。

いったいレビュー式ということには何もそれ自身に悪い意味は少しもないはずである。善用すればむしろ非常に好《よ》い効果をあげうべき可能性をたぶんにもっているものである。

近頃ある薬学者に聞いた話であるが、薬を盛るのに、例えば純粋な下剤だけを用いると、どうも結果は工合《ぐあい》よく行かない、しかし下剤とは反対の効果を生じるような収斂剤《しゅうれんざい》を交ぜて施用《しよう》すると大変工合がよいそうである。つまり人間の体内に耆婆扁鵲《ぎばへんじゃく》以上の名医が居て、それが場合に応じてきわめて微妙な調剤を行って好果を収めるらしいというのである。「それじゃ結局昔の草根木皮を調合した万病の薬が一番合理的ではないか」と聞いたら「まあ、そんなものだね」という返事であった。自分に必要なものを選択して摂取し、不用なもの有害なものを拒否し排出するのが、人間のみならずあらゆる生物の本性だということは二千年前のストア哲学者がすでに宣言していることである。生物が無生物とちがうのもこの点においてである。

これも近ごろ聞いた話であるが、稲の生長を助けるアゾトバクテルという黴菌《ばいきん》がある。また同じような作用をする原生動物《プロトソア》がある。ところが最近の日本の学者の研究によると、この二つのものを別々でなく同時に作用させると両方の作用が単に加算的《アディチブ》でなくてそれ以上に有効だということである。いわば一と一とで二以上になるというのである。お互にセンシタイズするような作用をするらしい。

人間が知識を摂取する場合でもよく似たことがある。自分に最も必要な知識は頭にしみやすく、あまり役に立たぬようなものは一度呑込んでもすぐに排出し忘れてしまう傾向がある。また甲乙二つの知識が単独にはたいした役に立たないのが二つ一処になったおかげで大変な役に立ったという例はいくらでもある。

そういう考えからすれば、あまり純粋な化学薬品のような知識を少数に授けるよりは、草根木皮や総菜のような調剤と献立を用いることもまたはなはだ必要なことと思われてくる。つまりここで謂《い》うレビュー式教育もはなはだ結構だということになるのである。

そうかといってまた無理やりに嫌がる煎薬《せんやく》を口を割って押込めば利く薬でももどしてしまい、まずい総菜を強《し》いるのでは結局胃を悪くし食慾をなくしてしまうのがおちである。下手なレビューを朝から夜中まで幕なしに見せられるようなものであろうと思われる。

熱で渇いた口に薫りの高い振出しをのませ、腹のへったものの前に気の利いた膳をすえ、仕事に疲れたものに一夕の軽妙なレビューを見せてこそ利目はあるであろう。雑誌や新聞ならば読みたいものだけ読んで読みたくないものは読まなければよいのであるが、学校の教育ではそういう自由は利かない。それをすれば落第させられる。無拠《よんどころなく》教程を鵜呑《うのみ》にする結果は知識に対する消化不良と食欲不振である。

教えるためには教えないことが肝心である。もう一杯というところで膳を取り上げ、もうひと幕と思うところで打出しにするという「節制」は教育においてもむしろはなはだ緊要なことではないか。この点について世の教育者、特に教科書の内容に関するいっさいの膳立ての任に当る方々の考慮を煩わしたいと思う次第である。

教育者はそういう点から考えても時々はレビューでも映画でも大衆雑誌でも、およそ現代の少青年の心を捕える限りの民衆教育機関を見学し研究し、そうして、そういうもののいかなる因子が民衆に働きかけるかを分析して、その分析の結果を各自の仕事の上に応用すべきではないかと思われる。現代民衆の心理を無視した学者達が官庁の事務机の上で作り上げた教程のプログラムは理論上いかに完全にできていても、活きて動いている時代の人間の役に立つ教育には少しどうかと思われるのである。

庭の霧島《きりしま》つつじが今盛りで、軒の藤棚の藤も咲きかけている。

あらゆるレビューのうちでなんべん繰返し繰返し観ても飽きない、観ればみるほどに美しさ面白さの深まり行くものは、こうした自然界のレビューである。この面白いレビューの観賞を生涯の仕事としている科学者もあるようである。ずいぶん果報な道楽者だとも云われるであろう。

ここまで書いて筆を擱《お》くつもりでいたら、その翌日人に誘われて国宝展覧会を観にいった。古い絵巻物のあるものを見ていたらその絵の内容とその排列に今のレビューと実によく似たもののあることに気がついた。やはり天《あめ》が下《した》に新らしいものは一つもないと思ってひとりで感心して帰ってきたのであった。

（昭和九年六月『中央公論』）

庭の追憶

郷里の家を貸してあるT氏から端書《はがき》が来た。平生あまり文通をしていないこの人から珍らしい書信なので、どんな用かと思って読んでみると、郷里の画家の藤田という人が、筆者の旧宅すなわち現在T氏の住んでいる屋敷の庭の紅葉を写生した油絵が他の一点とともに目下上野で開催中の国展に出品されているはずだから、暇があったら一度見にいったらどうか。

という親切な知らせであった。早速出かけて行ってみたら、たいして捜すまでもなくすぐに第二室でその絵に出くわした。これだと分かった時にはちょっと不思議な気がした。それは例えば何十年も逢《あ》わなかった少年時代の友達にでも引合わされるようなものであった。

「秋庭」という題で相当な大幅である。ほとんど一面に朱と黄の色彩が横溢《おういつ》して見るも眩《まぶ》しいくらいなので、一見しただけではすぐにこれが自分の昔なじみの庭だということが呑込《のみこ》めなかった。しかし、少し見ているうちに、まず一番に目についたのは、画面の中央の下方にある一枚の長方形の飛石であった。

この石は、もとどこかの石橋に使ってあったものを父が掘出してきて、そうして、この位置に据えたものである。それは自分が物心ついてから後のことであった。この石の中ほどにたしか少し窪《くぼ》んだところがあって、それによく雨水や打水が溜《たま》って空の光を照り返していたような記憶がある。しかし、ことによるとそれは、この石の隣りにある片麻岩《へんまがん》の飛石だったかもしれない。それほどにもう自分の記憶がうすれているのは侘《わび》しいことである。

この絵でも、この長方形の飛石の上に盆栽が一つと水盤が一つと並べておいてあるのがすっかり昔のままであるような気がするが、しかしこの盆栽も水盤も昔のものがそのまま残っているはずはない。それだのに不思議な錯覚でそれが二十年も昔と寸分ちがわないような気がするのである。

この飛石のすぐ脇に、もとは細長い楠《くす》の樹が一本あった。それはどこかの山から取ってきた熊笹だか藪柑子《やぶこうじ》だかといっしょに偶然くっついて搬《はこ》ばれてきた小さな芽生えがだんだんに自然に生長したものである。はじめはほんの一、二寸であったものが、一、二尺になり、四、五尺になり、後にはとうとう座敷の庇《ひさし》よりも高くなってしまった。庭の平坦《へいたん》な部分の真中にそれが旗竿《はたざお》のように立っているのがどうも少し唐突なように思われたが、しかし植物をまるで動物と同じように思って愛護した父は、それを截《き》ることはもちろん移植しようともしなかったのであった。しかし父の死後に家族全部が東京へ引移り、旧宅を人に貸すようになってからいつのまにかこの楠は切られてしまった。それでこの「秋庭」の画面にはそれが見えないのは当然である。しかしそれが妙に物足りなくも淋《さび》しくも思われるのであった。

次に眼についたのは画面の右のはずれにある石灯籠《いしどうろう》である。夏の夕方には、きまって打水のあまりがこの石灯籠の笠《かさ》に注ぎ掛けられた。石に錆《さび》をつけるためだという話であった。それからまた低気圧がきて風が劇《はげ》しくなりそうだと夜中でも構わず父は合羽《かっぱ》を着て下男と二人で、この石灯籠の脇にあった数本の大きな梧桐《あおぎり》を細引で縛り合わせた。それは樹が揺れてこの石灯籠を倒すのを恐れたからである。この梧桐は画面の外にあるか、それとももうとうの昔に亡くなっているかもしれない。

画面の左上の方に枝の曲りくねった闊葉樹《かつようじゅ》がある。この枝ぶりを見ていると古い記憶がはっきりと甦《よみがえ》ってきて、それが槲《かしわ》の樹だとわかる。ちょうど今ごろ五月の節句のかしわ餅《もち》をつくるのにこの葉を採ってきてそうして綺麗《きれい》に洗上げたのを笊《ざる》にいっぱい入れ、それを一枚一枚取っては餅を包んだことをかなりリアルに想い出すことができる。餡《あん》入りの餅のほかにいろいろの形をした素焼の型に詰込んだ米の粉のペーストをやはり槲の葉にのせて、それをふかしたのの上に木梔子《くちなし》を溶かした黄絵具で染めたものである。

正面の築山《つきやま》の頂上には自分の幼少のころは丹波《たんば》栗《ぐり》の大木があったが、自分の生長するにつれて反比例にこの樹は老衰し枯死していった。この絵で見ると築山の植込では躑躅《つつじ》花だけ昔のがそのまま残っているらしい。しかし絵の主題になっている紅葉は自分にとってはむしろ非常に珍らしいものである。

たぶん自分の中学時代、それもよほど後の方かと思うころに、父が東京の友人に頼んで「大杯」という種類の楓樹《ふうじゅ》の苗木をたくさんに取寄せ、それを邸内のあちこちに植えつけた。自分が高等学校入学と共に郷里を離れ、そうして夏休みに帰省してみるたびに、目立ってそれが大きくなっているのであった。しかし肝心の紅葉時にはいつでも国にいないので、ついぞ一度もその霜に飽きた盛りの色を見る機会はなかったのである。大学の二年から三年にあがった夏休みの帰省中に病を得て一年間休学したが、その期間にもずっと須崎《すさき》の浜へ転地していたために紅葉の盛りは見損なった。冬初めに偶然ちょっと帰宅したときに、もうほとんど散ってしまったあとに、わずかに散り残って暗紅色に縮み上った紅葉が、庭の木立を点綴《てんてつ》しているのを見て、それでもやっぱり美しいと思ったことがあった。それっきり、ついぞ一度も自分の庭の紅葉というものを見たことがなかったのである。それをかれこれ三十年後の今日思いもかけぬ東京の上野の美術館の壁面にかかった額縁の中に見出《みいだ》したわけである。

　生れる前に別れた我が子に三十年後にはじめてめぐり合った人があったとしたら、どんな心持がするものか、それは想像はできないが、それといくらか似たものではないかと思われるような不思議な心持を抱いてこの絵の前に立ち尽すのであった。

次男が生れて四十日目に西洋へ留学に出かけ、二年半の後に帰省したときのことである。船が桟橋《さんばし》へ着いたら家族や親類が大勢迎えに来ていた。姉が見知らぬ子供をおぶっているから、これはだれかと聞いたらみんなが笑い出した。それが紛れもない自分の子供であったのである。それがそうだと聞かされると同時に三年前の赤ん坊の顔と東京の原町《はらまち》の生活が実に電光のように脳裏にひらめいたのであった。

この絵に対する今の自分の心持がやはりいくらかこれに似ている。はじめ見た瞬間にはアイデンチファイすることのできなかった昔の我家の庭がしだいしだいに、狂っていたレンズの焦点の合ってくるように歴然と眼前に出現してくるのである。

このただ一枚の飛石の面にだけでも、ほとんど数え切れない喜怒哀楽さまざまの追憶の場面を映し出すことができる。夏休みに帰省している間は毎晩のように座敷の縁側に腰をかけて、蒸暑い夕凪《ゆうなぎ》の夜の茂みから襲ってくる蚊を団扇《うちわ》で追いながら、両親を相手にいろいろの話しをした。そのときにいつも眼の前の夕闇の庭の真中に薄白く見えていたのがこの長方形の花崗岩《かこうがん》の飛石であった。

ことにありあり思い出されるのは同じ縁側に黙って腰をかけていた、当時はまだうら若い浴衣姿《ゆかたすがた》の、今はとうの昔に亡き妻の事どもである。

飛石の傍に突兀《とつこつ》として聳《そび》えた楠の樹の梢《こずえ》に雨気を帯びた大きな星が一ついつもいつ

もかかっていたような気がするが、それも全くもう夢のような記憶である。そのころのそうした記憶と切っても切れないように結びついている我が父も母も妻も下女も下男も、みんなもう、一人もこの世には残っていないのである。

国展の会場をざっとひと廻《まわ》りして帰りに、もういっぺんこの「秋庭」の絵の前に立って「若き日の追憶」に暇乞《いとまごい》をした。会場を出ると爽《さわや》かな初夏の風が上野の森の若葉を渡って、今さらのように生きていることの喜びをしみじみと人の胸に吹込むように思われた。去年の若葉が今年の若葉に甦るように一人の人間の過去はその人の追憶の中にはいつまでも昔のままに甦ってくるのである。しかし自分が死ねば自分の過去も死ぬと同時に全世界の若葉も紅葉も、もう自分には帰ってこない。それでもまだしばらくの間は生き残った肉親の人々の追憶の中にかすかな残像《ナハビルト》のようになって明滅するかもしれない。死んだ自分を人の心の追憶の中に甦えらせたいという欲望がなくなれば世界じゅうの芸術は半分以上なくなるかもしれない。自分にしても恥曝《さら》しの随筆などは書かないかもしれない。

こんなよしなしごとを考えながら、ぶらぶらと山下の方へ下りていくのであった。

（昭和九年六月『心境』）

ピタゴラスと豆

幾何学を教わった人は誰でもピタゴラスの定理というものの名前ぐらいは覚えているであろう。直角三角形の一番長い辺の上に乗っけた枡《ます》形の面積が他の二つの辺の上に作った二つの枡形の面積の和に等しいというのである。オルダス・ハクスレーの短篇『若きアルキメデス』には百姓の子のギドーが木片の燃えさしで舗道の石の上に図形を描いてこの定理の証明をやっている場面が出てくるのである。また相対性原理を設立したアインシュタインが子供のときに独りでこの定理を見つけたとかいう話が伝えられている。この同じピタゴラスがまた楽音の協和《ハーモニー》と整数の比との関係の発見者であり、宇宙の調和の唱道者であったことはよく知られているようであるが、この同じピタゴラスが豆のために命を失ったという話がディオゲネス・ライルチオスの『哲学者列伝』の中に伝えられている。

このえらい哲学者が日常堅く守っていたいろいろの戒律の中に「食ってはいけない」というものがいろいろあった、例えばある二、三の鳥類、それから獣類の心臓、反芻類《はんすうるい》の第一胃、それから魚類ではかながしらなどがいけないものに数えられているほかに、豆がいけないことになっている、この「豆」（キュアモス）というのが英語ではビーンと訳してあるのだが、しかしそれが日本にあるどの豆に当るのか、それとも日本にはない豆だか分らないのが遺憾《いかん》である。それはとにかく、何故その豆がいけないかという理由についてはいろいろのことが書いてある。胃の中にガスがたまるからとか、また「生命の呼吸の大部分を分有するから」とか、あるいはまた「食わない方が胃のためによく、安眠ができるから」とか書いているかと思うと、またアリストテレスの書物を引用して、「豆は生殖器に似ているから、あるいはまた地獄の門のように、ひとりでつがい目が離れて開くから」ともある。なんのことかやはりよく分らない。それからまた「宇宙の形をしているから」とか「選挙のときの籤《くじ》に使われる、したがって寡頭《かとう》政治を代表するものだから」ともある。

それはさておいて、ピタゴラスの最期についてもいろいろの説があるがその中の一つはこうである。

一日ミロにおける住宅で友人達と会合しあっていたとき誰かがその家に放火した。それは仲間に入れてもらえなかった人の怨恨《えんこん》によるともいわれ、またクロトンの市民らがピタゴラス一派の権勢があまり強すぎて暴君化することを恐れたためともいわれている。とにかくピタゴラスはにげ出していくうちに運悪く豆畑に行き当った。そこでかれは、戒律を破って豆畑に進入するよりは殺された方がましだといって逃走をあきらめた。そこへ追付いた敵が彼の咽喉《いんこう》を切開したというのである。一方ではまた捕虜になって餓死したとか、世の中が厭《いや》になって断食して死んだとかいろいろの説があるから本当のことはなんだか分らない。しかし豆畑へはいるのがいやでわざわざ殺されたというのが本当だとすると、それは胃に悪いとか安眠を害するとかいうだけではなくて、何かしら信仰ないし迷信的色彩のある禁戒であったであろう。

このピタゴラスの話がまるで嘘であるとしても、昔のギリシャかローマに何かそれに類する「禁戒」「タブー」「物忌《ものい》み」といったようなものがあったのではないかという疑いをおこさせるには十分である。

このころ、柳田国男《やなぎたくにお》氏の「一つ目小僧その他」を見ると一つ目の神様に聯関《れんかん》して日本の諸地方でいろいろな植物を「忌む」実例がたくさんに列挙されている。その中に胡麻《ごま》や黍《きび》や粟《あわ》や竹やいろいろあったが、豆はどうであったか、もう一度よく読み直してみなければ見落したかもしれない。それはいずれにしてもピタゴラスの豆に対する話はやはりこうした「物忌み」らしく思われるのである。「嫌う」ともちがうし、「こわがる」ともちがう。

故 芥川龍之介《あくたがわりゅうのすけ》君が内田百閒《うちだひゃっけん》君の山高帽をこわがったという有名な話が伝えられている。これは「内田君の山高帽」をこわがったのか「山高帽の内田君」をこわがったのか、そこのところがはっきりと自分にはわからないが、しかしこの話の神秘的なところがなんとなくピタゴラスの豆を自分に思い出させるのである。

ピタゴラスはイタリーで長い間地下室に籠《こも》っていた後に瘦《や》せ衰えて骸骨《がいこつ》のようになって出てきた。そうして、自分は地獄へ行って見物してきたと宣言して、人々に見てきたあの世のさまを物語って聞かせたら聞くものひどく感動して号泣し、そうして彼はいよいよ神様だということになった。地下室にいた間は母にたのんで現世の出来事に関する詳細なノートをとって、それを届けてもらって読んでいたという話も伝えられている。これではまるで詐欺師であるが、これはおそらく彼の敵のいいふらした作り事であろう。

ピタゴラス派の哲学というものはあるが、ピタゴラスという哲学者は実は架空の人物だとの説もあるそうで、いよいよ心細くなる次第であるが、しかしこのピタゴラスと豆の話は、現在のわれわれの周囲にも日常頻繁に起りつつある人間の悲劇や喜劇の原型《プロトタイプ》であり雛形《モデル》であるとも考えられなくはない。いろいろの豆のために命を殞《おと》さないまでもいろいろな損害を甘受《かんじゅ》する人がなかなか多いように思われるのである。それをほめる人があれば笑う人があり怒る人があり嘆く人がある。ギリシャの昔から日本の現代まで、いろいろの哲学の共存することだけはちっとも変りがないものと見える。

（昭和九年七月『東京日日新聞』）

山中常盤双紙

岩佐又兵衛作《いわさまたべえ》『山中常盤双紙《やまなかときわぞうし》』というものが展覧されているのを一見した。そのとき気づいたことを左に覚書にしておく。

奥州《おうしゅう》にいる牛若丸《うしわかまる》に逢いたくなった母常盤が侍女を一人つれて東へ下る。途中の宿で盗賊の群に襲われ、着物を剝《は》がれた上に刺殺される、そのあとへ母をたずねて上京の途上にある牛若が偶然泊り合わせ、亡霊の告げによってその死を知る。そうして復《ふく》讐《しゅう》を計画し、詭《き》計《けい》によって賊をおびき寄せておいて皆殺しにする。後日再び奥州から大軍の将として上洛《じょうらく》する途上この宿に立寄り懇《ねんごろ》に母の霊を祭る、という物語を絵巻物十二巻に仕立てたものである。

絵巻物というものは現代の映画の先祖と見ることができる。これについては前にも書いたことがあったが、この山中常盤双紙は、そういう見方の適切なことを実証するのに好都合な一例と見ることもできる。

絵巻物のいろいろな場面の排列、モンタージュまた一つの場面の推移をはこぶコマ数の按配《あんばい》、テンポの緩急といったようなものに対する画家の計画にはちょうど映画監督、編輯者《へんしゅう》のそれと同様な頭脳のはたらきを必要とすることがわかる。

映画としてのこの絵巻のストーリーは、猿蟹合戦《さるかにかっせん》より忠臣蔵《ちゅうしんぐら》に至るあらゆる仇打《あだう》ち物語に典型的な型式を具《そな》えている。はじめは仇打ち事件の素因への道行であり、次に第一のクライマックスの殺し場がある。その次に復讐への径路があって第二の頂点仇打ちの場になる。そうして結局の大団円なりエピローグが来る。そういう形式がかなりはっきりしているのが目につく。

映画のタイトルに相当する詞書《ことばがき》の長短の分布もいろいろ変化があって面白く、この点も研究に値いする。

二つのクライマックスの虐殺の場がかなり分析的にコマ数を多くして描写されている。展覧会場では、この二つの頂点のところの肝心な数コマが白紙で蔽《おお》われて「カット」されていたことからしてみると、相当に深刻な描写があって人間の隠れた本能を呼びさますものがあるものと見える。

全十二巻の詞書というものを売っていたので買ってみると、詞書の上段に若干の画面の写真版が並んでいて、その中には上記のカットされたもののうちの二、三があるのでたいていの想像ができる。第一の頂点では常盤と侍女と二人が丸裸にされて泣き騒ぎその上に無残に刺殺され侍女の死骸は縁側から下へころがされるといういきさつが数コマにわたって描かれてあるらしい。また第二の山では牛若丸が六人の賊をめちやくちゃにたたき斬《き》る、そうして二つ、三つに切った死骸を蓆《むしろ》で包んで川へ流しに行くまでを精細な数コマに描き分けたものらしい。

こういうことから考えてみると、この絵巻物は、一方では勧善懲悪《かんぜんちょうあく》の教訓を含んでいると同時に、また一方ではおそらく昔の戦乱時代の武将などに共通であったろうと思われる嗜虐的《しぎゃくてき》なアブノーマル・サイコロジーに対する適当な刺戟として役立ったものであろうと想像される。ことに第一のクライマックスは最も極端なアブノーマル・エロチシズムの適例として見ることもできはしないかと想像される。

こういうものがいかなる時代にいかなる人の需《もと》めによっていかなる人によって制作されたかということはいろいろな問題に聯関して研究さるべき興味ある題目となるであろうと思われる。

それにつけて想い出されるのは、仏教や耶蘇教《やそきょう》の宗教画の中にも、この絵巻物の中に現われているような不思議な嗜虐性要素のしばしば現われることである。十字架の基督《キリスト》や矢を受けた聖セバスチアンもそうであるし、また地獄変相図やそれに似た耶蘇教の地獄図、聖アントニオの誘惑の絵の中には同じようなものが往々見出される。こういう一致は偶然のことではなくて深い奥の方に隠れた人間の本性に根を引いていることだろうと思われるのである。

この間映画で見たが、インドの聖地では、自分の肉体を責めさいなむことを一生の唯一の仕事にしている人間がたくさんいるようである。どうも不思議なことだと思われたが、よく考えてみるとこの謎が少し分りかけたような気もするのである。

（昭和九年七月『セルパン』）

鷹をもらい損なった話

小学時代の先生方から学校教育を受けたほかに同学の友達からはいろいろの大切な人間教育を受けた。そういう友達の中にも硬派と軟派と二種類あって、その硬派の首領株からはだいぶいじめられた。板垣退助《いたがきたいすけ》を戴《いただ》いた自由党が全盛の時代であったので、軍人の子供である自分は、「官権党の子」だという理由でいじめられた。東京訛《なまり》が抜けなかったために「他国もんのべろしゃべろしゃ」だと云っていじめられた。そうして、墨をよこさなければ帰りに待伏せすると威《おど》かされ、小刀をくれないとしでるぞ（ひどい目に合わせる）と云っては脅《おど》かされた。その頃の硬派の首領株の一人はその後人力車夫《じんりきしゃふ》になったと聞いたが、それからどうなったか一度も巡り合わずそれきり消息を知ることができない。

そういう怖い仲間とはまるで感じのちがう×というのがいた。うちは何商売だったか分らないが、その家の店先に小鳥の籠《かご》がいくつか並べてあった。梟《ふくろう》が撞木《しゅもく》に止まってまじまじもっともらしい顔をしていたこともあった。しかし小鳥屋専門の店ではなかったような気がする。

その×は色の白い女のように優しい子であったが、それが自分に対して特別に優し味と柔か味のある一風変った友達として接近していた。ほかの事は覚えていないがただ一事はっきり覚えているのは、この子が自分にときどき梟をやろうとか時鳥《ほととぎす》をやろうとかまた鷹《たか》をやろうとかいう申し出をしたことである。ただしそれには交換条件があって、おまえのもっている墨とかナイフとかをくれたら、というのであった。自分はどういうわけかその鷹がひどく欲しかったので、彼の申込みに応じて品は忘れたが彼の要求するものを引渡した。そうしていよいよ鷹がもらえると思って夜が寝られないほど嬉《うれ》しがったものである。鷹をもらってからのことをいろいろ空中に画いてはエクスタシーに耽《ふけ》ったものと見えて、今でもなんだか本当に一度鷹を飼ったことがあるような気持がすることがある、もちろん事実は鷹などかつて飼った経験はないのである。

明日はいよいよ鷹がもらえると思ってさんざんに待ちかねて、やっとその日になってみると鷹は今ちょうどトヤに入っているからもう二、三日待ってくれというのである。ひどくがっかりして、しかし結局あきらめて辛抱して待って、さてもういいかと思って催促すると、今度はなんとかがどうとかしてなんとかで工合が悪いからもう二、三日待てという、そのなんとかが実にもっとも千万《せんばん》なかなんとかで疑う余地などは鷹の睫毛《まつげ》ほどもないのだから全く納得させられるほかはなかった。それから……。そういうふうにして結局とうとう鷹の夢を存分に享楽させてもらっただけで、生きている実在の鷹はとうとう自分のものにならないでおしまいになった。はじめに交換条件で渡した品を返してもらったかもらわなかったか、それは思い出せない。

これなどは幼年時代に受けた教育の中でもかなりためになる種類のものであったと思う。たぶん十歳くらいのことであったか、あるいは七、八歳だったかもしれない。

×の消息はその後全く分らない。

もっとも、このころでもやはりときどきは「鷹をもらい損なう」ことがあるような気がするのである。


（昭和九年八月『行動』）

喫煙四十年

　はじめて煙草を吸ったのは十五、六歳ごろの中学時代であった。自分よりは一つ年上の甥《おい》のRが煙草を吸って白い煙を威勢よく両方の鼻の孔《あな》から出すのが珍らしく羨《うらや》ましくなったものらしい。その頃同年輩の中学生で喫煙するのはちっとも珍らしくなかったし、それに父は非常な愛煙家であったから両親の許可を得るにはなんの困難もなかった。皮製で財布のような恰好《かっこう》をした煙草入に真鍮《しんちゅう》の鉈豆煙管《なたまめきせる》を買ってもらって得意になっていた。それからまた胴乱《どうらん》といって桐の木を刳《く》り抜いて印籠《いんろう》形にした煙草入れを竹の煙管筒にぶら下げたのを腰に差すことが学生間にはやっていて、喧嘩《けんか》好きの海南健児の中にはそれを一つの攻防の武器と心得ていたのもあったらしい。とにかくその胴乱も買ってもらって嬉しがっていたようである。

　はじめのうちは煙を咽喉へ入れるとたちまち噎《む》せかえり、咽喉も鼻の奥も痛んで困った、それよりも閉口したのは船に酔ったように胸が悪るくなって吐きそうになった。便所へ入ってしゃがんでいると直ると云われてそれを実行したことはたしかであるが、それがどれだけ利《き》いたかは覚えていない。それから、飯を食うと米の飯が妙に苦くて脂《やに》を嘗《な》めるようであった。全く何一つとしていいことはなかったのに、どうしてそれを我慢してあらゆる困難を克服したか分りかねる。しかしとにかくそれに打勝って平気で鼻の孔から煙を出すようにならないと一人前になれないような気がしたことはたしかである。

煙草はたしか「極上国分」と赤字を粗末な木版で刷った紙袋入の刻煙草《きざみ》であったが、もちろん国分で刻んだのではなくて近所の煙草屋できざんだものである。天井から竹竿で突張った鉋《かんな》のようなものでごしりごしりと刻んでいるのが往来から見えていた。考えてみると実に原始的なもので、おそらく煙草の伝来以来そのままの器械であったろうと思われる。

農夫などにはまだ燧袋《ひうちぶくろ》で火を切り出しているのがあった。それが羨ましくなって真似をしたことがあったが、なかなか呼吸がむつかしくて結局は両手の指を痛くするだけで十分に目的を達することができなかった。神棚の灯明《とうみょう》をつけるために使う燧金《ひうちがね》には大きな木の板片が把手《とって》についているし、ほくちも多量にあるから点火しやすいが、喫煙用のは小さい鉄片の頭を指先で抓《つま》んで打ちつけ、その火花を石に添えたわずかな火口《ほくち》に点じようとするのだからむつかしいのである。

火の消えない吸殻を掌《てのひら》に入れて転がしながら、それで次の一服を吸付けるという芸当も真似をした。この方はそんなにむつかしくはなかったが時々はずいぶん痛い思いをしたようである。やはりそれができないと一人前の男になれないような気がしたものらしい。馬鹿げた話であるが、しかしこの馬鹿げた気持がいつまでも抜け切らなかったおかげでこの年までむつかしい学問の修業をつづけてきたのかもしれない。

羅宇《らお》の真中を三本の指先で水平に支えて煙管を鉛直軸《えんちょくじく》のまわりに廻転《かいてん》させるという芸当もできないと幅が利かなかった。これも馬鹿げているが、後年器械などいじるための指の訓練にはいくらかなったかもしれない。人差指に雁首《がんくび》を引掛けてぶら下げておいてから指で空中に円を画きながら煙管をプロペラのごとく廻転するという曲芸は遠心力の物理を教わらない前に実験だけは卒業していた。

いつも同じ羅宇屋が巡廻してきた。煙草は専売でなかった代りになんの商売にもあまり競争者のない時代であったのである。その羅宇屋が一風変った男で、小柄ではあったが立派な上品な顔をしていて言葉使いも野卑でなく、そうしてなかなかの街頭哲学者で、いろいろ面白いリマークをドロップする男であった。いつもバンドのとれたよごれた鼠色のフェルト帽を目深《まぶか》に冠《かぶ》っていて、誰も彼の頭の頂上に髪があるかないかを確かめたものはないという話であった。そのころの羅宇屋は今のようにピーピー汽笛を鳴らして引いてくるのではなくて、天秤棒《てんびんぼう》で振り分けに商売道具をかついでくるのであったが、どんな道具があったかはっきりした記憶がない。しかしいずれも先祖代々百年も使い馴《な》らしたようなものばかりであった。道具も永く使い馴らして手擦れのしたものにはなんだか人間の魂がはいっているような気がするものであるが、この羅宇屋の道具にも実際一つ一つに「個性」があったようである。なんでも赤錆《あかさ》びた鉄火鉢に炭火を入れてあって、それで煙管の脂を掃除する針金を焼いたり、また新しい羅宇竹を挿込《さしこ》む前にその端をこの火鉢の熱灰《あつはい》の中にしばらく埋めて柔らげたりするのであった。柔らげた竹の端を樫《かし》の樹の板に明けた円い孔へ挿込んでぐいぐい捻《ね》じる、そうしてだんだんに少しずつ小さい孔へ順々に挿込んで責めていくと竹の端が少し縊《くび》れて細くなる。それを雁首に挿込んでおいて他方の端を拍子木の片っ方みたような棒で叩《たた》き込む。次には同じようにして吸口《すいくち》の方を嵌《は》め込み叩き込むのであるが、これを太鼓のばちのように振り廻す手付きがなかなか面白い見物であった。またそのきゅんきゅんと叩く音が河向いの塀に反響したような気がするくらい鮮明な印象が残っている。そうして河畔に茂った「せんだん」の花がほろほろこぼれているような夏の日盛りの場面がその背景となっているのである。

父はいろいろの骨董道楽《こっとうどうらく》をしただけに煙草道具にもなかなか凝ったものを揃えていた。その中に鉄煙管の吸口に純金の口金の付いたのがあって、その金の部分だけが螺《ね》旋《じ》で取り外ずしのできるようになっていた。羅宇屋に盗まれる恐れがあるので外ずして渡す趣向になっていたものらしい。子供心になんだかそれが少しぎごちなく思われた。そのせいでもないが自分は今日まで煙管に限らず時計でもボタンでも金や白金の品物をもつ気がしなかった。

巻煙草を吸い出したのもやはり中学時代のずっと後の方であったらしい、宅には東京平河町《ひらかわちょう》の土田という家で製した紙巻がいつもたくさんに仕入れてあった。平河町は自分の生れた町だからそれが記憶に残っているのである。ピンヘッドとかサンライズとか、その後にはまたサンライトというような香料入りの両切紙巻が流行し出して今のバットやチェリーの先駆者となった。そのうちのどれだったか東京の名妓《めいぎ》の写真が一枚ずつ紙函《かみばこ》に入れてあって、ぽん太とかおつまとかいう名前が田舎の中学生の間にも広く宣伝された。煙草の味もやはり甘ったるい、しつっこい、安香水のような香のするものであったような気がする。

今の朝日《あさひ》敷島《しきしま》の先祖と思われる天狗《てんぐ》煙草の栄えたのは日清戦争《にっしんせんそう》以後ではなかったかと思う。赤天狗、青天狗、銀天狗、金天狗という順序で煙草の品位が上がっていったが、その包装紙の意匠も名にふさわしい俗悪なものであった。轡《くつわ》の紋章に天狗の絵もあったように思う。その俗衆趣味は、ややもすればウェルテリズムの阿片《あへん》に酔う危険のあったそのころの吾々《われわれ》青年の眼を現実の俗世間に向けさせる効果があったかもしれない。十八歳の夏休みに東京へ遊びに来て尾張町《おわりちょう》のI家に厄介になっていたころ、銀座通を馬車で通る赤服の岩谷《いわや》天狗松平《まつへい》氏を見掛けた記憶がある。銀座二丁目辺の東側に店があって、赤塗壁の軒の上に大きな天狗の面がその傍若無人の鼻を往来の上に突出していたように思う。松平氏は第二夫人以下第何十夫人までを包括する日本一の大家族の主人だというゴシップも聞いたが事実は知らない。とにかく今日のいわゆるファイティング・スピリットの旺盛《おうせい》な勇士であって、今日なら一部の人士の尊敬の的になったであろうに、惜しいことに少し時代が早過ぎたために、若きウェルテルやルディン達にはひどく毛嫌いされたようであった。

せんだって開かれた「煙草に関する展覧会」でこの天狗煙草の標本に再会して本当に涙の出るほどなつかしかったが、これはおそらく自分だけには限らないであろう。

天狗がなつかしいのでなくて、そのころの我が環境がなつかしいのである。

官製煙草ができるようになったときの記憶は全く空白である。しかし西洋で二年半暮して帰りに、シャトルで日本郵船丹波丸に乗って久しぶりに吸った敷島が恐ろしく紙臭くて、どうしてもこれが煙草とは思われなかった、その時の不思議な気持だけは忘れることができない。しかしそれも一日経ったらすぐ馴れてしまって日本人の吸う敷島の味を完全に取り戻すことができた。

ドイツ滞在中はブリキ函《かん》に入った「マノリ」というのを日常吸っていた。ある時下宿の老嬢フロイライン・シュメルツァー達と話していたら、何かの笑談を云って「エス・イスト・ヤー・マノーリ」というから、それはなんの事だと聞いてみると、「馬鹿げた事だ」という意味の流行語だという。どういうわけで「マノリ」が「馬鹿なこと」になるかと聞いてみたが要領を得なかった。その後この疑問をはるばる日本へ持って帰って仕舞い込んで忘れていた。専売局の方々にでも聞いてみたら分るかもしれないが、事によると、これは自分がちょっとかつがれたのかもしれない。

ドイツは葉巻が安くて煙草好きには楽土であった。二、三十片で相当なものが吸われた。馬車屋《クッチャー》や労働者の吸うもっと安い葉巻で、吸口の方に藁切《わらぎ》れが飛び出したようなのがあったがその方は試めした事がない。

ベルリンの美術館などの入口の脇の壁面に数寸角の金属板が蠟燭《ろうそく》立かなんかのように飛出しているのを何かと思ったら、入場者が吸いさしのシガーを乗っけておく棚であった。点火したのをそこへ載せておくと少時《しばらく》すると自然に消えて主人が観覧を了《お》えて再び出現するのを待つ、いわばシガーの供待部屋《ともまちべや》である。これが日本の美術館だったらどうであろう。這入《はい》るときに置いた吸いさしが、出るときにその持主の手に返える確率が少くも一九一〇年ころのベルリンよりは少ないであろう。しかし大戦後のベルリンでこのシガーの供待所がどういう運命に見舞われたかはまだ誰からも聞く機会がない。

ベルリンでも電車の内は禁煙であったが車掌台は喫煙者《ラウハー》のために解放されていた。山高帽を少し阿弥陀《あみだ》に冠った中年の肥大《ふと》った男などが大きな葉巻をくわえて車掌台に凭《もた》れている姿は、そのころのベルリン風俗画の一景であった。どこかのんびりしたものであったが、日本の電車ではこれが許されない。いつか須田町《すだちょう》で乗換えたときに気まぐれに葉巻を買って吸付けたばかりに電車を棄権して日本橋まで歩いてしまった。夏目《なつめ》先生にその話をしたら早速その当時書いていた小説の中の点景材料に使われた。須永という あまり香ばしからぬ役割の作中人物の所業としてそれが後世に伝わることになってしまった。そのせいではないが往来で葉巻を買って吸付けることはその時限りでやめてしまった。

ドイツからパリへ行ったら葡萄《ぶどう》酒が安い代りに煙草が高いので驚いた。聞いてみると政府の専売だからということであった。パリからロンドンへ渡ってそこで日本からの送金を受取るはずになっており、したがってパリ滞在中は財布の内圧が極度に低下していたので特に煙草の専売に好感をもち損なったのであろう。マッチも高かったと思うが、それよりもマッチのフランス語を教わってくるのを忘れていたためにパリへ着いて早速当惑を感じた。ドイツで教わったフランス語の先生が煙草を吸わないのがいけなかったらしい。とにかく金がないのに高い煙草を吸い、高いマロン・グラセーをかじったのが祟《たた》ったと見えて、今日でも時々、西洋にいて金が無くなって困る夢を見る。たいてい胃の工合《ぐあい》の悪いときであるらしいが、そういう夢の中ではきまって非常に流暢《りゅうちょう》にドイツ語がしゃべれるのが不思議である。パリで金が少ないのと、言葉が自由でないのと両方で余計な神経を使ったのが脳髄のどこかの隅に薄いしみのように残っているものと見える。心理分析研究家の材料にこの夢を提供する。

西洋にいる間はパイプは手にしなかった。当時ドイツやフランスではそんなにはやっていなかったような気がする。ロンドンの宿に同宿していたなんとかいう爺《じい》さんが、夕飯後ストーヴの前で旨《うま》そうにパイプをふかしながら自分らの一行の田所氏を捉《つか》まえて、ミスター・ターケドーロと呼びかけてはしきりにアイルランド問題を論じていた。このターケドーロが出ると日本人仲間は皆笑い出したが、爺さんには何がおかしいのか見当がつかなかったに相違ない。

アインシュタインが東京へ来たころから吾々仲間の間でパイプが流行し出したような気がする。しかしパイプ道楽は自分のような不精者には不向きである。結局世話のかからない「朝日」が一番である。

煙草の一番うまいのはやはり仕事に手をとられてみっしり働いてくたびれたあとの一服であろう。また仕事の合間の暇を盗んでの一服もそうである。学生時代に夜更けて天文の観測をやらされた時など、暦表を繰って手ごろな星を選み出し、望遠鏡の度盛を合わせておいて、クロノメーターの刻音を数えながら目的の星が視野に這入《はい》ってくるのを待っている、その際どい一、二分間を盗んで吸付ける一服は、ことに凍るような霜夜もようやく更けて、そろそろ腹の減ってくるときなど、実に忘れがたい不思議な慰安の霊薬であった。いよいよ星が見え出しても口に銜《くわ》えた煙草を捨てないで望遠鏡を覗《のぞ》いていると煙が直上して眼を刺戟《しげき》し、肝心な瞬間に星の通過《トランシット》を読み損なうようなことさえあった。後にはこれに懲《こ》りて、いよいよという時の少し前に、眼は望遠鏡に押付けたまま、片手は鉛筆片手は観測簿で塞《ふさ》がっているから、口で煙草を吹き出して盲目《めくら》捜しに足で踏み消すというきわどい芸当を演じた。火事を出さなかったのが不思議なくらいである。

油絵に凝《こ》っていた頃の事である。ひととおり画面を塗りつぶして、さて全体の効果をよく見渡してからそろそろ仕上げにかかろうというときの一服もちょっと説明のむつかしい霊妙な味のあるものであった。要するに真剣にはたらいたあとの一服が一番うまいということになるらしい。閑《ひま》で退屈してのむ煙草の味はやはり空虚なような気がする。

煙草の「味」とはいうものの、これは明《あきらか》に純粋な味覚でもなく、そうかといって普通の嗅覚《きゅうかく》でもない。舌や口蓋《こうがい》や鼻《び》腔《こう》粘膜などよりももっと奥の方の咽喉の感覚でいわば煙覚とでも名づくべきもののような気がする。そうするとこれは普通にいわゆる五官の外の第六官に数えるべきものかもしれない。してみると煙草をのまない人はのむ人に比べて一官分だけの感覚を棄権している訳で、眼の明いているのに目隠しをしているようなことになるのかもしれない。

それはとにかく煙草をのまぬ人は喫煙者に同情がないということだけはたしかであ

る。図書室などで喫煙を禁じるのは、喫煙家にとっては読書を禁じられると同等の効果を生じる。

先年胃をわずらった時に医者から煙草を止めた方がいいと云われた。「煙草も吸わないで生きていたってつまらないから止《よ》さない」と云ったら、「乱暴なことを云う男だ」と云って笑われた。もしあの時に煙草を止めていたら胃の方はたしかによくなったかもしれないが、その代りにとうに死んでしまったかもしれないという気がする。なぜだか理由は分らないがただそんな気がするのである。

煙草の効能の一つは憂苦を忘れさせ癇癪《かんしゃく》の虫を殺すにあるであろうが、それには巻煙草よりはやはり煙管《きせる》の方がよい。昔自分に親しかったある老人は機嫌が悪いとなんとも云えない変な咳《せき》払いをしては、煙管の雁首で灰吹をなぐり付けるので、灰吹の頂上がいつも不規則な日本アルプス形の凸凹を示していた。それればかりでなく煙管の吸口をガリガリ嚙《か》むので銀の吸口が扁《ひら》たくひしゃげていたようである。いくら歯が丈夫だとしてもあんなに嚙みひしゃぐには口金の銀が相当薄いものでなければならなかったと考えられる。それはとにかく、この老人はこの煙管と灰吹のおかげで、ついぞ家族を殴打したこともなく、また他の器物を打毀《うちこわ》すこともなく温厚篤実《おんこうとくじつ》な有徳《うとく》の紳士として生涯を終ったようである。ところが今の巻煙草では灰皿を叩いても手ごたえが弱く、紙の吸口を嚙んでみても歯ごたえがない。もっとも映画などで見ると今の人はそういう場合に吸殻で錐《きり》のように灰皿の真中をぎゅうぎゅう揉《も》んだり、また吸殻をやけくそに床に叩きつけたりするようである。あれでも何もしないよりはましであろう。

自分は近来は煙草で癇癪をまぎらす必要を感じるような事はまれであるが、しかしこのごろ煙草のありがた味を今さらにつくづくと感じるのは、自分があまり興味のない何々会議といったような物々しい席上で憂鬱《ゆううつ》になってしまった時である。他の人達が天下国家の一大事であるかのごとく議論している事が、自分には一向に一大事のごとく感ぜられないで、どうでもよい些末《さまつ》な事のように思われる時ほど自分を不幸に感じることはない。最も重要なる会議がナンセンスの小田原会議のごとく思われるというのはこれは慥《たしか》にそう思う自分が間違っているに相違ないからである。

そういう憂鬱に襲われたときにはむやみに煙草を吹かしてこの憂鬱を追払うように努力する。そういう時に、口からはなした朝日の吸口を緑色羅紗《ラシャ》の卓布に近づけて口から流れ出る真白い煙をしばらくたらしていると、煙が丸く拡がりはするが羅紗にへばり付いたようになって散乱しない。その「煙のビスケット」が生物のように緩やかに揺曳《ようえい》していると思うと真中の処が慈姑《くわい》の芽のような形に持上がってやがてきりきりと竜巻のように巻き上がる。この現象の面白さは何遍繰返しても飽きないものである。

物理学の実験に煙草の煙を使ったことはしばしばあった。ことに空気を局部的に熱したときに起る対流渦動の実験にはいつもこれを使っていたが、後には線香の煙や、塩酸とアンモニアの蒸気を化合させて作る塩化アンモニアの煙や、また近ごろは塩化チタンの蒸気に水蒸気を作用させてできる水酸化チタンの煙を使ったりしている。これはいわゆる無鉛白粉《むえんおしろい》を煙にしたようなものである。こういう煙に関して研究すべき科学的な問題が非常に多い。膠質《こうしつ》化学の方面からの理論的興味は別としても実用方面からの研究もかなり多岐にわたって進んではいるがまだ分らないことだらけである。国家の非常時に対する方面だけでも、煙幕の使用、空中写真、赤外線通信など、みんな煙の根本的研究に拠《よ》らなければならない。都市の煤煙《ばいえん》問題、鉱山の煙害問題みんなそうである。灰吹から大蛇を出すくらいはなんでもないことであるが、大蛇は出てもあまり役に立たない。しかし鉱山の煙突から採れる銅やビスマスや黄金は役に立つのである。

もっとも喫煙家の製造する煙草の煙はただ空中に散らばるだけで大概あまり役には立たないようであるが、あるいは空中高く昇って雨滴凝結の心核にはなるかもしれない。午前に本郷《ほんごう》で吸った煙草の煙の数億万の粒子のうちの一つくらいは、午後に日比谷で逢った驟雨《しゅうう》の雨滴の一つに這入っているかもそれは知れないであろう。

喫煙家は考えようでは製煙機械のようなものである。一日に紙巻二十本の割で四十年吸ったとすると合計二十九万二千本、ざっと三十万本である。一本の長さ八・五センチとして、それだけの朝日を縦につなぐと二四八二〇メートル、ざっと六里で思ったほどでもない。煙の容積にしたらどのくらいになるか。仮りに巻煙草一センチで一リートルの濃い煙を作るとする、そうして一本につき三センチだけ煙にするとして、三十万本で九十万リートル、ざっと見て十メートル四角のものである。製煙機械としての人間の能力はあまり威張れたものではないらしい。

しかし人間は煙草以外にもいろいろの煙を作る動物であって、これが他のあらゆる動物と人間とを区別する目標になる。そうして人間の生活程度が高ければ高いほど余計に煙を製造する。蛮地では人煙が稀薄《きはく》であり、聚落《しゅうらく》の上に煙の立つのは民《たみ》の竈《かまど》の賑《にぎ》わえる表徴である。現代都市の繁栄は空気の汚濁の程度で測られる。軍国の兵力の強さもある意味ではどれだけ多くの火薬やガソリンや石炭や重油の煙を作りうるかという点に関係するように思われる。大砲の煙などは煙のうちでもずいぶん高価な煙であろうと思う。ただ平時の不注意や不始末で莫大《ばくだい》な金を煙にした上にたくさんの犠牲者を出すようなことだけはしたくないものである。

これは余談であるが、一、二年前のある日の午後煙草を吹かしながら銀座を歩いていたら、無帽の着流し但し人品賤《いや》しからぬ五十恰好の男が向うから来てにこにこしながら何か話しかけた。よく聞いてみると煙草を一本くれないかというのである。ちょうど持合せていたＭＣＣかなんかを進呈してマッチをかしてやったら、「や、こりゃあありがとうありがとう」となんべんもふり返っては繰返しながら行過ぎた。往来の人が面白そうににこにこして見ていた。はなはだ平凡な出来事のようでもあるが、しかしこの事象の意味がいまになっても、どうしても自分には分らない。つまらないようで実に不思議なアドヴェンチュアーとして忘れることができないのである。もし読者のうちでこの謎の意味を自分の腑《ふ》に落ちるようにはっきり解説してくれる人があったらありがたいと思うのである。

（昭和九年八月『中央公論』）

鳶と油揚

鳶《とんび》に油揚《あぶらげ》を攫《さら》われるということが実際にあるかどうか確証を知らないが、しかしこの鳥が高空から地上の鼠《ねずみ》の死骸《しがい》などを発見してまっしぐらに飛び下りるというのは事実らしい。

鳶の滑翔《かっしょう》する高さは通例どのくらいであるか知らないが、目測した視角と、鳥のおおよその身長から判断して百メートル、二百メートルの程度ではないかと思われる。そんな高さからでもこの鳥の眼は地上の鼠を鼠として判別するのだという在来の説はどうもはなはだ疑わしく思われる。仮りに鼠の身長を十五センチとし、それを百五十メートルの距離から見る鳶の眼の焦点距離を、少し大きく見積って五ミリメートルとすると、網膜に映じた鼠の映像の長さは五ミクロンとなる。それが死んだ鼠であるか石塊《いしくれ》であるかを弁別する事には少くもその長さの十分一すなわち〇・五ミクロン程度の尺度で測られるような形態の異同を判断することが必要であると思われる。しかるに〇・五ミクロンはもはや黄色光波の波長と同程度で、網膜の細胞構造の微細度いかんを問わずともはなはだ困難であることが推定される。

視覚によらないとすると嗅覚《きゅうかく》が問題になるのであるが、従来の研究では鳥の嗅覚ははなはだ鈍いものとされている。

その一つの証拠としては普通ダーウィンの行った次の実験が挙げられている。数羽の禿鷹《はげたか》コンドルを壁の根元に一列につないでおいて、その前方三ヤードくらいの処を紙包みにした肉を提げて通ったが、鳥どもは知らん顔をしていた。そこで肉の包を鳥から一ヤード以内の床上に置いてみたが、それでもまだ鳥は気がつかなかった。とうとうその包を一羽の脚元まで押しやったら、始めて包紙を啄《つつ》きはじめ、紙が破れてからやっと包の内容を認識したというのである。また他の学者はある種の鶚《みさご》の前へカンバスで包んだ腐肉を置き、その包の上に鮮肉の一片をのせた。鳥は鮮魚を食い尽したが布片《ぬのきれ》の下の腐肉には気づかなかったとある。

しかし、これはずいぶん心細い実験だと思われる。原著を読まないで引用書を通して読んだのであるからあまり強いことは云われないが、これだけの事実から、鷙鳥類《しちょうるい》の嗅覚の弱いことを推論するのははなはだ非科学的であろうと思われるし、ましてや、鳶の場合に嗅覚がなんらの役目をつとめないということを結論する根拠になり得ないことは明かである。

壁の前面に肉片を置いたときにでも、その場所の気流の模様によっては肉から発散する揮発性の瓦斯《ガス》は壁の根元の鳥の頭部にはほとんど全く達しないかもしれない。また、ごく近くに肉の包みをおかれて鳥がそれを啄《ついば》む気になったのは、嗅覚にはよらずして視覚にのみよったということもそう簡単に断定はできない。それからまた後の例でも鮮肉を喰《く》ったために腐肉の匂いに興味がなくなったのかもしれない。あるいはまた喰っているうちに鼻が腐肉の臭気に馴らされて無感覚になったということも可能である。

ダーウィンの場合にでも試験用の肉片を現場に持ち込む前にその場所の空気が汚れていて、人間には分からなくても鳥にはもうずっと前から肉の匂いか類似の他の匂いがしていて、それに馴らされ、その刺戟に対して無感覚になっていたかもしれない。それからまた次のような可能性も考えなくてはならない。すなわち、ある食物が鳥の食慾を刺戟してそれを獲得するに必要な動作を誘発しうるためには単に嗅覚の刺戟ばかりでは不十分であって、そのほかに視覚なりあるいは他の感覚なり、もう一つの副条件が具足することが肝要であるかもしれないのである。あるいはまた、香気ないし臭気を含んだ空気が鳥に相対的に静止しているのでは有効な刺戟として感ぜられないが、もしその空気が相対的に流動している場合には相当に強い刺戟として感ぜられるというようなことがないとも限らない。

鳥の鼻に嗅覚はないが口腔《こうこう》が嗅覚に代わる官能をすることがあるとある書に見えているが、もしも香を含んだ気流が強く嘴《くちばし》に当っている際に嘴を開きでもすれば、その香が口腔に感ずるということもあるかもしれない。

上述のごとく、視覚による説が疑わしく、しかも嗅覚不定説の根拠が存外薄弱であるとして、そうして嗅覚説をもういっぺん考え直してみるという場合に、一番に問題となることは、いかにして地上の腐肉から発散する瓦斯を含んだ空気がはなはだしく稀薄にされることなしに百メートルの上空に達しうるかということである。ところが、これは物理学的に容易に説明せられる実験的事実から推してきわめてなんでもないことである。

例えば長方形の水槽《すいそう》の底を一様に熱するといわゆる熱対流を生ずる。その際器内の水の運動を水中に浮游《ふゆう》するアルミニウム粉によって観察してみると、底面から熱せられた水は決して一様には直上しないで、まず底面に沿うて器底の中央に集中され、そこから幅の狭い板状の流線をなして直上する。その結果として、底面に直接触れていた水はほとんど全部この幅の狭い上昇部に集注され、ほとんど拡散することなくして上昇する。もし器底に一粒の色素を置けば、そこから発する色づいた水の線は器底に沿うて走った後にこの上昇流束の中に判然たる一本の線を引いて上昇するのである。

もしも同様なことがたぶん空気の場合にもあるとして、器底の色素粒の代りに地上の鼠の死骸《しがい》を置きかえて考えると、その臭気を含んだ一条の流線束はそうたいしては拡散稀釈されないで、そのままかなりの高さに達しうるものと考えられる。

こういう気流が実際にあるかというと、それはある。そうしてそういう気流がまさしく鳶の滑翔《かっしょう》を許す必要条件なのである。インドの禿鷹《ヴァルチュア》について研究した人の結果によると、この鳥が上空を滑翔するのは、晴天の日地面がようやく熱せられて上昇渦流の始まる時刻から、午後その気流がやむころまでの間だということである。こうした上昇流は決して一様に起ることは不可能で、類似の場合の実験の結果から推すと、蜂窩状《ほうかじょう》あるいはむしろ腸詰状対流渦《たいりゅうか》の境界線に沿うて起ると考えられる。それで鳥はこの線上に沿うて滑翔していればきわめて楽に浮游していられる。そうしてはなはだ好都合なことには、この上昇気流の速度の最大なところがちょうど地面にあるものの香気・臭気を最も濃厚に含んでいるところに相当するのである。それで、飛んでいるうちに突然強い腐肉臭に遭遇したとすれば、そこから直ちにダイヴィングを始めて、その臭気の流れを取り外ずさないようにその同じ流線束をどこまでも追究することさえできれば、いつかは必ず臭気の発源地に到達することが確実であって、もしそれができるならば視覚などはなくてもいいわけである。

鳶の場合にもおそらく同じようなことが云われはしないかと思う。それで、もし一度鳶の嗅覚あるいはその代用となる感官の存在を仮定しさえすれば、すべての問題はかなり明白に解決するが、もしどうしてもこの仮定が許されないとすると、すべてが神秘の霧に包まれてしまうような気がする。

これに関する鳥類学者の教えを乞《こ》いたいと思っている次第である。

（昭和九年九月『工業大学蔵前新聞』）

夢判断

友人が妙な夢を見たと云って話して聞かせた。それは田舎の農家で泊った晩のことである。全身がしびれ、強直《こうちょく》して動けなくなったが、それが「電気のせい」だと思われた。白い手術着を着た助手らしい男がしきりにあちこち歩き廻ってそれを助けてくれようとするのだが一向利目《ききめ》がないので困り果てたところで眼がさめたのだという。さめてみたら枕がむやみに固くて首筋が痺《しび》れていたそうである。

私はその一両日前の新聞記事に巡査が高圧線の切れて垂下がっているのを取りのけようとして感電したことが載せてあったのを思出したので、友人にそれを読んだかと聞いたら読んだという。それならそれがこの夢を呼出した一つの種だろうということになった。寝た部屋が真暗で、電灯をつけようと思ったら電球が外ずしてあったそうで、そのときに友人は天井から垂下がったコードを目撃したであろうし、またソケットに露出した電極の電圧の危険を無意識に意識したのではないかと思われる。それがこの夢の第二の素因らしく思われる。次に助手の出てくるのも心当りがある。この友人には理工科方面の友達は少なくて主に自分からそうした方面の話を聞くのであるが、その私がこのごろは自身ではあまり器械いじりはしないで主に助手の手を借りていろいろの仕事をやっていることをこの友人が時々の話の折節に聞かされて知っているのである。

それで堅い枕、頸《くび》の痺れ、新聞記事の感電、電気をあつかっている友人、その助手といったような順序にこの夢の発展の径路が進行したのではないかと想像される。

ついでに私自身の近ごろ見た夢にこんなのがある。

西洋人の曲馬師らしいのがいてそれがまずセロを弾く、それから妙な懸稲《かけいね》のようにかけ渡した麻糸を操つるとそれがライオンのように見えてくる。そのうちにライオンとも虎ともつかぬ動物がやって来て自分に近寄り、そうして自分の顔のすぐ前に鼻面《はなづら》を接近させる。振返って見ると西洋人はもういない。どういう訳か自分は「オーイ早く菓子を持ってこい」と大声で云おうとするが舌がもつれて云えない。そこで眼がさめたが、なんだかうなされて唸《うな》っていたそうである。

これも前日か前々日の体験中に夢の胚芽《はいが》らしいものが見つかる。食卓でちょっと持出されたダンテ魔術団の話と、友人と合奏のときに出たフォイヤーマンのセロ演奏会の噂とでこの夢の西洋人が説明される。魔術が曲馬に変形してそれが猛獣を呼出したと思われる。それからやはり前夜の食卓で何かのついでから、ずっと前に動物園の猛獣が逃出した事のあった話をした。それが猛獣肉薄の場面を呼出したかもしれない。

「御菓子を持ってこい」がどうも分らないが、しかしその前々夜であったかやはり食後の雑談中女中にある到来ものの珍らしい菓子を特に指定して持ってこさせたことはあったのである。

麻糸の簾《すだれ》がライオンになる件だけは解釈の糸口が見つからない。こんなのをうっかりフロイドにでも聞かせると、とんでもないことになるかもしれないという気もするのである。

上記の夢を見てからひと月も後に博物館で伎楽《ぎがく》舞楽能楽の面の展覧会があって見に行った。陳列品の中に獅子舞《ししまい》の獅子の面が二点あったが、その面に附いている水色に白く水玉を染出した布片にたぶん鬣《たてがみ》を表わすためであろう、麻糸の束が一列に縫いつけてある。その麻糸の簾形に並んださまが、自分の夢に見た麻束の簾とよほどよく似ているのでちょっとびっくりさせられた。

この符合はたぶん偶然かもしれないが、しかしもしかしたら、以前に類似のお獅子をどこかで見たその記憶が意識の底に残留していたかもしれないという可能性を否定することも困難である。

それにしても魔術師ないしセリストと麻束との関係はやはり分らない。事によるとこの麻束が女の金髪から来ているかもしれないが、しかし自分の記憶には金髪と魔術師また音楽者との聯想は意識されない。

（昭和十年一月『文芸春秋』）

鴉と唱歌

帝劇でドイツ映画「ブロンドの夢」というのを見た。途中から見ただけではあるし、別にたいして面白い映画とも思われなかったが、その中の一場面としてこの映画の主役となる老若男女四人が彼らの共同の住家として鉄道客車の古物をどこかから買ってくるという事件がある。そうして、若い娘と若い男二人がその奇抜な新宅の設備にかかっている間に、年老《としと》った方の男一人は客車の屋根の片端に坐《すわ》り込んで手風琴《てふうきん》を鳴らしながら呑気《のんき》そうな歌を唄う。ところがその男のよく飼い馴らしたと見える鴉《からす》が一羽この男の右の片膝《ひざ》に乗って大人しくすまし込んでいる。そうして時々仔細《しさい》らしく頭を動かしてあちらを向いたりこちらを向いたり、仰向《あおむ》いたり俯向《うつむ》いたりするのが実に可愛い見物である。しかるに、不思議なことには、これが老人の歌の拍子にうまく合うように律動的に頭を動かしているように見えるのであった。もしや錯覚かと思って注意してはみたが、どうも老人の唄の小節の最初の強いアクセントと同時に頸《くび》を曲げる場合が著しく多い事だけは確かであるように思われた。してみると、この歌のリズムがなんらかの関係で、直接か間接か鴉の運動神経に作用しているらしく思われた。

しかし、これだけでは鴉が音の拍節を聴き分けるという証拠にはもちろんならない。第一、この映画を撮影している人々が画面のこちらに大勢いるはずである。その人々の中であるいは指揮棒でも振って老人の歌の拍子をとっているコンダクターがいるかもしれないとすると、鴉はその視覚に感ずるある運動をする光像のリズムに反応しているのかもしれない。あるいはまた、誰かわざわざ鴉にそうした芸当をさせるために骨を折って何かしら鴉の注意に働きかけているのかもしれないのである。それよりも、もっと直接に、唄っている老人の膝自身が歌の拍子に従って動くために鳥の神経にそれだけの刺戟を与えているのかもしれない。もっとも映画で見られるほどの運動は老人の膝に認められないが、微細な波動がないとは云われないのである。

しかし、また一方から考えると、元来多くの鳥は天性の音楽家であり、鴉でも実際かなりにいろいろの「歌」を唄うことができるばかりでなく、ロンドンの動物園にいたある大鴉などは人が寄ってくると〝Who are you ?〟とむつかしい声で咎《とが》めるので観客の人気者となったという話である。そんなことから考えると、鴉がすぐ耳元で歌っている歌に合わせて頸を曲げるぐらいはなんでもないことかもしれない。

とにかく、これに関してはやはり『野鳥』の読者の中に知識を求めるのが一番の捷《しょう》径《けい》であろうと思われるので厚顔《あつかま》しくも本誌の余白を汚した次第である。

（昭和十年二月『野鳥』）

自由画稿

はしがき

これからしばらく続けて筆を執ろうとする随筆断片の一集団に前もって総括的な題をつけようとすると存外むつかしい。書いてゆくうちに何を書くことになるかも分らないのに、もし初めに下手《へた》な題をつけておくと後になってその題に気がねして書きたいことが自在に書けなくなるという恐れがある。それだから、いつもは、題などはつけないで書きたいことをおしまいまで書いてしまって、なんべんも読返して手を入れた上で、いよいよ最後に題をきめて冒頭に書き入れることにしているのである。しかし今度は同じ題で数か月続けようとするのだから事情が少しちがってくる。もっともありふれた「無題」とか「断片」とかいう種類のものにすれば一番無難ではあるが、それもなんだかあまり卑怯《ひきょう》なような気がする。いろいろ考えているとき座右の楽譜の巻頭にあるサン・サーンの Rondo

Capriccioso という文字が眼についた。こういう題もいいかと思う。しかし、ずっと前に同じような断片群にターナーの画帖《がじょう》から借用した Liber Studiorum という名前をつけたことがあったが、それを文壇の某大家が日刊新聞の文芸時評で紹介してくれたついでに「こんなラテン語の名前などつけるものの気が知れない」と云って非難されたことがあるので、今度もこうした名前は慎しむ方がよいであろうと思う。いろいろ考えた末に結局平凡な、表題のとおりの名前を選むことになってしまったわけである。全くむつかしいものである。

この集の内容は例によって主として身辺瑣事《さじ》の記録や追憶やそれに関する瑣末《さまつ》の感想である。こういうものを書く場合に何かひと言ぐらい云い訳のようなことをかく人も多いようである。考え方によればそれも必要かもしれない。しかし、いかなる個人でもその身辺にはいやでも時代の背景が控えている。それで一個人の身辺瑣事の記録には筆者の意識いかんにかかわらず必ず時代世相の反映がなければならない。また筆者の愚痴な感想の中にも不可避的にその時代の流行思想の匂いがただよっていなければならない。そういうわけであるから現代の読者にはあまりに平凡な尋常茶飯事《じんじょうさはんじ》でも、半世紀後の好事家《こうずか》には意外な掘出物の種を蔵しているかもしれない。明治時代の「風俗画報」が吾々《われわれ》に無限の資料を与え感興をそそるのもそのためであろう。ただし、そういう役に立つためには記録の忠実さと感想の誠実さがなければならないであろう。

これが私の平生こうした断片的随筆を書く場合のおもなる動機であり申し訳である。人にものを教えたり強いたりする気ははじめからないつもりである。

集中には科学知識を取扱ったものも自然にしばしば出てくるかもしれない。しかしそれも決して科学知識の普及などということを目的として書くのではない。ただ自分で本当に面白いと感じたことの覚え書か、さもなければ譬喩《ひゆ》か説明のために便利な道具として使うための借りものにすぎない。しかし、そうかといってその結果が幾分か科学知識普及に役立つことになってもそれは差閊《さしつか》えはないであろうと思っている。

ついでながら、断片的な通俗科学的読物は排斥すべきものだというような事を新聞紙上で論じた人が近ごろあったようであるが、あれは少し偏頗《へんぱ》な僻論《へきろん》であると私には思われた。どんな瑣末な科学的知識でも、その背後には必ずいろいろな既知の方則が普遍的な背景として控えており、またその上に数限りもない未知の問題の胚芽《はいが》が必ず含まれているのである。それで一見いわゆるはなはだしく末梢《まっしょう》的《てき》な知識の煩瑣《はんさ》な解説でも、その書き方とまたそれを読む人の読み方によっては、その末梢的問題を包含する科学の大部門の概観が読者の眼界の地平線上におぼろげにでも湧き上がることは可能でありまたしばしば実現する事実である。読者の頭脳次第では、かなりつまらぬ科学記事からでもいろいろな重大問題の暗示を感知し発見し摂取し発展させることもしばしばあるのである。一方ではまた浅薄な概括的論述を羅列《られつ》した通俗科学的読物がはなはだしく読者をあやまるという場合もしばしばあるであろう。それで、ただ一概に断片的な通俗科学はいかなる場合でも排斥すべきものであるかのような感を読者に抱かせるような所説に対しては、少くも若干の附加修正を必要とするであろうと思われた。この機会についでながら附記しておく次第である。

一　腹の立つ元旦

正月元旦《がんたん》というときっと機嫌が悪くなって苦い顔をして家族一同にも暗い思いをさせる老人があった。それは温厚篤実《おんこうとくじつ》をもって聞こえた人で世間では誰一人非難するもののないほど真面目な親切な老人であって、そうして朝晩に一度ずつ神棚の前に礼拝し、遥《はるか》に皇城の空を伏しおがまないと気の済まない人であった。それが年の始めの一番だいじな元旦の朝となると、きまって機嫌が悪くなって、どうかすると煙草盆《たばこぼん》の灰吹きを煙管《きせる》の雁首《がんくび》で、いつもよりは耳だって強くたたくこともしばしばあった。

その老人の息子にはその理由がどうしても分らなかったのであったが、それから二、三十年経ってその老人も亡くなって後に、その息子が自分の家庭をもつようになって、そうして生活もやや安定してきたころのある年の正月元旦の朝清らかな心持で起床した瞬間からなんとなく腹の立つような事がいろいろ眼についた。綺麗《きれい》に片付いているべき床の間が取散らされていたり、玄関の障子が破けていたり、女中が台所で何か陶器を取落としたような音を立てたり、平生なら別になんでもないことが、その元旦に限ってひどく気になり、不愉快になり、やがて腹立たしく思われてくるのであった。その一方ではまた、今日は元旦だから腹を立てたりしてはいけないという抑制的心理が働いてくる、そうするとかえってそれを押し倒すような勢で腹立たしさが腹の底から持ち上がってくるのであった。その瞬間にこの男は突然に、実に突然になくなった父のことを思い出してびっくりした。そうして、その瞬間にはじめて今までどうしても分らなかった、昔の父の元旦の心持を理解することができたのである。それからまた数年たって後のことである。この息子の息子がある年の正月に何かちょっとしたことがなるべきようになっていなかったと云ってひどくその母や女中に対して怒っているのをその父親が発見してひどくびっくりし、そうしてまた非常に怖ろしくなったのだそうである。

こういう話を聞いてひどく感心したことがある。つまらない笑話のようで実はかなり深刻な人間心理の一面を暴露していると思う。こんなのも何かの小説の種にはならないものかと思う。

それはとにかく、正月をめでたいという意味が子供の時分から私にはよく分らなかったが、年を取ってもやはりまだ十分には分らない。少くも自分の場合では正月というとかくめでたからぬことが重畳して発生するように思われるのである。のみならず平日ならそれほどにも感じないような些細《ささい》なめでたからぬことが、正月であるがために特にふめでたに感ぜられる。これはおそらく誰でも同様に感じることであろう。例えば小さい子供が大勢あるような家ではちょうど大晦日《おおみそか》や元日などによく誰かが風邪を引いて熱を出したりする。元旦だからというのでつい医者を呼ばなかったばかりに病気が悪化するといったような場合もありうるであろう。

高等学校時代のある年の元旦に二、三の同窓と一緒に諸先生の家へ年始廻《まわ》りをしていたとき、ある先生の門前まで来ると連れの一人が立止って妙な顔をすると思ったら突然仰向に反りかえって門松に倒れかかった。そうしてそれなりに地面に寝てしまって口から泡を吹き出した。驚いて先生を呼出して病人を舁《かつ》ぎ込んでから顔へ水をぶっかけたり大騒ぎをした。幸にまもなく正気づきはしたが、とにかくこれがちょうど元旦であったために特に大きな不祥事になってしまったのである。

正月元旦は年に一度だから幸である。もしこれが一年に三度も四度もあったら大変であろうと思われるが、しかしいっそのことこれが一年に十二回とか五十回とかあるようになればまたかえって楽になるかもしれない。そう思ってみると、一年に一回ずつ特別な日を設けて、それを理由など構わずとにもかくにもめでたい日ときめてしまって強いてめでたがり、そうしてそのたびに発生するいろいろな迷惑を一層痛切に受難することにもなかなか深い意義があるような気がしてくる。

正月をめでたいとして祝うことを始めて発明した人があったとしたら、その人はやはりなかなかえらい人であったろうと思われるのである。

二　乞食の体験

子供の時分、たぶん七、八歳ぐらいのころかと思うがとにかくあまり自慢にならぬ乞食《こじき》の体験をしたことがある。

そのころ郷里高知では正月の十四日の晩に子供らが「粥釣《かゆつり》」と称して近所の家を廻って米や小豆《あずき》や切餅《きりもち》をもらって歩いて、それで翌朝十五日の福の粥を作るという古い習慣が行われていた。素面ではさすがに工合《ぐあい》が悪いと見えてみんな道化た仮面をかぶっていくことになっていたので、その時期が来ると市中の荒物屋や玩具屋《おもちゃや》にはおかめ、ひょっとこ、桃太郎、猿、狐といったようないろいろの仮面を売っていた。泥色をした浅草《あさくさ》紙を型にたたきつけ布海苔《ふのり》で堅めた表面へ胡粉《ごふん》を塗り絵具をつけた至って粗末な仮面である。それを買ってきて焼火箸《ひばし》で両方の眼玉の真中に穴を明ける。その時に妙な焦げ臭い匂いがする。それから面の両側の穴に元結の切れを通して面紐《ひも》にするのである。面をかぶるとこの焦げ臭い匂いが一層ひどい、そうして自分のはき出す呼気で面の内側が湿ってくると魚膠《うおにかわ》の匂いやら浅草紙の匂いやらと一緒になって実に胸の悪い臭気を醸《かも》し出すのであった。五十年後の今日でもありありこの臭気を想い出すことができるのである。

四、五人、五、六人という群れになって北山《きたやま》おろしの木枯らしに吹かれながら軒並をたずねて玄関をおとずれ、口々にわざと妙な作り声をして「カイッㇳーセ」という言葉を繰返す。「粥釣りをさせて下さい」という意味の方言なのである。すると家々ではかねて玄関かその次の間に用意してある糯米《もちごめ》やうるちやあずきや切餅やを少量ずつめいめいの持っている袋に入れてやる。みんなありがとうともなんとも云わずにそれをもらって次の家へと廻っていくのである。

平生は行ったこともない敷居の高い家の玄関をでも構わず正面からおとずれて、それとなく家居のさまを見るという一種の好奇心のようなものがこれらの小さい乞食達の興味の中心であったように見える。大概の家では女中らはもちろん奥さんや娘さんまで覗《のぞ》きに出てきて、道化た面を冠《かぶ》った異風な小乞食の狂態に笑いこける。そこには一種のなんとなく窈窕《ようちょう》たる雰囲気《ふんいき》があったことを当時は自覚しなかったに相違ないが、かなりに鮮明なその記憶を今日分析してみてはじめて発見するのである。粥釣が子供ばかりでなくむしろ大人によって行われたかと思わるる昔ではこうした雰囲気があるいはかなりに重要な意義をもっていたのではないかとも想像されるのである。

自分の宅へ来る粥釣を内側から見物した場合の方が多かったように思う。粥釣に来る多勢の中でも勇敢なのは堂々と先頭に立ってやって来るが、気の弱いのは先頭の背後に隠れるようにして袋をさし出すのもある。しかし何しろおもに近所の人たちであるから、たとえ女の着物を着たり、羽織をさかさまに着たりしていてもおおよその見当がつく場合が多い。粥釣を迎える家に勇猛な女中でもいると少し怪しいと思われるようなのをいきなりつかまえて面を引き剝《は》ごうとして大騒ぎになるようなこともあったような気がする。

乞食を三日すると忘れられないというが、自分にもこの乞食の体験は忘れられないものである。この乞食根性が抜けないお蔭《かげ》で今日をどうやらこうやら饑《う》えず凍えず暮していかれるのかもしれないのである。

こんな年中行事は郷里でも、もうとうの昔になくなってしまって、若い人達にはそんな事があったということさえ知られていないかもしれない。

三　冬夜の田園詩

これも子供の時分の話である。冬になるとよく北の山に山火事があって、夜になるとそれが美しくまた物怖ろしい童話詩的な雰囲気を田園の闇に漲《みなぎ》らせるのであった。友達と連立って夜ふけた田圃《たんぼ》道でも歩いているとき誰の口からともなく「キーターヤーマー、ヤーケール、シシーガデュョ」と歌うと他のものがこれに和する。終りの「出ぅよ」を早口に歌ってしまうと何かに追われでもしたようにみんな一斉に駆け出すのであった。そういうときの不思議な気持を今でもありありと思い出すことができる。

自分が物心づくころからすでにもうかなりのお婆さんであって、そうして自分の青年時代に八十余歳で亡くなるまでやはり同じようなお婆さんのままで矍鑠《かくしゃく》としていたB家の伯母《おば》は、冬の夜長に孫達の集っている灯下で大きな眼鏡をかけて夜なべ仕事をしながらいろいろの話をして聞かせた。その中でも実に不思議な詩趣を子供心に印銘させた話は次のようなものであった。

冬の闇夜に山中の狸どもが集って舞踊会のようなことをやる。そのときに足踏みならして狸の歌う歌の文句が、「こいさ（今宵の方言）お月夜で、御山踏み（たぶん山見《やまけん》分《ぶん》の役人のことらしい）も来まいぞ」というので、そのあとに、なんとかなんとかで「ドンドコショ」という囃子《はやし》がつくのである。それを伯母が節面白く「コーイーサー、（休止）、オーツキョーデー、（休止）、オーヤマ、フーミモ、コーマイゾー」というふうに歌って聞かせた。それを聞いていると子供の自分の眼前には山ふところに落葉の散り敷いた冬木立の空地に踊りの輪を画《えが》いて踊っている狸どもの姿がありあり見えるような気がして、滑稽《こっけい》なようで物凄《ものすご》いような、なんとも形容のできない夢幻的な気持でいっぱいになるのであった。

後年夏目先生の千駄木《せんだぎ》時代に自筆絵葉書のやりとりをしていたころ、ふと、この伯母の狸の踊りの話を想い出して、それをもじった絵葉書を先生に送った。ちょうど先生が「吾輩《わがはい》は猫である」を書いていた時だから、早速それを利用されて作中の人物のいたずら書きと結び付けたのであった。

それはとにかく、この「山火事の野猪《やちょ》」の詩や、「狸の舞踊」の詩には現代の若い都人士などには想像することさえ困難であろうと思われるような古い古い「民族的記憶」といったようなものが含まれているような気がする。それは万葉集《まんようしゅう》などよりはもっと古い昔の詩人の夢をおとずれた東方原始民の詩であり歌であったのではないかと思われるのである。そうした詩が数千年そのままに伝わってきていたのがわずかにこの数十年の間に跡形もなく消えてしまうのではないかと疑われる。

グリムやアンデルセンは北欧民族の「民族的記憶」の名残を惜しんで、それを消えない前に喚《よ》び返してそれに新しい生命を吹込んだ人ではないかと想像される。近ごろ我邦《わがくに》でも土俗学的の研究趣味が勃興《ぼっこう》したようで誠に喜ばしいことと思われるが、一方ではまたここに例示したような不思議な田園詩も今のうちにできるだけ蒐《しゅう》集《しゅう》し保存しまたそれを現在の詩の言葉に翻訳しておくことも望ましいような気がするのである。

四　食堂骨相学

ある大衆的な食堂で見知らぬ人達と居並んで食事をしていた。自分は耳がよくないせいか、それとも頭がぼんやりしているせいか、平生はこうした場所で隣席の人達の話している声はよく聞こえても、話している事がらの内容はちっともわからないのであるが、その日隣席で話している中老人二人の話声の中でただ一語「イゴッソー」という言葉が実にはっきり聞きとれたのでびっくりした。ももやもやした霧の中から突然日輪でも出現したようにあまりにくっきりとそれだけが聞こえて、あとはまた元どおりぼやけてしまった。

「イゴッソー」というのは郷里の方言で「狷介《けんかい》」とか「強情」とかを意味し、またそういう性情をもつ人をさしていう言葉である。この二老人はたぶん自分の郷里の人でだれか同郷の第三者の噂話をしながら、そういう適切な方言を使ったことと想像される。

それはなんでもないことであるが、私がこの方言を聞いてびっくりして二人の顔を見たときに二人の顔が急に自分に親しいもののように思われてきて、なんだかずっと昔郷里のどこかで見たことがあるか、あるいは自分のよく知っている誰かによく似ているかどちらかであるような気がしてきたのであった。

これは単に久しぶりに耳にした方言の喚び起した錯覚であったかもしれない。しかしまた郷里のような地理的に歴史的に孤立した状態で永い年月を閲《けみ》してきた国の民族の骨相には、やはりその方言と一緒にこびりついた共通な特徴があるのではないかという疑いも起るのであった。

また別なとき同じ食堂でこの界隈《かいわい》の銀行員らしい中年紳士が二人かなり高声に私にでも聞取れるような高調子で話しているのを聞くともなく聞いていると、当時の内閣諸大臣の骨相を品評しているらしい。詳細は忘れたが結局大臣には人相が最も大切な資格の一つであって、この資格の欠けている大臣は決して永続きしないといったようなことを一人が実例をあげて主張していた。相手は「まあ卜筮《ぼくぜい》よりは骨相の方がましだろう」と云っているようであった。この二人の話を聞いてからなるほどそんな事もあろうかと思って試《ため》しに当代ならびにそれ以前の廟堂《びょうどう》諸侯の骨相を頭の中でレビューしながら「大臣顔」なるものの要素を分析しようと試みたのであった。ついせんだってのあのベーブ・ルースの異常な人気でも、ことによると彼の特異な人相に負うところが大きいのかもしれない。

こうした大食堂の給仕人はたいていそろそろ年ごろになろうという女の子であって、とにかくあまり醜くないような子を揃えている。それらのだいたい同じくらいの年ごろの女の子が皆同じ制服を着ているからちょっと見ると身長の差別と肉づきの相違ぐらいしか眼につかないようである。

制服というものはある意味では人間の個性を掩蔽《えんぺい》するものである。少し離れてみれば一隊の兵士は同じ鋳型でこしらえた鉛の兵隊のように見える。しかし食堂女給のような場合にもまた逆に服装が同一であるために個人の個性がかえって最も顕著に示揚されるようにも見える。清長《きよなが》型、国貞《くにさだ》型、ガルボ型、ディートリヒ型、入江《いりえ》型、夏川《なつかわ》型等いろいろさまざまな日本婦人に可能な容貌《ようぼう》の類型の標本を見学するには、こうした一様なユニフォームを着けた、そうしてまだ粉飾や媚態《びたい》によって自然を隠蔽《いんぺい》しない生地《きじ》の相貌《そうぼう》の蒐集され展観されている場所にしくものはないようである。

容貌のタイプということと美醜とは必ずしも一致しないようである。例えばキャサリン・ヘプバーン型の美人と醜婦を一人ずつ捜し出すのなどははなはだ容易であろう。

食堂の女給の制服は腕を露出したのが多い。必然の結果として食物を食卓に並べるとき露出された腕が吾々の面前にさし出される。日本で女の子の腕を研究するのにこれほど適当な機会はまたとないであろうと思われる。

美しい腕をもった子は存外少ないようである。応募者の試験委員達の採点表中に容貌の条項はあっても腕の条項がないかもしれないが、少くも食堂の場合には、これも一つのかなりの程度まで考慮さるべきアイテムとなるべきかもしれない。

器量のよくないので美しい腕の持主もある一方ではまた美しい顔とむしろ醜い腕との結合もあるようである。神の制作したものには浅はかな人間の概念的な一般化を許さないものがあるのである。

食堂やあるいは電車の中などで、隣席の人のもっているステッキの種類特にその頭部の装飾を見ると、それに現われたその持主の趣味がたいていネクタイとか腕時計とか他の持物に反映しているように思われる。しかし神の取合わせた顔と腕にはそうした簡単な相関はどうもないように見える。

食堂の入口を眺めているとさまざまの人の群が入込んでくる中に、よくお母さんとお嬢さんとの一対が見られる。そうして多くの場合お母さんよりもお嬢さんの方が背が高く、そうして威張っているような気がする。お母さんの方が下手に出て何か相談しかけるとお嬢さんの方はふんふんと鼻であしらって高圧的に出る、そういったのがよく眼につく。もし代々娘の方が母親よりも身長が一割高くなると仮定すると七、八代で二倍になる勘定である、そうなったら大変であるがしかしこれは現代の過渡期に特有な現象であろうかと思われる。

五　百貨店の先祖

百貨店の前身は勧工場《かんこうば》である。新橋《しんばし》や上野や芝の勧工場より以前には竜《たつ》の口《くち》の勧工場というのがあって一度ぐらい両親につれられて行ったような茫《ぼう》とした記憶があるが、夢であったかもしれない。それはとにかく、その勧工場のもう一つ前の前身としては浅草《あさくさ》の仲見世《なかみせ》や奥山のようなものがあり、両国《りょうごく》の橋の袂《たもと》があり、そうしてところどころの縁日の露店があったのだという気がする。田舎《いなか》では鎮守の祭や市日の売店があった。西洋でもおそらく同様であったろうと想像される。ドイツやフランスの田舎の町の「市」の光景は実によく自分の子供のころの田舎の市のそれと似通ったものをもっていたようである。

子供の時分にそうした市の露店で買ってもらった品々の中には少くも今の吾々の子供らの全く知らないようなものがいろいろあった。

肉桂《にっけい》の根を束ねて赤い紙のバンドで巻いたものがあった。それを買ってもらってしやぶったものである。チューインガムよりは刺戟《しげき》のある辛くて甘い特別な香味をもったものである。それから肉桂酒と称するが実は酒でもなんでもない肉桂汁に紅で色をつけたのを小さな瓢箪形《ひょうたんがた》の硝子壜《ガラスびん》に入れたものも当時の吾々のためには天成の甘露であった。

甘蔗《さとうきび》のひと節を短刀のごとく握り持ってその切尖《きっさき》からかじりついて噛《か》みしめると少し青臭い甘い汁が舌に溢《あふ》れた。竹羊羹《たけようかん》というのは青竹のひと節に黒砂糖入水羊羹をつめて凝固させたものである。底に当る節の隔壁に錐《きり》で小さな穴を明けておいて開いた口を吸うと羊羹の棒が滑かに抜け出してくる、それを短かく歯で嚙切って喰《く》う、残りの円筒形の羊羹はちょっと吹くとまた竹筒の底に落着くのである。また吸出しては喰い切る。汚ないといえば汚ないが、しかしそこには一種の俳諧《はいかい》があった。つい近ごろどこかのデパートでこれと同じものを見つけたが喰ってはみなかった。おそらく四十年前の味は求められないであろう。

玩具ではポペンというものが一時流行した。頸《くび》の長い硝子のフラスコの底板を思いきり薄くして少しの曲率をもたせて彎曲《わんきょく》させたものである。その頸を口にふくんで適当な圧力で吹くと底のガラスの薄板がポンという音を立ててその曲率を反転する。逆に吸込むとペンといってもとの向きに彎曲する。吹くのと吸うのを交互に繰返すと、ポペンポペンポペンポペンというふうな音を出す。吹き方、吸い方が少し強過ぎるとすぐに底が割れてしまう。いわゆるその「呼吸」がちょっとむつかしい。これを売っている露店商は特製特大の赤ん坊の頭ぐらいのを空に向けてジャンボンジャンボンと盛に不思議な騒音を空中に飛散させて顧客を呼んだものである。実に無意味な玩具であるがしかしハーモニカやピッコロにはない俳味といったようなものがあり、それでいて南蛮的な異国趣味のたぶんにあるものであった。むきになって理窟《りくつ》を云ってる鼻の先へもってきてポペンポペンとやられると、あらゆる論理や哲学などがいっぺんに吹き散らされるところに妙味があったようにも思われる。

（昭和十年一月『中央公論』）

六　干支の効用

去年が「甲戌《きのえいぬ》」すなわち「木《き》の兄《え》の犬《いぬ》の年」であったから今年は「乙亥《きのとい》」で「木《き》の弟《と》の猪《い》の年」になる勘定である。こういう昔ふうな年の数え方は今ではてんで相手にしない人が多い。モダーンな日記帳にはその年の干支など省略してあるのもあるくらいである。実際丙午《ひのえうま》の女に関する迷信などは全くいわれのないことと思われるし、辰《たつ》年《どし》には火事や暴風が多いというようなこともなんら科学的の根拠のないことであると思われるが、しかしこれらは干支の算年法に附帯して生じた迷信であって、そういう第二義的な弊が伴うからといって干支の使用が第一義的に不合理だという証拠にはならない。昔から長い間これが使われてきたのはやはりそれだけの便利があったからである。

十と十二の最小公倍数は六十であるから十干十二支の組合せは六十年で一週期となる。この数は二、三、四、五、六のどれでも割り切れるから、一年おきの行事でも、三年に一度の万国会議でも、四年に一度のオリンピアードでも、五年、六年に一度の祭礼でも六十年経てばみんな最初の歩調をとり返すのである。その六十年はまたほぼ人間の一週期になるのである。

人間の生涯でも六十年前の自分と六十年後の自分とはまず別人であり、世間の状態でも六十年経てばもう別の世界である。この前の乙亥は明治八年であるが、もしどこかに、乙亥の年に西郷隆盛《さいごうたかもり》が何かしたという史実の記録があれば、それは確実に明治八年の出来事であって、昭和十年でもなくまた文化十二年でもないことが明白である。明治八年とだけでは場合によってはずいぶん心細いことがある。活字本だと、もしか九年の誤植であるかもしれない。隆盛はとにかく、事がらによっては十八年の十が脱落したという可能性もある。しかし明治八乙亥とあればまず八年に間違いはないのである。年数と干支が全部合理的に辻褄《つじつま》を合せて、念入りに誤植されるという偶然の確率はまず事実上零に近いからである。

それだから年号と年数と干支とを併記してある特定の年を確実不動に指定するという手堅い方法にはやはりそれだけの長所があるのである。為替《かわせ》や手形にデュープリケートの写しを添えるよりも一層手堅いやり方なのである。

年の干支と同様に日の干支でもこれを添えることによって日のアイデンティフィケーションがほとんど無限大の確実さを加える。これに七曜日を添えればなおさらである。例えば甲子《きのえね》の日曜日は一年に一つあることとないこととあるのである。

干支を廃し、おまけに七曜も廃するか、あるいはある人達の主張するように毎年の同月日を同じ日曜にしてしまうという仕方は、一見合理的なようで実は存外そうでないかもしれない。

机や椅子の脚は何も四本でなくても三本でちゃんと役に立つ、のみならず四本にするとどれか一本は遊んでいて安定位置が不確定になる恐れがあるというのは物理学初歩で教わることである。しかしその合理的な三本脚よりも不合理な四本脚が最も普通に行われているのは何ゆえであろうか。この問題はあまり簡単ではないが、ともかくも四本の一本がまさかのときの用心棒として平時には無用の長物という不名誉の役目を引受けているのであろう。

数の勘定には十進法の数字だけあればそれでよいというのは、いわば机の三本脚を使う流儀であって、これに一見無用な干支を添えるのは用心棒を一本足した四本脚を採用する筆法である。無駄は無駄でも有用な無駄であるとも云われる。

十進法というのはいわば単式の数え方であって十干だけを用いると同等である。甲を一、乙を二、丙《へい》を三と順々に置換えてしまえば、例えば二十三と云う代りに乙丙と云っても文字が面倒なだけで理窟は同じである。これに反して干支法はいわば複式の数え方で、十進法と十二進法との特殊な結合である。甲子を一とし乙丑《きのとうし》を二とすれば甲戌は十一であり丙子《ひのえね》は十三になる、少し面倒なだけに、それだけの長所はあるのである。

面白いことには、偶然ではあろうが、太陽黒点の週期が約十一年であって、これが十干の十年と十二支の十二年との中間に当っている。それで、太陽黒点と関係のあるらしい週期的な気象学的あるいは気候学的現象の異同が自然に干支と同じような週期性を示すことがしばしば起こりうるわけである。例えばある特定の地方である「水の兄《え》」の年に偶然水害があった場合に、それから十一年後の「水の弟《と》」の年に同じような水害の起こる確率が相当多いという事もあるかもしれない。ある辰年の冬ある地方がひどく乾燥でそのために大火が多かったとして、次の辰年にも同様な乾燥期が来るということは、単なる偶然以外の若干の気候週期的な蓋然率《がいぜんりつ》が期待されないこともない。

気候の変化が人間の生理にも若干の影響があるかもしれないとすると、それが胎児の特異性に多少の効果を印銘することが全然ないとも限らないし、そうなると生れ年の干支とその人の特性とが、少くもある期間については多少の相関を示す場合がないとも云われないような気がしてくるのである。もちろんこれは大風が吹いて桶屋《おけ》が喜ぶというのと同じ論法ではあるが、そうかといってそういうことが全然ないということの証明もまたはなはだ困難であることだけは確である。証明のできない言明を妄信《もうしん》するのも実はやはり一種の迷信であるとすれば、干支に関するいろいろな古来の口碑もいつかは真面目に吟味し直してみなければならないと思われるのである。

七　灸治

子供の時分によくお灸《きゅう》をすえると云って威《おど》されたことがある。今の吾々の子供にはもうお灸がなんだか知らないのが多いようである。もぐさを見たことのない子供も少なくないであろう。お灸がいかなるものであるかを説明してやると驚いているようである。

小さい時分には威されるだけで本当にすえられたことはなかったようである。水泳などに行って友達や先輩の背中に妙な斑紋《はんもん》が規則正しく並んでいて、どうかするとその内の一つ、二つの瘡蓋《かさぶた》が剝がれて大きな穴が明き、中から血膿《ちうみ》が顔を出しているのを見て気味の悪い想いをした記憶がある。見るだけで自分の背中がむずむずするようであった。なんのためにわざわざこんな厭《いや》なことをするのか了解できなかった。十二、三歳のころ病身であったために、とうとう「ちりけ」のほかに五つ、六つ肩のうしろの脊骨《せぼね》の両側に火傷《やけど》の痕《あと》をつけられてしまった。なんでもいろいろのご褒美の交換条件で納得させられたものらしい。

大学の二年の終に病気をして一年休学していた間に「片はしご」というのをおろしてくれたのが近所の国語の先生の奥さんであった。家伝の名灸でその秘密をこの年取った奥さんが伝えていたのである。なんでも紙撚《こより》だったか藁《わら》切れだったか忘れたが、それでからだのほうぼうの寸法を計って、それから割出して灸穴《きゅうけつ》をきめるのであるが、とにかく脊柱《せきちゅう》のたぶん右側に上から下まで、頸筋から尾骶骨《びていこつ》までたしか十五、六ほどの灸穴を決定する。それに、はじめは一度に三つずつ一週間後から五つずつというふうにだんだんすえる数を増していって、おしまいには二十ぐらいずつすえるのである。なかなかここいらは合理的である。

上から下へだんだんにすえていくと痛さの種類がだんだんに少しずつ変っていくのが妙である。上の方のはいわば乾性、あるいは男性的の痛さで少し肩に力を入れて力んでいればなんでもないが腰の方へ下がっていくと痛さが湿性あるいは女性的になって、痒《かゆ》いようなくすぐったいような泣きたいような痛さになる。動かすまいと思っても腰をひねらないではいられないような気持がする。同じ刺戟に対する感覚が皮膚の部分によって違うのはこれに限らない事ではあるが、このはしご灸などは一つの面白い実験である。ただその感覚の段階的変化を表示する尺度がまだ発見されていないのは残念である。

そのころの郷里には「切りもぐさ」などはなかったらしく、紙袋に入れたもぐさの塊《かたまり》から一ひねりずつひねり取っては付けるから下手《へた》をやると大小ならびにひねり方の剛柔の異同がはなはだしく、すえられる方は見当がつかなくて迷惑である。母は非常にこれが上手《じょうず》で粒のよく揃ったのをすえてくれた。一つは母の慈愛がそうさせたであろう。女中などが代ると、どうかすると馬鹿に大きいのや堅びねりのが交じったり、線香の先で火のついたのを引落して背中をころがり落させたりして、そうしてこちらが驚いておこると余計に面白がってそうするのではないかという嫌疑《けんぎ》さえ起こさせるのであった。

南国の真夏の暑い真盛りに庭に面した風通しのいい座敷で背中の風を除《よ》けて母にすえてもらった日の記憶がある。庭では一面に蟬《せみ》が鳴き立てている。その蟬の声と背中の熱い痛さとが何かしら相関関係のある現象であったかのような幻覚が残っている。同時にまた灸の刺戟が一種の涼風のごときかすかな快感を伴っていたかのごとき漠然《ばくぜん》たる印象が残っているのである。

背中の灸の痕を夜寝床ですりむいたりする。そのあとが少し化膿《かのう》して痛痒かったり、それが帷子《かたびら》でこすれでもすると背中一面が強い意識の対象になったり、そうした記憶がかなり鮮明に永い年月を生残っている。そういう出来損ねた灸穴《きゅうけつ》へ火を点ずる時の感覚もちょっと別種のものであった。

一日分の灸治を終って、さて平手でぱたぱたと背中をたたいたあとで、灸穴へ一つ一つ墨を塗る。ほてった皮膚に冷たい筆の先が点々と一抹《いちまつ》の涼味を落していくような気がする。これは化膿しないためだというが、墨汁の膠質粒子《こうしつりゅうし》は外から這入《はい》る黴菌《ばいきん》を食止め、またすでに付着したのを吸取る効能があるかもしれない。

寒中には着物を後前に着て脊筋に狭い窓をあけ、そうして火燵《こたつ》にかじりついてすえてもらった。神経衰弱か何かの療法に脊柱《せきちゅう》に沿うて冷水を灌《そそ》ぐのがあったようであるが、自分の場合は脊筋の真中に沿うて四、五寸の幅の帯状区域を寒気に曝《さら》して、その中に点々と週期的な暑さの集注点をこしらえるという複雑な方法を取ったわけである。

そういう、西洋のえらい医学の大家の夢にも知らない療養法を須崎港《すさきこう》の宿屋で永い間続けた。その手術を引き受けていたのは幡多《はた》生れで幡多訛《なま》りの鮮明なお竹という女中であった。三十年前の善良にして忠実なるお竹の顔をありあり思い出すのであるが、その後の消息を明《あきらか》にしない。無事でいればもうずいぶんお婆さんになっていることであろう。

灸など利《き》くものかと一概にけなす人もある。もしなんの効能もないとすると、祖先の日本人は仏法伝来と同時に輸入されたというこの唐人のぺてんに二千年越し欺《だま》されつづけて無用なやけどをこしらえて喜んでいたわけである。

二千年来信ぜられてきたという事実はそれが真であるという証拠には少しもならない。しかし灸の場合には事がらが精神的ばかりでなく、ともかくも生理的な生き身の一部に明白な物理的化学的な刺戟を直接密接に与えるのであるから、利く利かぬが生理的に実証の審判にかけられうるわけだと思われる。

生理学の初歩の書物を読んでみると、皮膚の一部をつねったりひねったりするだけで、腹部の内臓血管ことにその細動脈が収縮し、同時に筋や中枢神経系に属する血管は開張すると書いてある。灸をすえるのでも似かよった影響がありそうである。のみならず、焼かれた皮膚の局部では蛋白質《たんぱくしつ》が分解して血液の水素イオン濃度が変ったり、周囲に対する電位が変ったり、ともかくもその附近の細胞にとっては重大な事件が起こる。それが一つの有機体であるところの身体の全部にたとえ微少でもなんらかの影響のないはずはなさそうである。

それがある病気にどれだけ利くかはまた別問題であるがそれは立派に一つの研究問題になる事であり、そうしてまさに日本の医者生理学者の研究すべき問題である。それだのに不思議なことには従来灸治の科学的研究をして学位でも取ったという人は、あるかもしれないがあまりよく知られていないようである。今にドイツとか米国とかで誰かが歌麿《うたまろ》や北斎《ほくさい》を発見したように灸治法の発見をして大論文でも書くようになれば日本でも灸治研究が流行を来すかもしれないと思われる。

（「蛍光板」への追記）前項「灸治」について高松《たかまつ》高等商業学校の大泉行雄氏から書信で、九州福岡の原志免太郎《はらしめたろう》氏が灸の研究により学位を得られたと思うという知らせを受けた。右の原氏著『お灸療治』という小冊子に灸治の学理が通俗的に説明されているそうである。一見したいと思っているがまだその機会を得ない。その後にまた麻布の伊藤泰丸氏から手紙をよこされて、前記原氏のほかに後藤道雄、青地正皓、相原千里らの各医学博士の鍼灸《しんきゅう》に関する研究のある事を示教され、なお中川清三著『お灸の常識』という書物を寄贈された、ここに追記して大泉氏ならびに伊藤氏に感謝の意を表したいと思う。

八　黒焼

学生時代に東京へ出てきて物珍しい気持で街を歩いているうちに偶然出くわして特

別な興味を感じたものの一つは眼鏡橋《めがねばし》すなわち今の万世橋《まんせいばし》から上野の方へ向って行く途中の左側に二軒、辻を距《へだ》てて相対している黒焼屋であった。これは、『江戸名所図会』にも載っている、あれの直接の後裔《こうえい》であるかどうかは知らないがともかくも昔の江戸の姿を偲《しの》ばせる恰好《かっこう》の目標であった。

なんでも片方が「本家」で片方が「元祖」だとか云って永い年月を鬩《せめ》ぎ合った歴史もあったという話を聞いたことがある。関東大震災にはたぶんあの辺も焼けたであろうが、つい先日電車であの辺を通るときに気をつけて見ると昔と同じ場所と思わるる処に二軒の黒焼屋が依然として存在している。一軒は昔ふうの建築であり他の一軒は近代的洋風の店構えになっているのであるが、ともかくも附近に対して著しく異彩を放つ黒焼屋であることには昔も変りはないようである。

いったい黒焼が本当に病気に利くだろうかという疑問が科学の学徒の間で話題に上ることがある。そういう場合に、科学者にいろいろの種類があることがよく分かる。

甲種の科学者は頭から黒焼なんか利くものかと否定してかかる。蛇でもいもりでも焼いてしまえば結局炭と若干の灰分とになってしまうのだから、黒焼が利くものなら消炭を食っても利くわけだ、とざっとこういうふうに簡単に結論を下してしまう。

乙種の科学者は、そう簡単にも片づけてしまわない。しかし、問題がまだアカデミックな研究にかけるにはあまりに生ま生ましくて、ちょっと手がつけられそうもないから、そういう問題はまずまず敬遠しておく方がいいという用心深い態度を守って、格別の興味を示さない。

丙種の科学者になると、かえってこうした毛色の変った問題に好奇的興味を感じ、そうして、人のまだ手を着けない題材の中に何かしら新しい大きな発見の可能性を予想していろいろ想像をめぐらし、何かしら独創的な研究の端緒をその中に物色しようとする。

この甲乙丙三種の定型はそれぞれに長所と短所をもっている。甲はうっかり贋物《にせもの》に引っかかるような心配はほとんどない代りに、どうかすると本当に価値のある新しいいものを見逃がす恐れがある。既知の真実を固守するにのみ忠実で未知の真実の可能性に盲目である。乙はアカデミックな科学の殿堂の細部の建設に貢献するには適しているが新しい科学の領土の開拓には適しない。丙は時として荊棘《けいきょく》の小径《こみち》のかなたに広大な沃野《よくや》を発見する見込があるが、その代り不幸にして底なしの泥沼に足を踏込んだり、思わぬ陥穽《かんせい》にはまって憂目《うきめ》を見ることもある。三種の型のどれがいけないというわけではない。それぞれの型の学者が、それぞれの型に応じてその正当の使命を果すことによって科学は進むのであろう。

それはとにかく、この三型を識別するための簡単で手近なメンタルテストの問題として「黒焼」の問題が役立つのは面白い。

炭は炭でもそのコロイド的内部構造の相違によって物理的化学的作用には著しい差がある場合もあるから、蛇の黒焼と狸の黒焼で人体に対する効果がなにがしか違わないとは限らない。またわずかな含有灰分の相違が炭の効果に著しい差を生ずることも可能なのは他の膠質現象《こうしつげんしょう》から推して想像されなくはない。

臓器から製した薬剤の効果がその中に含有するきわめて微量な金属のためであって、その効果はその薬を焼いて食わせても変らないらしいという説がある。しかし、それかといってその金属の粉を嘗《な》めたのでは何もならない。ここに未知の大きな世界の暗示がある。

こうした不思議は畢竟《ひっきょう》コロイドというものの研究がまだ幼稚なために不思議と思われるのであって、今にこの方面の知識が進めば、これが不思議でもなんでもなくなるかもしれないのである。そういう日になってはじめて「黒焼」の意義がその本体を現わすのではないかと想像される。

こんなことを永年考えていたのであるが、近ごろ大阪医科大学病理学教室の淡河《おうご》博士が「黒焼」の効能に関する本格的な研究に着手し、ある黒焼を家兎に与えると血液の塩基度が増し諸機能が活潑《かっぱつ》になるが、西洋流のいわゆる薬用炭にはそうした効果がないという結果を得たということが新聞で報ぜられた。自分の夢の実現される日が近づいたような喜びを感じないわけにはいかない。

それにしても蠑螈《いもり》の黒焼の効果だけは当分のところ、物理学化学生理学の領域を超越した幽遠の外野に属する研究題目であろうと思われる。もっとも蝶《ちょう》のある種類例えばAmauris psyttaleaの雄などはその尾部に具《そな》えた小さな袋から一種特別な細かい粉を振り落しながら雌《めす》の頭上を飛び廻って、その粉の魅力によって雌の興奮を誘発するそうである。

百年の後を恐れる人には「いもりの黒焼」でもうっかりは笑えないかもしれない。

（昭和十年二月『中央公論』）

九　歯

父は四十余歳ですでに総入歯をしたそうである。総入歯の準備として、生き残った若干の歯を一度に抜いてしまったそのあとで顔じゅう膨れ上がって幾日も呻吟《しんぎん》をつづけたのだそうである。歯科医術のまだ幼稚な明治十年代のことであるからずいぶん乱暴な荒療治であったことと想像される。

自分も、親譲りというのか、子供の時分から歯性が悪くて齲歯《むしば》の痛みに苦しめられつづけてきた。十歳ぐらいのころ初めて歯医者の手術椅子一名拷問椅子（torture-chair）にのせられたとき、痛くないという約束のが飛上がるほど痛くて、おまけにその後の痛みが手術前の痛みに数倍して持続したので、子供心にひどく腹が立って母にくってかかり、そうしてその歯医者の漆黒な頬髯《ほおひげ》に限りなき憎悪《ぞうお》を投げ付けたことを記憶している。コカイン注射などは知られない時代であったのである。おかしいことには、その時の手術室の壁間に掲げてあった油絵の額が実にはっきり印象に残っている。当時には珍らしいボールドなタッチで描いた絵で、子供をおぶった婦人が田圃道を歩いている図であった。激烈な苦痛がその苦痛とはなんの関係もない同時的印象を記憶の乾板に焼付ける放射線のように作用する、という奇妙な現象の一例かもしれない。

徴兵検査のときに係りの軍医が数えて帳面に記入した齲歯の数が自分のあらかじめ数えていった数よりずっと多かったのでびっくりした。それが徴兵検査であっただけにそのびっくりはかなり複雑な感情の笹縁《ささべり》をつけたびっくりであったのである。とうとう前歯までが蝕《むし》ばまれ始めた。上の真中の二枚の歯の接触点から始まった腐《ふ》蝕《しょく》がだんだんに両方に拡がっていって歯の根元と尖端《せんたん》との間の機械的結合を弱めた。そうして、いつかどこかで御馳走《ごちそう》になったときに出された吸物の椎茸《しいたけ》を嚙み切った拍子にその前歯の一本が椎茸の茎の抵抗に敗《ま》けて真中からぽっきり折れてしまった。夏目漱石《そうせき》先生にその話をしたらひどく喜ばれてその事件を「吾輩《わがはい》は猫である」の中の材料に使われた。この小説では前歯の欠けた跡に空也《くうや》餅《もち》が引っかかっていたことになっていたが、そのころ先生のお宅の菓子鉢の中にしばしばこの餅が収まっていたものらしい。とにかく、この記事のおかげで自分の前歯の折れたのが二十八歳ごろであったことが立派に考証されるのである。立派なものがつまらぬ事の役に立つ一例である。それほどになる以前にも、またその後にも、ほとんど不断に歯痛に悩まされていたことはもちろんである。早く歯医者にかかって根本的治療をすればよかったわけであるが、子供の時に味わった歯医者への恐怖がいつまでも頭に巣喰っていたのと、もう一つは自分がその後に東京で出逢《であ》った歯医者があまり工合のよくなかったのと両方のせいであったか、歯医者の手術台に乗っかっていじめられるよりはひとりで痛みを我慢している方がまだましだという気がしていたものらしい。上京後にかかったY町のXという歯医者は朝九時に来いというので正直に九時に行って待っていてもなかなか二階の手術室へ姿を見せないで一時間は大丈夫待たせる。しかし階下ではちゃんと先生の声がしていて、それがたいていいつも細君だか女中だかに烈《はげ》しい小言を浴びせかける声であった。やっとの思いで待ちおおせて手術を受ける時間は五分か十分である。そうして短くても一週間は通って毎日このとおりのことを繰返さなければならないのであった。手術料は毎回払であったが、いつも先生自身で小さな手提金庫の文字錠をひねっておつりを出してくれたのが印象に残っている。

西洋へ行く前にどうしても徹底的にわるい歯の清算をしておく必要があるのでおお

よそ半月ほど毎日○○病院に通った。継ぎ歯、金冠、ブリッジなどといったような数々の工事にはずいぶんめんどうな手数がかかった。抜歯も何本か必要であったが、昔とちがってコカインのおかげでたいした痛みはなかった。ただし、左の下顎《あご》の犬歯の根だけ残っていたのが容易に抜けないので、岩丈《がんじょう》な器械を押当ててぐいぐい捻《ね》じられたときは顎骨《がくこつ》がぎしぎし鳴って今にも割れるかと思うようで気持が悪かった。手術がすんだら看護婦が葡萄酒《ぶどうしゅ》を一杯もってきて飲まされ、二、三十分椅子に凭《もた》れたまま休息することを命ぜられた。自分はそれほどに思わなかったが脳貧血の兆候が顔に現われたものと見える。この時に全部の手術を受持ってくれたF学士に抜歯術に関する力学的解説を求められたので、大判洋紙五、六枚に自分の想像説を書きつけて差し出したのであった。それはいいかげんなものであったろうが、しかしこうした方面にも力学の応用の分野があることを知って愉快に思った。

いよいよ西洋へ出発となって神戸まで行ったら明日船に乗るという日に、もう前歯の前面に取付けた陶器の歯が後面の金板から脱落した。慌てて神戸の町を歩いて歯医者を捜してやっと応急取付法を講じてもらったが、ベルリンへ着いてまもなくまたいけなくなった。その時かかったドイツの医者は、細工はなんとなく不器用であったが、しかしその修理法がいかにも合理的で、一時の間に合せでなくて永持ちのするような徹底的のものであるのに感心した。その歯医者が、治療した歯の隣りの歯を軽くつついてそれがゆらゆら動くのを見つけて驚いたような顔をした。そうしてうやうやしく直立不動の姿勢をとり、それから両肩をすぼめておいて両方の掌《てのひら》をぱっと開いて前方に向け、首を傾けてじっと自分の顔を見つめるという表情法の実演をして見せてくれた。物を云わないで物を云うよりも多くを相手に伝えるこの西洋流のしぐさは、なんでも克明に言葉で云い現わしたがるドイツ人には珍らしいと思われた。

西洋から帰ってY町に住ってからも歯はだんだん悪くなるばかりであった。ある年の暮から正月へかけてひどく歯が痛むのを我慢して火燵《こたつ》にあたりながらベルグソンを読んだことがある。その因縁でベルグソンと歯痛とが聯想《れんそう》で結び付けられてしまった。彼の「笑」までが歯痛の聯想に浸潤されてしまったのである。

その後偶然に大変に親切で上手で工合のいい歯医者が見つかってそれからはずっとその人に厄介になってきたが、先天的の悪い素質と後天的不養生との総決算でしだいに嚙んで食えるものの範囲が狭くなってきた。柔い牛肉も魚の刺身もろくに嚙めなくなり、おしまいには米の飯さえ満足に咀嚼《そしやく》することが困難になったので、とうとう思切って根本的に大清算を決行して上下の入歯をこしらえたのが四十余歳のころであった。上顎の硬口蓋《こうこうがい》前半をぴったり蓋をしてしまった心持はなんとも云えない不愉快なものである。しかし入歯の出来上った日に、試に某レストランの食卓についてまず卓上の銀皿に盛られた南京豆《なんきんまめ》をつまんでぱりぱりと音を立てて嚙み砕いた瞬間に不思議な喜びが自分の顔じゅうに浮び上がってくるのを押えることができなかった。義歯も慥《たしか》に若返り法の一つである。

入歯といってもはじめは下の前歯と右の犬歯だけはまだ残っていたのが永い間にはだんだんにそれもいけなくなり最後には犬歯一本を残した総入歯になってしまった。その最後の木守りの犬歯がとうとうひとりでふらふらと抜け出したときはさすがに淋《さび》しかった。その抜けた跡だけ穴のあいた入歯をはめたままで今日に到っている。

父は機嫌のよくない時総入歯を舌ではずして唇の間に突出したり引込ませたりする癖があった。自分も総入歯をしてみてはじめて父のこの癖の意味が分ったような気がする。実際気持の不愉快なときは、平生でもとかく気になる入歯がよけいに気になり出す。歯齦《はぐき》や硬口蓋への圧迫から来る不快の感覚が精神的不快の背景の前に異常に強調されてくるらしい。覚えず舌で入歯を押しはずして押出そうとする。これは不愉快なときに唾《つば》を吐きたくなるのと同じような生理的・心理的現象かもしれない。しかし入歯は吐出して捨てるわけにいかないから引込ませてはめ込む。どうも不愉快だからまた吐出す。

入歯も作ってもらってから永くなると歯齦がしだいに退化してくるためか、どうも接触が密でなくなる。その結果は上顎の入歯がややもすると脱落しやすくなる。自分の場合には、妙なことには何か少し改まって物を云おうとすると自然にそれが垂れ落ちそうになる。例えば講演でもしようとして最初の言葉を云おうとするときにきっと上の入歯が自然にぽたりと落下して口を塞《ふさ》ごうとするのである。緊張のために口の中のどこかがどうにか変形するためらしい。いやな気持が顎をゆがめるのかもしれない。入歯と歯齦との接触の密なことは紙一重の隙間も許さないくらいのものらしい。どこかが少しきつく当って痛むような場合に、その場処を捜し見つけ出してそこを木賊《とくさ》でちょっとこするとそれだけでもう痛みを感じなくなる。それについて思い出すのは次の実話である。スクラインの『支那領中央アジア』という本の中にある。

東トルキスタンのヤルカンドにミッション付きの歯医者がいた。この人の処へある日遠方の富裕な地主イブラヒム・ベグ・ハジからの手紙をもった使が来て、「入歯を一揃い作ってこの使の者に渡してくれ」とのことであった。そこで歯医者は返事をかいて、「口中をよく拝見した上でないと入歯は出来ないから御足労ながら当地まで御《お》出《いで》を願い度《た》い」と云ってやった。するとまた使に手紙を持たせて、「御案内誠に忝《かたじけ》ない。御言葉に甘えて老僕イシャク・バイを遣わす。この男の口中の恰好は大体自分のと同様である。尤《もっと》もこの男には歯が一本もないが自分には上の左の犬歯が一本残っている。それでこの男の口に合うようにして、但し犬歯の処だけ明けておいてくれ」と云ってきた。それでこの男の口に合うようにして、但し犬歯の処だけ明けておいてくれ」と云ってきた。医者の方では「それはどうも出来兼ねる」ということになって、それでこの珍奇な交渉は絶えてしまった。その後この歯医者がカシュガルに器械持参で出かけるついでの道すがらわざわざこのイブラヒム老人のためにその居村に立寄って、かねての話の入歯を作ってやろうと思った。老人を手術台にのせて口中を検査してみると、残った一本の歯というのがもうすっかり齲《むしば》んでぶらぶらになっていた。そこでそれを抜こうとしたが老人頑《がん》としてどうしても承知しない。結局「アルラフの神の御思召《おおぼしめ》しじゃ、わしは御免を蒙《こうむ》る。さようなら」と云って、それっきりで事件が終結した。ほんとうのおはなしである。

それはとにかく、自分たち平生科学の研究に従事しているものが全然専門の知識に不案内な素人《しろうと》からいろいろの問題について質問を受けて答弁を求められる場合に、どうかすると時々ちょうどこのヤルカンドの歯医者の体験したのとよく似た困難を体験することがある。

それからまた○○などで全国の科学研究機関にサーキュラーを発して、数々のかなり漠然《ばくぜん》たる研究題目とそれに対して支給すべき零細の金額とを列挙してそれらの問題の研究引受人を募ることがあるようであるが、あれなどもやはりこのイブラヒム老人の入歯の注文とどこか一脈相通ずるところがあるような気がするのである。実際具体的な目的の詳細にわからない注文にぴったりはまるような品物を向けることは不可能である。

もっともそう云えば結婚でも就職でも、よく考えてみればみんなイシャクの入歯をイブラヒムの口にはめて、そうして歯齦がそれにうまく合うように変形するまで我慢できるかできないかを試験するようなものかもそれは分らないのである。

話は変るが、歯は「よわい」と読んで年齢を意味する。アラビア語でも sinn というのは歯を意味しまた年齢をも意味する。「シ」と「シン」と音の似ているのも妙である。とにかく歯は各個人にとってはそれぞれ年齢をはかる一つの尺度にはなるが、この尺度は同じく年を計る他の尺度と恐ろしくちぐはぐである。自分の知っている老人で七十余歳になってもほとんど完全に自分の歯を保有している人があるかと思うと四十歳で思切りよく口腔《こうこう》の中を丸裸にしている人もある。頭を使う人は歯が悪くなると云って弁解するのは後者であり、意志の強さが歯に現われるというのは前者である。

同じ歯の字が動詞になると「天下恥与之歯《てんかこれとともによわいするをはず》」におけるがごとく「肩をならべて仲間になる」という意味になる。歯がずらりと並んでいるようにならぶという譬喩《ひゆ》かと思われる。並んだ歯の一本が齲み腐蝕《ふしょく》しはじめるとだんだんに隣りの歯へ腐蝕が伝播《でんぱ》していくのを恐れるのであろう。しかし天下の歯がみんな齲歯になったらこんな言葉はもういらなくなる勘定であろう。

歯の役目は食物を咀嚼し、敵に噛み付き、パイプをくわえ、喇叭《ラッパ》の口金を唇に押付けるときの下敷きになる等のほかにもっともっと重大な仕事に関係している。それは我々の言語を組立てている因子の中でも最も重要な子音のあるものの発音に必須《ひっす》な器械の一つとして役立つからである。これがないとあらゆる歯音《デンタル》が消滅して言語の成分はそれだけ貧弱になってしまうであろう。このように物を食うための器械としての歯や舌が同時に言語の器械として二重の役目をつとめているのは造化の妙用というか天然の経済というか考えてみると不思議なことである。動物の中でも例えば蟋蟀《こおろぎ》や蝉などでは発声器は栄養器官の入口とは全然独立して別の体部に取付けられてあるのである。だから人間でも脇腹か臍《へそ》の辺に特別な発声器があってもいけない理由はないのであるが、実際はそんな無駄をしないで酸素の取入口、炭酸の吐出口としての気管の戸口へ簧《した》笛を取付け、それを食道と並べて口腔《こうこう》に導き、そうして舌や歯に二た役掛け持をさせているのである。そうして口の上に陣取って食物の検査役をつとめる鼻までも徴発して言語係を兼務させいわゆる鼻音《ネーザル》の役を受持たせているのである。造化の設計の巧妙さはこんなところにも歴然と窺《うかが》われて面白い。

こおろぎやおけらのような虫の食道には横道に嗉嚢《そのう》のようなものが附属しているが、食道直下には「咀嚼胃《カウマーゲン》」と名づける嚢があってその内側にキチン質でできた歯のようなものが数列縦に並んでいる。この「歯」で食物をつッつきまぜ返して消化液をほどよく混淆《こんこう》させるのだそうである。ここにも造化の妙機がある。またある虫ではこれに似たもので濾過器《ろかき》の役目をすることもあるらしい。

もしか我々人間の胃の中にもこんな歯があってくれたら、消化不良になる心配が減るかとも思われるが、造化はそんな贅沢《ぜいたく》を許してくれない。そんな無稽《むけい》な夢を画《えが》かなくても、科学とその応用がもっと進歩すれば、生きた歯を保存することも今より容易になり、また義歯でも今のような不完全で厄介なものでなくてもっと本物に近い役目をつとめるようなものができるかもしれない。しかし一つちょっと困ったことには若くて有為な科学者はたぶん入歯の改良などには痛切な興味を感じにくいであろうし、そのような興味を感じるような年配になると肝心の研究能力が衰退しているということになりそうである。

　年をとったら歯が抜けて堅いものが食えなくなるので、それでちょうどよいように消化器の方も年を取っているのかもしれない。そう考えるとあまり完全な義歯を造るのも考えものであるかもしれない。そうだとすると、がたがたの穴のあいた入歯で事を足しておくのも、かえって造化の妙用に逆わないゆえんであるかもしれないのである。下手《へた》な片手落ちの若返り法などを試みて造化に反抗するとどこかに思わぬ無理ができて、ぽきりと生命の屋台骨が折れるようなことがありはしないか。どうもそんな気がするのである。

十　蛆の効用

虫の中でも人間に評判のよくないものの随一は蛆《うじ》である。「蛆虫めら」というのは最高度の軽侮《けいぶ》を意味するエピセットである。これは彼らが腐肉や糞堆《ふんたい》をその定住の楽土としているからであろう。形態的には蜂の子やまた蚕ともそれほどひどくちがって特別に先験的に憎むべく賤《いや》しむべき素質を具備しているわけではないのである。それどころか彼らが人間から軽侮される生活そのものが実は人間にとって意外な祝福をもたらすゆえんになるのである。

鳥や鼠《ねずみ》や猫の死骸《しがい》が道傍や縁の下にころがっていると瞬《また》く間に蛆が繁殖して腐肉の最後の一片まで綺麗にしゃぶり尽して白骨と羽毛のみを残す。このような「市井《しせい》の清潔係」としての蛆の功労は古くから知られていた。

戦場で負傷した創《きず》に手当をする余裕がなくて打っちゃらかしておくと化膿《かのう》してそれに蛆が繁殖する。その蛆が綺麗いに膿《うみ》を舐《な》め尽して創が癒《い》える。そういう場合のあることは昔からも知られていたであろうが、それが欧州大戦以後特に外科医の方で注意され問題にされ研究されて、今日では一つの新療法として特殊な外科的結核症や真珠工病《オステオミエリチス》などというものの治療に使う人が出てきた。こうなると今度はそれに使うための蛆を飼育繁殖させる必要が起こってくるのでその方法が研究される事になる。現に昨一九三四年のナッーアウィッセンシャフテン第三十一号に、その飼育法に関する記事が掲載されていたくらいである。

蛆がきたないのではなくて人間や自然の作ったきたないものを浄化するために蛆がその全力を尽すのである。尊重はしても軽侮すべきなんらの理由もない道理である。

蛆が成虫になって蠅《はえ》と改名すると急に性《たち》が悪くなるように見える。昔は五月蠅と書いてうるさいと読み昼寝の顔をせせるいたずらものないしは臭いものへの道しるべと考えられていた。張ったばかりの天井に糞《ふん》の砂子を散らしたり、馬の眼瞼《まぶた》を舐《な》めただらして盲目にする厄介ものとも見られていた。近代になってこれが各種の伝染病菌の運搬者播布者《はんぷしゃ》としてその悪名を宣伝されるようになり、その結果がいわゆる「蠅取りデー」の出現を見るに到ったわけである。著名の学者の筆になる「蠅を憎むの辞」が現代的・科学的修辞に飾られてしばしばジャーナリズムを賑《にぎ》わした。

しかし蠅を取り尽すことはほとんど不可能に近いばかりでなく、これを絶滅すると同時に蛆もこの世界から姿を消す、するとそこらの物陰にいろいろの蛋白質が腐敗していろいろの黴菌《ばいきん》を繁殖させその黴菌は廻り廻ってやはりどこかで人間に仇《あだ》をするかもしれない。

自然界の平衡状態《イクイリブリアム》は試験管内の化学的平衡のような簡単なものではない。ただ一種の小動物だけでもその影響の及ぶところは測り知られぬ無辺の幅員をもっているであろう。その害の一端のみを見て直ちにその物の無用を論ずるのはあまりに浅はかな量見であるかもしれない。

蠅が黴菌を撒《ま》き散らす、そうして吾々は知らずに年じゅう少しずつそれらの黴菌を吸込み呑込《のみこ》んでいるために、自然にそれらに対する抵抗力を吾々の体じゅうに養成しているのかもしれない。そのおかげで、何かの機会に蠅以外の媒介によって多量の黴菌を取込んだときでもそれに堪えられるだけの資格が具わっているのかもしれない。換言すれば蠅は吾々の五体をワクチン製造所として奉職する技師技手の亜類であるかもしれないのである。

これはもちろん空想である。しかしもし蠅を絶滅するというのなら、その前に自分のこの空想の誤謬《ごびゅう》を実証的に確かめた上にしてもらいたいと思うのである。

あえて蠅に限らず動植鉱物に限らず、人間の社会に存するあらゆる思想風俗習慣についてもやはり同じようなことが云われはしないか。

例えば野獣も盗賊もない国で安心して野天や明放しの家で寝ると風邪を引いて腹を毀《こわ》すかもしれない。○を押さえると△が暴れ出す。天然の設計による平衡を乱す前にはよほどよく考えてかからないと危険なものである。

十一　毛嫌い

子供の時から毛虫や芋虫が嫌いであった。畑で零余子《むかご》を採っていると突然大きな芋虫が眼について頭から爪先《つまさき》まで痺《しび》れ上ったといったような幼時の経験の印象が前後関係とは切離されてはっきり残っているくらいである。

芋虫などは人間に対して直接にはなんらの危害を与えるものでもなし、考えようではなかなかかわいいまた美しい小動物であるのに、どうしてこれが、この虫に対しては比較にならぬほど大きくて強い人間にこうした畏怖《いふ》に似た感情を吹込むかがどうしても分らない。

何かしら人間の進化の道程を遡《さかのぼ》った遠い祖先の時代の「記憶」のようなものがこの理由不明の畏怖嫌忌《けんき》と結び付いているのではないかという疑が起こし得られる。猿や鳥などが、その食料とするいろいろの昆虫の種類によって著しい好き嫌いがあって、その見分けをある程度までは視覚によってつけるらしいということが知られている。それで例えばわれらの祖先のある時代に芋虫や毛虫を喰ってひどい目に会ったという経験が蓄積しそれが遺伝した結果ではないかという気もするが、そうした経験の記憶が遺伝しうるものかどうか自分は知らない。ただそんなことでも考えなければちょっと他に説明の可能性が考えられないではないかと思われる。それほどにこの嫌忌の起原が自分には神秘的に思われるのである。

蛙を嫌い怖がる人はかなりたくさんある。それから蜘蛛《くも》や蟹《かに》を嫌う人も知人のうちにある。昔からの云い伝えでは胞衣《えな》を埋めたその上の地面を一番最初に通った動物が嫌いになるということになっている。なるほど上に挙げた小動物はいずれも地面の上に爬行《はこう》する機会をもっているから、こういう俗説も起りやすいわけであろうが、この説明は科学的には今のところ全然問題にならない。所を異にした胞衣とそのもとの主との間につながる感応の糸といったようなものは現在の科学の領域内に求め得られるはずはないからである。

ことによると、この「嫌忌の遺伝」は、正当の意味での遺伝として生殖細胞のクロモンソームを通して子孫に伝わるのでなくして、むしろ「教育の効果」として伝わるのかもしれない。吾々のまだ物心のつかないような幼時に、母親とか子守とかと一緒にいた時に、偶然それらの動物を目撃してそれを意識した、その同じ瞬間にその保護者なる母なり子守なりが、ひどく恐怖の表情を示したとすると、そのときの劇動が子供を驚かせおびえさせ、その恐怖の強烈な印象経験がその動物の視像と聯想的に固く結びついてしまった、と考えると一応はもっともらしく聞こえる。この仮説は非常な面倒さえ厭《いと》わなければ多くの実例についていちいち調査した上で当否を確かめ得られるであろうと思われる。

それにしてもまだどうにも説明のできないと思われるのは、自分の場合における次の実例である。

梨の葉に病気がついて黄色い斑紋《はんもん》ができて、その黄色い部分から一面に毛のようなものが簇生《そうせい》することがある。子供の時分からあれを見るとぞうっと総毛立って寒気を催すと同時に両方の耳の下から顎へかけた部分の皮膚がしびれるように感ずるのであった。

それから少し汚ない話ではあるが、昔田舎《いなか》の家には普通に見られた三和土《たたき》製《せい》円筒形の小便壺《つぼ》の内側の壁に尿の塩分が晶出して針状に密生しているのが見られたが、あれを見るときもやはり同様に軽い悪寒《おかん》と耳の周囲の皮膚の痺《しび》れを感ずるのであった。

梨の葉の病の場合はあるいは毛虫などとの類似から来る聯想によるかもしれないが、後の針状結晶と毛虫とでは距離があまりに大き過ぎるようである。むしろありまきや蛆や蚤《のみ》などのようなものが群集したところを聯想するのかもしれない。そうしたものが自分の皮膚にとりついていると想像すればぞっとするのは当然かもしれない。

こんなふうに虫やそれに類したものに対する毛嫌いはどうやら一応の説明がこじつけられそうな気がするが、人と人との間に感じる毛嫌いやまたいわゆるなんとなく虫が好く好かないの現象はなかなかこんな生やさしいこじつけは許さないであろう。ただもし非常な空想を逞《たくま》しくすることを許されるとすれば、自分はここにも何か遺伝学的・優生学的・生理学的な説明が試み得られそうな気がする。ただ気がするだけでまだ具体的な材料を収集することができない。

それはとにかく、年を取るに従っていろいろな毛嫌いがだんだんにその強度を減じてくることは事実である。そうして同時に好きなものへの欲望も減少し、結局自分の中の「詩の世界」の色彩が褪《あ》せてくることも慥かである。

「毛嫌い」と「詩」と「ホルモン」とは「三位《さんみ》一体《いったい》」のようなものかもしれないのである。

（昭和十年三月『中央公論』）

十二　透明人間

映画「透明人間」というのが封されたときには題材が変っているだけに相当な好奇的人気を呼んだようである。トリック映画としてもこれはともかくも珍らしく新しいもので、吾々のような素人の観客には実際どうして撮ったものか想像ができなかった。それだけにこのトリックは成効したものと思われた。

この映画を見ているうちに自分にはいろいろの瑣末な疑問がおこった。

第一には、この「透明人間」という訳語が原名の「インヴィジブル・マン」(不可視人間)に相当していないではないかという疑であった。

「透明」と「不可視」とは物理学的にだいぶ意味がちがう。例えば極上等のダイアモンドや水晶はほとんど透明である。しかし決して不可視ではない。それどころか、たとえ小粒でも適当な形に加工彫琢《ちょうたく》したものは燦然《さんぜん》として遠くからでも「視《み》える」のである。これはこれらの物質がその周囲の空気と光学的密度を異にしているためにその境界面で光線を反射し屈折するからであって、たとえその物質中を通過する間に光のエネルギーが少しも吸収されず、すなわち完全に「透明」であっても立派に明白に顕著に「見える」ことには間違なく、見えないわけにはどうしてもゆかないのである。反対に不透明なものでもそれが他の不透明なものの中に包まれていれば外からは「不可視」である。

こう考えてみると「透明人間」という訳語が不適当なことだけは明白なようである。そこで、次に起った問題は本当に不可視な人間ができうるかどうかということであった。ウェルズの原作にはたしか「不可視」になるための物理的条件がだいたい正しく解説されていたように思う。すなわち、人間の肉も骨も血もいっさいの組成物質の屈折率をほぼ空気の屈折率と同一にすれば不可視になるというのである。壜入の動物標本などで見受けるように、小動物の肉体に特殊な液体を滲透《しんとう》させて、その液中に置けば、あるたびまでは透き通って見える。ウェルズはたぶんあの標本を見て、そこからヒントを得たものに相違ない。

しかし、よく考えてみると、あらゆる普通の液体固体で空気とほぼ同じ屈折率をもったものは実在しないし、また理論上からもそうしたものは予期することができそうもない。

仮りに固体で空気と同じ屈折率を有する物質があるとして、人間の眼球がそうした物質でできているとしたらどうであろうか。その場合には眼のレンズはもはや光を収《しゅう》斂《れん》するレンズの役目をつとめることができなくなる。網膜も透明になれば光は吸収されない。吸収されない光のエネルギーはなんらの効果をも与えることができない。換言すれば「不可視人間」は自分自身が必然に完全な盲目でなければならない。

それればかりではない。この「不可視人間」の概念にはかなりに根本的な科学的不可能性が包まれているようである。一見どんなに荒唐無稽《こうとうむけい》に見える空想でも現在の可能性の延長として見たときに、それが不可能だという証明はできないという種類のものもずいぶんある。例えば人間の寿命を百歳以上に延長するとか、男女の性を取換えるとかいう種類の空想はそう俄《にわ》かに否定することのできない種類に属する。しかし「不可視人間」の空想はこれとはよほど趣を異にしている。

いったい「物体」が存在するということは、換言すれば、その物体と周囲との境界面が存在するということである。物体が認識され、物と物、物とエネルギーとの間に起る現象が知覚されるのはやはりこの境界面があるからである。この事は、物理学で「場《フィールド》」の方程式だけでは具体的の現象が規定されず、そのほかに「境界条件」を必要とする、という事に相当する。

それほど一般的な議論をするまでもなく、あらゆる生物の生活現象は、生物を構成するコロイドの粒子や薄膜の境界において行なわれる物理的化学的現象ときわめて密接な関係があるということは現在では周知の事実である。云い換えれば、異質異相の境界面の存在しない処には生命は存在し得られないのである。ところが、そういう境界面があるということは一方において「可視」ということと密接に結びつけられている。少しのチンダル効果さえ示さない全く不可視な固体コロイドは考えられないとすれば、「不可視人間」もまた考えられなくなる道理である。

以上は別にウェルズの揚足をとるつもりでもなんでもない、ただ現在の科学のかなり根本的な事実と抵触《ていしょく》するような空想と、そうでない空想との区別だけははっきりつけておいた方が便利であろうと思ったから誌《しる》しておくだけである。

これは全くよけいなことであるが、「人間」の人間であるゆえんもやはりその人間と外界との「境界面」によって決定されるのではないか。境界面を示さない人間は不可視人間であり、それは結局、非人間であり無人間であるとも云われるかもしれない。

善人、悪人などというものはなくて、他に対して善をする人と悪をする人だけが存在するのかもしれない。同じように「何もしないがえらい人」とか「作品はあまりないが大文豪」とか「研究は発表しないがえらい科学者」とかいうものもやはり一種の透明不可視人間かもしれないのである。

十三　政治と科学

日本では政事を「まつりごと」という。政治と祭祀《さいし》とが密接に結合していたからである。これはおそらく世界共通の現象で、現在でも未開国ではその片影を認めることができるようである。祭祀その他宗教的儀式と聯関していろいろの巫術《ふじゅつ》・魔術といったようなものも民族の統治者の主権の下《もと》に行われてそれが政治の重要な項目の一つになっていたように思われる。

そうした祭祀や魔術の目的はいろいろであったろうが、その一つの目的は吾々人間の力でどうにもならない、広い意味での「自然」の力を何かしら超自然の力を借りて制御し自由にしたいという欲望の実現ということにあったようである。例えば、五穀の豊饒《ほうじょう》を祈り、風水害の免除を禱《いの》り、疫病の流行の速《すみやか》に消熄《しょうそく》することを乞《こ》いのみまつったのである。かくして民族の安寧と幸福を保全することが為政者の最も重要な仕事の少くも一部分であったのである。

この重要な仕事に聯関して天文や気象に関する学問の胚芽《はいが》のようなものが古い昔にすでに現われはじめ、また巫呪占筮《ふしゅうせんぜい》の魔術からもいろいろな自然科学の先祖のようなものが生れたというのは周知のことである。このように「自然」を相手の仕事から自然の研究が始まり、それがついに自然科学にまで発達するということは全く当然な過程であると云わなければならない。

そうだとすると、昔の主権者為政者の下に祭官、巫術師らの行った仕事の一部は今日では彼らの後裔《こうえい》の科学者の手によって行われているべきはずである。そうして、ある見方で見れば実際それがそうなっているのである。例えば五穀の収穫や沿海の漁獲や採鉱冶金《やきん》の業に関しては農林省管下にそれぞれの試験場や調査所などがあって「科学的政道」の一端を行っており、疫病流行に関しては伝染病研究所や衛生試験所やその他いろいろの施設があり、風水旱害《ふうすいかんがい》に関しても気象台や関係諸機関が存在しているようである。これらの政府の諸機関は、少くもその究極の目的においては、昔の祭官や巫術者のそれと共通なものをもっていることは事実である。

昔の為政者の仕事のうちで今日の見地から見て科学的と考えられるものは上記のごとき宗教的色彩あるもののほかにもいろいろあった。例えば、天智天皇《てんじてんのう》の御代だけについて見ても「是歳造水碓《みずうす》而冶鐵《かねわかす》」とか「始用漏剋《ろこく》」とか貯水池を築いて「水城」と名《なづ》けたとか、「指南車」「水臬《みずばかり》」のような器械の献上を受けたり、「燃ゆる土、燃ゆる水」の標本の進達があったりしたようなことが、この御代の政治とどんな交渉があったか無かったか、それは分らないが、ともかくも、当時の為政者の注意を引いた出来事であったには相違ない。おそらく古代では国君ならびにその輔佐の任に当る大官達親らこれらの科学的な事がらにも深い思慮を費やしたのではないかと想像される。

しかるに時代の進展と共に事情がよほど変ってきた。政治・法律・経済といったようなものがいつのまにか科学やその応用としての工業産業と離れて分化するような傾向をとってきた。科学的な知識などは一つも持合わせなくても大政治家大法律家になれるし、大臣局長にも代議士にもなりうるという時代が到来した。科学的な仕事は技師技手に任せておけばよいというようなことになったのである。そうしてそれらの技術官は一国の政治の本筋に対して主動的に参与することはほとんどなくて、多くの場合には技術に疎く理解のない政治家的ないし政治屋的為政者の命令の下に単に受動的にはたらく「機関」としての存在を享楽しているだけである、といってもあまりはなはだしい過言とは思われない状態である。このような状態は○○などにおいて特に顕著なようである。

科学に関する理解のはなはだ薄い上長官からかなり無理な注文が出ても、技師技手は、それはできないなどということはできない地位におかれている。それでできないものをできそうとすれば何かしら無理をするとかごまかすとかするよりほかに道はない、といったような場合も往々あるようである。また一方下級の技術官達の間では実に明白に有効重要と思われる積極的あるいは消極的方策があっても、その見やすい事が、取捨の全権を握っている上長官に透徹するまでにはしばしば容易ならぬ抵抗に打勝つことが必要である。ことにその間に庶務とか会計とかいう「純粋な役人」の系列が介在している場合はなおさら科学的方策の上下疎通が困難になる道理である。

具体的に云うことができないのは遺憾《いかん》であるが、自分の知っている多数の実例において、科学者の眼から見れば実に話にもならぬほど明白な事がらが最高級な為政者にどうしても通ぜず分らないために国家が非常な損をしまた危険を冒していると思われるふしが決して少くないのである。中にはよくよく考えてみると国家国民の将来のために実に心配で枕を高くして眠られないようなことさえあるのである。

このような状態を誘致したおもな原因は、政治というものと科学というものとがなんら直接の関係もないものだ、という誤った仮定にあるのではなかろうかと思われる。昔の政事に祭り事が必要であったと同様に文化国の政治には科学が奥底まで滲透し密接にない交ぜになっていなければ到底国運の正当な進展は望まれず、国防の安全は保たれないであろうと思われる。

これは日本と関係のないよその話ではあるが、自分の知るところでは一九一〇年ごろのカイゼル・ウィルヘルム第二世は事あるごとに各方面の専門学術に熟達したいわゆるゲハイムラート・プロフェッソルを呼びつけて、水入らずのさし向いでいろいろの科学知識を提供させて何かの重要計画の参考としていたようである。カイゼルは当時の雄図の遂行にできうるだけ多くの科学を利用しようとしたのではないかと想像される。その結果から得た自信がカイザーをあの欧州大戦に導いたのかもしれないという気がする。それはとにかく、ドイツではすでにそのころから政治と科学とが没交渉ではなかったといってもよい。

よくは知らないが現在のソビエト・ロシアの国是にも科学的産業振興策がかなり重要な因子として認められているらしい。例えば飛行機だけ見てもなかなか馬鹿にならない進歩を遂げているようである。おそらくロシアでは日本などとちがって科学がかなりまで直接政治に容喙《ようかい》する権利を許されているのではないかと想像される。

日本では科学は今ごろ「奨励」されているようである。驚くべき時代錯誤ではないかと思う。世界では奨励時代はとうの昔に過ぎ去ってしまっているのではないか。他国では科学がとうの昔に政治の肉となり血となって活動しているのに、日本では科学が温室の蘭《らん》かなんぞのように珍重され鑑賞されているのでは全く心細い次第であろう。

その国の最高の科学が「主動的に」その全能力を挙げて国政の枢機に参与し国防の計画に貢献するのが当然ではないかと思われるのに、事は全くこれに反するように思われるのである。科学は全く受動的に非科学の奴僕《ぬぼく》となっているためにその能力を発揮することができず、そのために無能視されて叱られてばかりいるのではないかという気もする。いったい二十世紀の文明国と名乗る国がらからすれば、内閣に一人や二人のしかるべき科学大臣がいてもよさそうであり、国防最高幹部に優れた科学者参謀の三、四人がいても悪いことはなさそうに思えるのであるが、これも畢竟《ひっきょう》は世の中を知らぬ老学究の机上の空想にすぎないのかもしれない。

十四　おはぐろ

自分達の子供の時分には既婚の婦人はみんな鉄漿《おはぐろ》で歯を染めていた。祖母も母も姉も伯母《おば》もみんな口を開いて笑うと赤い唇の奥に黒耀石《こくようせき》を刻んだように漆黒な歯並が現われた。そうしてまたみんな申合わせたように眉毛《まゆげ》を綺麗に剃《そ》り落してそのあとに藍《あい》色《いろ》の影がただよっていた。まだ二十歳にも足らないような女で眉を落し歯を染めているのも決して珍らしくはなかった。そうしてそれが子供の自分の眼にも不思議に艶《なまめ》かしく映じたようである。

今でもおはぐろの匂いを如実に想出すことができる。いやな匂いであったがしかしまた実になつかしい追憶を伴なった匂いである。

台所の土間の板縁の下に大きな素焼の土瓶《どびん》のようなものが置いてあった。蓋をあけて見ると腐ったような水の底に鉄釘《くぎ》の曲ったのや折れたのやそのほかいろいろの鉄屑《くず》がいっぱい這入っていて、それが、水酸化鉄であろうか、ふわふわした黄赤色の泥のようなものに蔽《おお》われていた。水面をすかしてみると青白い真珠色の皮膜を張ってその膜には氷裂状にひびが這入っているのであった。晩秋の夜ふけなどには、いつもちょうどこの土瓶の辺で蟀《こおろぎ》が声を張上げて鳴いていたような気がする。

この汚ない土瓶から汚ない水を湯呑か何かに汲出《くみだ》して、それにどっぷりおはぐろ筆を浸す。そうしてその筆の穂を五倍子《ふし》箱《ばこ》の中の五倍子の粉の中に突込んで粉を十分に含ませておいて口中に搬《はこ》ぶ、そうして筆の穂先を右へ左へ毎秒一往復ぐらいの週期で動かしながらまんべんなく歯列の前面を摩擦するのである。何分間ぐらいつづけていたかはっきりした記憶はないがかなり根気よくやっていたようである。妙にぐしゃぐしゃという音をたてて口の中を泡だらけにして、そうしてあの板塀や下見などに塗る渋のような臭気を部屋じゅうに発散しながら、こうした涅歯術《でっしじゅつ》を行っている女の姿は決して美しいものではなかったが、それにもかかわらず、そういう、今日ではもう見られない昔の家庭の習俗の想い出には云い知れぬなつかしさが附随している。この「おはぐろの追憶」には行灯《あんどん》や糸車の幻影がいつでも伴っており、また必ず夜寒のえんまこおろぎの声が伴奏になっているから妙である。

おはぐろ筆というものも近ごろはめったに見られなくなった過去の夢の国の一景物である。白い柔らかい鶏の羽毛を拇指《おやゆび》の頭ぐらいの大きさに束ねてそれに細い篠竹《しのだけ》の軸をつけたもので、軸の両端にちょっとした漆の輪がかいてあったような気がする。七夕祭の祭壇に麻や口紅の小皿と一緒にこのおはぐろ筆を添えて織女に捧《ささ》げたという記憶もある。こういうものを供えて星を祭った昔の女の心根には今の若い婦人達の胸の中のどこを捜してもないような情緒の動きがあったのではないかという気もするのである。

今の娘達から見ると、眉を落し歯を涅《そ》めた昔の女の顔は化物のように見えるかもしれない。しかし、逆にまた、今の近代嬢の髪を斬りつめ眉毛を描き立て、コティーの色おしろいを顔に塗り、キューテックの染料で爪を染め、狐一匹をまるごと頸《くび》に巻きつけ、大蛇の皮の靴を爪立《つまだ》って履き歩く姿を昔の女の眼前に出現させたらどうであったか。やはり相当立派な化物としか思われなかったであろう。

去年の夏数寄屋橋《すきやばし》の電車停留場安全地帯に一人の西洋婦人が派手な大柄の更紗《さらさ》の服を裾《すそ》短かに着て日傘をさしているのを見た。近づいて見ると素足に草履《ぞうり》をはいている。そうして足の指の爪を毒々しい真赤な色に染めているのであった。なんとも云われぬ恐ろしい気持ちがした。何かしら獣か爬虫《はちゅう》のうちによく似た感じのものがあるのを想出そうとして想出せなかった。

近ごろあるレストランで友人と食事をしていたら隣の食卓にインドの上流婦人らしい客が二人いて、二人ともその額の中央に紅の斑点《はんてん》を印していた。同じ紅色でも前記の素足の爪紅《つまべに》に比べるとこの方は美しく典雅に見られた。近年日本の紅がインドへ輸出されるのでどうしたわけかと思って調べてみると婦人の額に塗るためだそうだという話をせんだって友人から聞いていたが、実例を眼のあたりに見るのははじめてである。

いつか見た「バンジャ」という映画で、南洋土人の結婚式に、犠牲の鶏を殺してその血をちょっぴり鉢に滴らし、そうして、その血を新夫婦が額に塗りまた胸に塗る場面があった。今度インド婦人の額の紅斑を見たときになんとなくそれを想出して、何か両者の間に因縁があるのではないかという気がした。それからまた、「血」という字は「皿」の上に血液「ノ」を盛った形を示すという説を想出し、「ノ」がどうして血の象徴になりうるかという意味が「バンジャ」の映画の皿の中の一抹《いちまつ》の血を見てはじめて分ったような気もするのであった。

それはとにかく、額に紅を塗ったり、歯を染めたり眉を落したりするのは、入れ墨をしたり、わざわざ創痕を作ったりあるいは耳たぶを引き延ばし、また唇を鳥の嘴《くちばし》のように突出させたりする奇妙な習俗と程度こそ違え本質的には共通な原理に支配された現象のような気がする。ちょっと考えると「美しく見せよう」という動機から化粧が起ったかと思われるが実はそうでないらしい。むしろ天然自然の肉体そのままの姿を人に見せてはいけない、そうすると何かしら不都合なことが起るという考がその根《こん》柢《てい》にあるのではないかと疑われる。つまり一種のタブーからだんだんにこうした珍奇な習俗が発達したのではないかという気がするのである。これについてはたぶんその方面の学者達の学説がいろいろあることと思われる。

いずれにしても、こんなふうに「化ける」ための化粧をするのはおそらく人間以外の動物にはめったにない事であろうと思われる。人間は火を使用する動物なりという定義とほぼ同等に化粧する動物なりという定義もできるかもしれない。そうだとすると、男も鉄漿《かね》黒々《くろぐろ》とつけていた日本の昔は今よりももっと人間のこの特権を十分に発揮していたことになるかもしれない。

十五　視角

はじめて飛行機に乗った経験を話している人が、空中から見た列車の長さがたったこれだけの紐のようにしか見えなかったと云って差出した両手の間に約一尺ぐらいの長さを劃《かく》して見せた。これは機上から見た列車の全長の「視角」がほぼ腕の長さに等しい距離において一尺の長さが有する視角に等しいという意味と思われる。それで列車の実際の長さが分っていれば、その時の飛行機の高度が算出される勘定である。しかし、多くの人はこういう場合に単に汽車が一尺ぐらいに見えたとか橋がマッチぐらいだったとかいう。これは科学的にはほとんど無意味な言葉である。それにもかかわらずそういう無意味な云い現わし方をする人は相当な教養のある人にも少なくないようである。「盆大の月」とか、「盥《たらい》ほどな御てんとう様」とかいうのも学問的にはナンセンスである。盆や盥の距離を指定しなければ客観的には意味を成さない。云う人のつもりでは月や太陽を勝手なある距離に引寄せて考えているのだが、その無意識な主観的な仮定は他人には通じない。

人玉を見たという人にその光り物の大きさを聞いてみても視角でいくらぐらいという人はきわめてまれである。風船玉ぐらいだったとか、電球の大きさだったとかいうのが普通である。云う人の心持ではやはりだいたいその目的物の距離を無意識に仮定しているのである。

月や太陽が三十メートルさきの隣家の屋根にのっかっている品物であったらそれは慥かに盆大である。しかし実際は二億二千八百万キロメートルの距離にある直径百四十万キロメートルの火の玉である。

ヘルムホルツは薄暮に眼前を横ぎった羽虫を見て遠くの空を翔《かけ》る大鵬《たいほう》と思い誤ったという経験をしるしており、また幼時遠方の寺院の塔の廻廊《かいろう》に働いている職人を見たときに、あの人形を取ってくれと云ってお母さんにせがんだことがあると云っている。いつか上野の松坂屋の七階の食堂の北側の窓の傍に席を占めて山下の公園前停留場を眺めていた。窓に張った投身者除けの金網のたった一つの六角の目の中にこの安全地帯が完全に収まっていた。そこに若い婦人が人待つ風情で立っていると、やがて大学生らしいのが来て一緒になった。このランデヴーの微笑《ほほえ》ましい一場面も、この金網のたった一つの目の中で進行した。

これといくらか似たことは自分自身や身近いものの些細な不幸が日本全体の不幸のように思われ、自分の頭痛で地球が割れはしまいかと思うことである。例えばまた自分の専攻のテーマに関する瑣末な発見が学界を震駭《しんがい》させる大業績に思われたりする。しかし、人が見ればこれらの「須弥山《しゅみせん》」は一粒の芥子粒《けしつぶ》で隠蔽《いんぺい》される。これもいわば精神的視角の問題である。この見やすい道理を小学校でも中学校でもどこでも教わらない人が多数いるような気がする。

自分は高等学校の時先生から大変にいいことを教わった。それは、太陽や月の直径の視角が約半度であること、それから腕をいっぱいに前方へ伸ばして指を直角に曲げ視線に垂直にすると、指一本の幅が視角にして約二度であるということであった。それでこの親譲りの簡易測角器械さえあれば、距離の分ったものの大きさ、大きさのわかった物の距離のおよその見当だけは目の子勘定ですぐに付けられる。これも万人が知っていて損にならないことであるが、樹を見ることを教えて森を見ることは教えない今の学校教育では、こんな「概略な見当」を正しくつけるようなことはどこでも教えないらしい。高価な精密な器械がなければ一尺と百尺との区別さえも分からないかのように思い込ませるのが今の教育の方針ではないかと思われることもある。これも考えものである。

視角の概念とその用途は小学校でも楽に教えこまれる。これを教えておくと世の中に無用な喧嘩《けんか》の種が一つ二つは減るであろうと思われるのである。

(昭和十年四月『中央公論』)

十六　歌舞伎座見物

二月の歌舞伎座《かぶきざ》を家族連れで見物した。三日前に座席をとったのであるが、二階の二等席はもうだいたい売切れていて、右の方の一番はしっこにやっと三人分だけ空席が残っていた。当日となって行ってみると、その吾々の座席の前に補助椅子の観客がいっぱい並んで、その中には平気で帽子を冠《かぶ》って見物している四十恰好の無分別男がいたりしたので、自分の席からは舞台の右半がたいてい見えず、肝心の水谷八重子《みずたにやえこ》の月の顔《かん》ばせもしばしばその前方の心なき帽子の雲に掩蔽《えんぺい》されるのであった。劇場建築の設計者が補助椅子というものの存在を忘れていたらしい。

一番目「嘆きの天使」はかつてスタンバーク監督ディートリヒ主演の映画を見ていたので、それとこれとを比較してみるという興味があった。さて「高等中学」の教室に現われた教授ウンラートはと見ると、遠方から見たいったいの風貌《ふうぼう》がエミール・ヤニングスの扮《ふん》した映画のウンラートにずいぶんよく似ているので、よくも真似たものだと多少感心した。しかし、同時に登場したドイツ学生の動作が自分の眼にはどうしてこうもスチューピッドにできるかと思うほどスチューピッドに見えた。動物学の書物にナマケモノという動物があるが、あれが大勢のたうち廻っているのだというような不思議な印象を受けただけであった。毎日こういう生徒を相手にしているのでは、ウンラートでなくても、どこか他に転向の新天地が求めたくなるであろうという気がするのであった。

映画では、はじめにウンラートの下宿における慰めなき荒涼無味《こうりょうむみ》の生活の描写があり、おまけに可愛がって飼っていた小鳥の死によって、この人の唯一の情緒生活のきずなの無残に断たれるという場面が一種の伏線となっているので、それでこそ後にポーラの楽屋の醸し出す雰囲気《ふんいき》の魅力が活《い》きて働いてくるように思われるが、この芝居には、そういったようなデリケートな細工などはいっさい抜きにして全く荒削りの嘆きの天使が出来上っているようである。同じようなわけで、後に教授が道化役になって雄鶏《おんどり》の鳴声をするのでも、映画の方ではちゃんとしたそれだけの因縁が明《あきらか》にされている。それは、ポーラとの結婚を祝する座員ばかりの水入らずの宴会の席で、ポーラがふざけて雌鶏《めんどり》の真似をして寄添うので上機嫌の教授も釣り込まれて柄にない隠し芸のコケコーコーを鳴いてのける。その有頂天の場面が前にあるので、後に故郷の旧知の観客の前で無理やりに血を吐く想で叫ばされるあのコケコーコーの悲劇が悲劇として活きてくるのではないかと思う。しかしこの芝居にはそんな因縁は全然省略されているから、鶏の真似が全く唐突で、悪どい不快な滑稽味《こっけいみ》の方が先きに立つ。

映画と芝居は元来別物であるから、映画の真似は芝居ではできない。その代りまた芝居でなくてはできないこともある。それをすれば面白いであろうが、この芝居では映画のいいところを大概もぎ取ってしまって、それに代るいいものを入れるのを忘れているように思われた。そうしてせっかく新たに入れたものにはどうも蛇足《だそく》が多いようである。例えば、最後の幕で、教授が昔懐かしい教壇の闇《やみ》に立ってあのことさらな独白などは全くない方がいい。また映画ではここでびっこの小使が現われ、それがびっこをひくので手に提げた燭火《しょくか》のスポットライトが壁面に高く低く踊りながら進行してそれがなんとなく一種の鬼気を添えるのだが、この芝居では、その跛《びっこ》を免職させてそれを第二幕の酒場の亭主に左遷している。そうしてそこでは跛がなんの役にも立たないむしろ目障りなうるさい木靴《サボ》の騒音発声器になっているだけである。

終末の幕切に教授の死を弔う学生の「アーメン」に到っては、蛇足にサボを履かせたようなものではないかと思われた。

大学教授連盟とかいう自分にはあまり耳馴れない名前の団体から、このような芝居は教育界の神聖を汚すものだと云って厳重な抗議があったので、それに義理を立てるためにこのアーメンを附加したのだという噂がある。これも後世の参考と興味のために記録に値する出来事であろう。

ウンラートが気が狂ったのを見て八重子のポーラが妙な述懐のようなことを述べる台詞《せりふ》があるが、あれはいかにも、ああした売女の役をふられた八重子自身が贔屓《ひいき》の観客へ対しての弁明のように響いて、あの芝居にそぐわないような気がした。ポーラはやはり浮草のようなポーラであるところにこの劇の女主人公としての意義があり、そこに悲劇があり、本当の哀れがあるのではないか。八重子はここで黙って百パーセントの売女としてのポーラに成りきることによってこの悲劇を完成すべきではないかという気がしたのであった。

不平ばかり云ったようで作者にはすまないが、どうもこんなふうに感じたことは事実で致方がない。

二番目「新世帯案内」では見物がよく笑った。笑わせておいてちょっとしんみりさせる趣向である。これが近ごろのこうした喜劇の一つの定型として重宝がられるらしい。しかしたまには笑いっ放しに笑わせてしまうのもあってはどうかと思われた。食事時間前の前菜にはなおさらである。

三番目「仇討輪廻《あだうちりんね》」では、多血質、胆汁質《たんじゅうしつ》、神経質とでもいうか、とにかく性格のちがう三人兄弟の対仇討観らしいものが見られる。これなどももうひと息どうにかすると相当面白く見られそうな気がしたが、現在のままではどうにもただ慌《あわただ》しく筋書を読んでいるような気がするだけであまりにあっけないような気がしたのは残念であった。どうといって話にはできないが見るとたまらなく面白いという芝居もあるが、この芝居はそれとはちがった種類に属するもののようである。

最後の「女一代」では八重子が娘になり三十女になり四十女になってみせる。そうして実によく見物を泣かせるのである。そういう目的で作られたこの四幕物は、そういうものとしての目的を九分どおりまでは達していると思われた。とにかく「嘆きの天使」を見ているときのように危なっかしい感じはちっともなくて楽に見られる。それだけに何か物足りない。

この芝居を見てから数日後に友達と一緒に飯を食いながらこの歌舞伎座《かぶきざ》見物の話をして、どうもどの芝居もみんな、もうひと息というところまで行っていながら肝心の最後のひと息が足りないような気がするという不平をもらしたら、T君は、畢竟《ひっきょう》いい脚本がないからだろうと云った。実際本当にいい脚本なら芸術批評家を満足させると同時にまた大衆にも受けないはずはないであろうと思われる。そう云えば日本の映画でもやはりたいていもうひと息というところでぴったり止まっているように思われる。みんな仏作って魂が入れてないように見える。

そういえばまた、日本の工業などでもやはり九十九パーセントまでは外国の最高水準に近づいていて、あとの一パーセントだけが爪立ってみても少し届かないといったようなものが多いような気がする。

エヴェレスト登攀《とうはん》でもそうであるが、最後の一歩というのが実はそれまでの千万歩よりも幾層倍むつかしいという場合が何事によらずしばしばある。そう考えてくるといささか心細い日本の現代である。諦《あきら》めの良過ぎる国民性によるのであろうか。そう思うとウンラート教授のような物事を突詰めていくところまで行ってしまう人間もたのもしいような気がする。少くもそういう人間を産み出しうる国民性は羨《うらや》むべきであるかもしれない。

歌舞伎座の一夕の観覧記がつい不平のノートのようになってしまったようであるが、それならちっとも面白くなかったのかと聞かれればやはり面白かったと答えるのである。実をいうと午後四時から十時まで打《ぶ》っ通しに一粒選《え》りの立派な芸術ばかりを見せられるのであったら、自分など到底見に行くだけの気力が足りそうもないような気がする。毎日の仕事に疲れた頭をどうにか揉みほごして気持の転換を促がし快い欠伸《あくび》の一つも誘い出すための一夕の保養としてはこの上もないプログラムの構成であると思われる。むしろ無意味に笑ったり、泣いたりすることの「生理的効果」の方が実は大衆観客のみならず演劇会社幹部の人達の無意識の主要目的であるのかもしれない。そうだとすると、こうした芝居に見当違いの芸術批評などを試みるのは実に愚《おろか》なことである。

それで、よく考えてみると、少くも自分の近ごろの芝居見物は、実はそうした生理的効果を主要な目的としているようである。その点では按摩《あんま》をとったりズーシュを浴びたりするのと全く同等ではないかと思われてくるのである。ことによると、こうした芝居の観客の九十パーセントぐらいまでは、自分では意識していなくとも実はやはりそうした精神的マッサージの生理的効果を目あてにして出かけるのではないかという疑も起こし得られる。

十七　なぜ泣くか

芝居を見ていると近所の座席にいる婦人達の多数が実によく泣く、それから男も泣く、泣きそうもないような逞しい大男でかえって女よりも見事によく泣くのもある。これらの観客はたぶんこうして泣きたいために忙がしい中を繰合わせ、乏しい小使銭を都合して入場しているものと思われる。こうして芝居を見ながら泣くということは、それほどに望ましい本能的・生理的欲求であるらしい。

人間はなぜ泣くか、泣くとは何を意味するか。「悲しいから泣く」という普通の解釈はまるで嘘ではないまでも決して本当ではないようである。「泣く」ということは涙を流して顔面の筋にある特定の収縮を起こすことであると仮定し、そうした動作に伴う感情を「悲しい」と名づけるとすると、「泣く」と「悲しい」との間の因果関係はむしろ普通に云うのと逆になるかもしれない。「悲しいから」というのを「悲しむべき事情が身辺に迫ったから」という意味に解釈する、例えば自身に最も親しい者が非業の死をとげたからというふうに理解すると、それは慥かに泣くことの一つの条件にはなるが、それだけでは泣くための必要条件は決して揃わないのである。例えば、ある書物に引用された実例によると、ある医者は、街上で轢《ひ》かれた十歳になる我子の瀕死《ひんし》の状態を見ても涙一滴こぼさず、応急の手当に全力を注いだ。数時間後に絶命した後にもまだ涙は見せなかった。しばらくして後にその子の母から、その日の朝その子供のしたある可愛い行動について聞かされたときに始めて流涕《りゅうてい》したそうである。これと似た経験はおそらく多数の人がもち合わせていることと思われる。

テニスンの詩「プリンセス」に「戦士の亡骸《なきがら》が搬び込まれたのを見ても彼女は気絶

もせず泣きもしなかったので、侍女達は、これでは公主の命が危いと云った、その時九十歳の老乳母《ろううば》が戦士の子を連れて来てそっと彼女の膝《ひざ》に抱きのせた、すると、夏の夕立のように涙が降って来た」というくだりがある。

以下はある男の告白である。

「自分が若くて妻を亡《うしな》ったときも、ちっとも涙なんか出なかった。ただ非常に緊張したような気持であった。親戚《しんせき》の婦人達が自由自在に泣けるのが不思議な気がした。遺骸《がい》を郊外山腹にある先祖代々の墓地に葬った後、生ま生ましい土饅頭《どまんじゅう》の前に仮の祭壇をしつらえ神官が簡単なのりとをあげた。自分は二歳になる遺児を膝にのせたまま腰をかけてそののりとを聞いていたときに、今まで吹き荒れていた風が突然凪《な》いだかのように世の中が静寂になりそうして異常に美しくなったような気がした。山の樹立も墓地から見下される麓《ふもと》の田園も折から夕暮の空の光に照されて、いつも見馴れた景色がかつて見たことのない異様な美しさに輝くような気がした。そうしてそのような空の光の下に無心の母なき子を抱いてうつ向いている自分自身の姿をはっきり客観した、その瞬間に思いもかけず熱い涙が湧くように流れ出した。」

フランス映画「居酒屋」でも淪落《りんらく》の女が親切な男に救われて一皿の粥《かゆ》をすすって眠った後にはじめて永い間涸《か》れていた涙を流す場面がある。「勧進帳」で弁慶《べんけい》が泣くのでも絶体絶命の危機を脱したあとである。

こんな実例から見ると、こうした種類の涙は異常な不快な緊張が持続した後にそれがようやく弛緩《しかん》し始める際に流れ出すものらしい。嬉《うれ》し泣きでも同様である。たいてい死んだであろうと思われていた息子が無事に帰ったとか、それほどでなくとも、心配していた子供の入学試験がうまく通ったというのでもやはり緊張の弛《ゆる》む瞬間に涙が出るのである。頑固《がんこ》親爺《おやじ》が不孝息子を折檻《せっかん》するときでも、こらえこらえた怒りを動作に移してなぐり付ける瞬間に不覚の涙をぽろぽろとこぼすのである。これにはもちろん子を憐《あわれ》みまた自分を憐む複雑な心理が伴ってはいるが、しかしともかくもそうした直接行動によって憤怒《ふんぬ》の緊張は緩和され、そうして自己を客観することのできるだけに余裕のある状態に移っていくのである。そうして可愛い我子を折檻《せっかん》しなければならない我身の悲運を客観するときにはじめて泣くことができるらしい。

芥川龍之介《あくたがわりゅうのすけ》の小品に次のような例がある。

山道のトロッコにうっかり乗った子供が遠くまではこばれた後に車から降ろされたただ一人取残されて急に心細くなり、夢中になって家路をさしていっさんに駆け出す。泣出しそうにはなるが一生懸命だから思うようには泣けない、ただ鼻をくうくう鳴らすだけであった。やっと我家に飛込むと同時にわっと泣き出して止めどもなく泣きつづけるのである。

小さな子が道で顚《ころ》んで臑《すね》や掌をすりむいても、人が見ていないと容易には泣かない、誰かが見つけていたわるとはじめて泣き出す、それが母親などだと泣き方が一層烈《はげ》しい。

大人でもいろいろな不仕合《ふしあわせ》を主観して苦しんでいる間はなかなか泣けないが、不幸な自分を客観し憐れむ態度がとれるようになって初めて泣くことが許されるようである。

こういうふうに考えてくると流涕《りゅうてい》して泣くという動作には常に最も不快不安な緊張の絶頂からの解放という、消極的ではあるがとにかく一種の快感が伴っていて、それが一道の暗流のように感情の底層を流れているように思われる。

嬉しい事は、嬉しくないことの続いた後に来てはじめて嬉しさを十分に発揮する。このように、遂げられなかった欲望がやっと遂げられたときの狂喜と、底なしの絶望の闇《やみ》に一道の希望の微光がさしはじめた瞬間の慟哭《どうこく》とは一見無関係のようではあるが、実は一つの階段の上層と下層とに配列されるべきものではないかと思われる。

この流涕の快感は多くの場合に純粋に味うことが困難である。その泣くことの原因は普通自分の利害と直接に結び付いているのであるから、最大緊張の弛《し》緩《かん》から来る涙の中から、もうすぐに現在の悲境に処する対策の分別が頭を擡《もた》げてくるから、せっかく出かけた涙とそれに伴う快感とはすぐに牽制《けんせい》されてしまわなければならない。

そういう牽制を受ける心配なしに、泣くことの快感だけを存分に味うための最も便利な方法がすなわち芝居、特にいわゆる大甘物の通俗劇を見物することである。劇中の人物に自己を投射しあるいは主人公を自分に投入することによって、その劇中人物が実際の場合に経験するであろうところの緊張とそれに次いでくるように設計された弛緩とを如実に体験すると同等の効果を満喫して涙を流しはなをすする、と同時に泣くことの快感に浸るのである。しかもこの場合劇中人物のあらゆる事件葛藤《かっとう》は観客自身の利害と感情的にはとにかく事実的になんの交渉もないのであるから、涙の中から顔を出してくるような将来への不安も心配も何もないのである。換言すれば、泣くことの快楽を最も純粋なる形において享楽するのである。

この享楽を一層純粋ならしめるためには芝居の筋などはむしろなるべく簡単な方がいいらしい。深刻なモラールやフィロソフィーなどの薬味が利き過ぎて、大に考えさせられたりひどく感心させられたりするようだと、大脳皮質のよけいな部分の活動に牽制されて、泣くことの純粋さが害《そこな》われることになる。そうした芸術的に高等な芝居が、生理的享楽のために泣きに行く観客に評判の悪いのはきわめて当然なことであろうと思う。

原因は少しも分らなくてもさもおかしそうに笑っている人を見れば自分も笑いたくなると同様に、上手《じょうず》な俳優が身も世もあられぬといったような悲しみの涙をしぼって見せれば、元来泣くように準備の調っている観客の涙腺《るいせん》は猶予《ゆうよ》なく過剰分泌を開始するのであって、いわば相撲《すもう》を見ていると知らず知らず握り拳《こぶし》を堅くするのとよく似た現象であろうと想像される。その上に少しばかり泣くために有効な心理的な機構が附加されていれば効果はそれだけで十分であって、前後を通じての筋の論理的のつながりなどはたいした問題にはならないのである。こういう見方からすれば、芸術的な高級演劇がさっぱり商売にならないで芸術などは相手にしない演劇会社社長の打つ甘い新派劇などが満員をつづけるのが不思議でなくなるようである。

話は変るが、日本では昔から「ものの哀れ」ということがいろいろな芸術の指導原理か骨髄かあるいは少くも薬味ないしビタミンのごときものであると考えられていた。西洋でもラスキンなどは「一抹《いちまつ》の悲哀を含まないものに真の美はあり得ない」と云ったそうである。これから考えても悲哀ということ自身は決して厭《いと》わしい恐るべきことではなくてかえって多くの人間の自然に本能的に欲求するものであることが推測される。ただ悲哀に随伴する現実的利害関係が迷惑なのである。

悲しくない泣き方もいろいろある。あんまりおかしくて笑いこけても涙が出るが、笑うのと泣くのは元来紙一重だからこれは当然である。しかし感情的でない泣き方もいろいろあるのであって、その一特例としては、疲れたときに欠伸《あくび》をすると涙が出る。欠伸をするときの吾々の顔は手ばなしで泣きわめく時の顔とかなりまでよく似ている。

嘘と思う人は鏡を見ながら比較してみれば分る。この欠伸というのがやはり緊張から弛緩へ移るときに起る生理的現象であって、とにかく顔面をゆがめ、声は出さなくても呼気を長くつき出し、そうしてぽろぽろ涙をこぼすのである。そうしてさんざん欠伸をしたあとのさっぱりした気持も大に泣いたあとのすがすがしい心地とどこか似ているようである。それだから、上手の芝居を見て泣くのも、下手の芝居を見て欠伸をするのも生理的にはただ少しのちがいかもしれないと思われる。

眼に煙がはいったときや、山葵《わさび》の利き過ぎたすしを食ったときにこぼす涙などは上記のものとは少し趣を異にするようである。それからまた、胃の洗滌《せんじょう》をすると云って長いゴム管を咽喉《のど》から無理に押込まれたとき、鼻汁と一緒に他愛《たわい》なくこぼれる涙に到っては真に沙汰《さた》の限である。

しかしこんな純生理的な涙でも、また悲しくて出る涙でも、あれが出ないと、何かしらひどくいけない悪効果が吾々の身体の全機構のどこかに現われる恐れがある、それをあのように涙をこぼすことによって救助し緩和するような仕掛になっているのではないかという疑が起る。いわば高圧釜の安全弁のように適当な瞬間に涙腺《るいせん》の分泌物を噴出して何かの危険を防止するのではないか、そうでないとどうも涙の科学的意義が呑み込めない。

ある通俗な書物によると、甲状腺の活動が旺盛《おうせい》な時期には性的刺戟に対する感度が高まると同時にあらゆる情緒的な刺戟にも敏感になり、つまり泣きやすくもなるそうである。青春の男女のよく泣くのはそのためかと思われる。しかし非常に年を取った婆さんなどが御馳走を食うときに鼻汁ばかりか涙まで流すのはあれはどういうのだかいささか神秘的である。

人間以外の動物で「泣く」のがあるかどうか。日本では馬が泣く話がある。ダーウィンは象その他若干の獣が泣くと主張したがその説は確認されてはいないそうである。ともかくも明白に正真正銘に「泣き」また「笑う」のはだいたいにおいて人間の特権であるらしいから、吾々はこの特権を最も有効に使用するように注意したいものである。しかしまたこれが人間の仕事のうちで一番むつかしいことのようにも思われる。

十八 「笑う」と「泣く」と

十余年前に「笑」と題する随筆を書いたことがあって、その中で、緊張から弛緩に移る際に発生する笑の現象について若干の素人考えを述べたのであった。今度前項で「泣く」現象の発生条件としてやはり緊張から弛緩への過渡を挙げたのであるから、これだけだと笑うも泣くも一つのもののように思われる。実際子供やヒステリックな婦人などの場合では、泣いているかと思うと笑っていて、どちらだか分らない場合が多いし、また正常な大人でも歓楽きわまって哀情を生じたり、愁歎《しゅうたん》の場合に存外つまらぬ事で笑い出すような一見不思議な現象がしばしば見らるるのではあるが、しかしとにかく泣くと笑うのでは何かしらはっきりした区別のあることは明白である。それならこの二つがその発生条件に関してどれだけちがうかということが問題になる。本当のことは自分などには分らないが、ただ現在での自分の素人考えによると、最初の緊張状態の質的の差別によって泣くと笑うとの分岐点が決定されるように思われる。

きわめて大ざっぱに考えてみると、当初の緊張が主として理知的でありあるいは道徳的である場合には笑を招致しやすく、これに反して緊張が情緒的または本能的である場合に泣く方に推移しやすいのではないかと思われる。

大山鳴動《たいざんめいどう》して一鼠《いっそ》が飛び出したといったようなときの笑は理知的であり、校長先生の時ならぬくしゃめが生徒の間に呼起す笑などには道徳的の色彩がある。喜怒愛憎の高潮に伴なう涙は理知や道徳などとは関係の薄い情緒的のものであるが、哀別離苦の焦心の涙にはよほど本能的なものがあって、純粋な肉体の苦痛によるものとかなりまで相通ずるものがありそうに思われる。

いずれにしても、笑う前と泣く前とでは緊張のために特殊の活動を生ずる脳の部分が少しばかり位置を異にしているのではないかと思われるが、しかしその活動の化学的物理的性質はほぼ同種類のものらしく想像される。それで、その活動に次いで起る生理的な表情も本質的にはかなりによく似た笑いと泣きの形式をとって現われるのではないか。

こんな空想がいろいろ起こし得られるが、しかし、笑っているときと泣いているときとで大脳皮質その他の中枢における化学成分やイオン濃度の変化などを実験する事は困難であろうし、さればといって泣きも笑いもしない猫や犬で試験するわけにもいかない。

それはとにかく、自分が泣いているとき、また笑いこけているとき、少しばかり気をかえて泣くこと笑うことの生理的意義を考えてみるのも全く無駄なことではないかもしれないと思うので、物好きな読者にまれにはそうした実験を試みることをすすめたいと思う。

（昭和十年五月『中央公論』）

随筆難

　随筆は思ったことを書きさえすればよいのであるから、その思ったことがどれほど他愛《たわい》のないことであっても、またその考えがどんなに間違った考えであっても、ただ本当にそう思ったことをそのとおり忠実に書いてありさえすればその随筆の随筆としての真実性には欠陥はないはずである。それで、間違ったことが書いてあれば、読者はそれによってその筆者がそういう間違ったことを考えているという、つまらない事実ではあるがとにかく、一つの事実を認識すればそれで済むのである。国定教科書の内容に間違いのある場合とはよほどわけがちがうのではないかと思われる。もっとも、いわゆる随筆にもいろいろあって、中には教壇から見下して読者を教訓するような態度で書かれたものもあり、お茶をのみながら友達に話をするような体裁のものもあり、あるいはまた独り言ないし寝言のようなものもあるであろうが、たとえどういう形式をとったものであろうとも、読者としては例えば自分が医者になって一人の患者の容態を聞きながらその人の診察をしているような気持で読めば一番間違いがないのではないかと思われる。随筆など書いて人に読んでもらおうというのはどの道何かしら

「訴えたい」ところのある場合が多いであろうと思われる。

少くも、自分の場合には、いつもただその時に思ったことをそのとおりに書いてゆくだけであるから、いろいろ間違ったことを書いたり、また前に書いたことと自家撞《じかどう》着《ちゃく》するように見えることを平気で書いたりしている場合がずいぶん多いことであろうと思われる。読者のうちにはそういうことに気がついている人は多いであろうが、わざわざ著者に手紙をよこしたりあるいは人伝《ひとづ》てに注意をしてくれる人は存外きわめてまれである。

ついせんだって「歯」のことを書いた中に「硬口蓋《こうこうがい》」のことを思い違えて「軟口蓋」としてあったのを手紙で注意してくれた人があったが、こういうのは最もありがたい読者である。

ずっと前の話であるが、『藪柑子集《やぶこうじしゅう》』中の「嵐」という小品の中に、港内に碇泊《ていはく》している船の帆柱に青い火が灯《とも》っているという意味のことを書いてあるのに対して、船舶の灯火に関する取締規則を詳しく調べた結果、本文のごとき場合は有り得ないという結論に達したから訂正したらいいだろうと云ってよこした人があった。しかしそれは訂正しないでそのままにしておいた。この小品は気分本位の夢幻的なものであって、必しも現行の法令に準拠しなければならない種類のものでもないし、少くも自分の主観の写生帳にはちゃんと青い灯火が檣頭《しょうとう》にかかったように描かれているから仕方がないと思ったのである。

去年の暮には、東京の某病院の医員だという読者から次のような抗議が来た。

「(前略) 然《しか》る処《ところ》続冬彦集六八頁第二行に、『速度の速い云々(速度の大きいに非《あら》ず)』と有之《これあ》り之《これ》は素人なら知らぬ事物理学者として云ふべからざる過誤と存じ候、次の版に於ては必ず御訂正あり度《た》し失礼を顧みず申上ぐる次第に御座候敬具」

なるほど、物理学では速度の大小というのが正当で、遅速をいうならば運動の遅速とでもいわなければ穏当でないかと思われる。それでももしこれが物理学の教科書か学術論文の中の文句であるとすれば当然改むべきはずであるが、随筆中の用語となると必しも間違いとは云われないかもしれない。紺屋《こうや》の白袴《しろばかま》、医者の不養生ということもあるが、物理の学徒らが日常お互に自由に話し合う場合の用語には存外合理的でないものが多数にあって、問題の「速度のはやい」などもその一例である。この場合の「速度」は俗語の「はやさ」と同義であって術語のヴェロシティーと同じではないのである。例えばまた「のろい週期」などという言葉も平気で使うが「長い週期」というよりも日常会話にはこの方が実感があるから自然にそんな用例ができるのであろうと思われる。

「のろい振動の長い週期」を略して「帝展」「震研」流に云ったものと思えば不思議はないのである。したがって、「速度のはやい」なども実感を強めるための俗語として「速度の大なるすなわち運動の速い」の略語として通用を許してもそれがために物理学はなんの損害をも受ける心配はないかと思われる。それで、負惜しみのようではあるが、物理学を専攻する人間でも、座談や随筆の中ではいくらか自由な用語の選択を寛容してもらいたいと思うのである。

この抗議のはがきの差出人は某病院外科医員花輪盛としてあった。この姓名は臨時にこしらえたものらしい。

この三月にはまた次のような端書《はがき》が来た。

「始めて貴下の随筆『柿の種』を見初めまして今32頁の鳥や魚の眼の処へ来ました、何でもない事です。試に御自分の両眼の間に新聞紙を拡げて前に突き出して左右の眼で外界を御覧になると御疑問が解決せられるのです。御試みありたし、

(下略)」

魚や鳥のように人間の両眼の視界がそれぞれに身体の左右の側の前後に拡がってい

たとしたら吾人《ごじん》の空間観がどんなものになるかちょっと想像することがむつかしいという意味のことを書いたのに対して、こういう実験をすすめられたのである。しかし人間の両眼が耳の近所についていない限り、いくらこういう実験をしてみたところで自分の疑問は解けそうもない。

この端書をよこした人も医者だそうである。以上のほかにもこれまで自分の書いたものについていろいろの面白いことを知らせてくれた人には医師が一番多いようである。やはり職掌がらで随筆を読むにも診察的な気持があるせいであろうが、とにかくこういう読者は自分などの書くような随筆にとっては一番理想的な読者であろうと思われる。それだから自分も患者の気持になってちょっとだだをこねてみた次第である。

上記のごとき自由な気持で読んでくれる読者とちがって自分の一番恐縮するのは小中学の先生で、教科書に採録された拙文に関して詳細な説明を求められる方々である。「常山の花」と題する小品の中にある「相撲取草」とは邦語の学名で何に当るかという質問を受けて困ってしまって同郷の牧野富太郎《まきのとみたろう》博士の教えを乞《こ》うてはじめてそれが「メヒシバ」だということを知った。その後の同様な質問に対しては、さもさも昔から知っていたような顔をして返答することができた。ところがある地方の小学校の先生で、この「相撲取草」がなんであるかということを本文の内容から分析的に帰納演繹《きのうえんえき》して、それがどうしても「メヒシバ」でなければならないという結論に達した、その推理の径路を一冊の論文に綴《つづ》って、それにこの植物の腊葉《さくよう》まで添えたものを送ってよこされた人があって、すっかり恐縮してしまったことがあった。こうなると迂闊《うかつ》に小品文や随筆など書くのはつつしまなければならないという気がしたのであった。

ある時はまたやはり「花物語」の一節にある幼児のことを、それが著者のどの子供であるかという質問をよこした先生があった。その時はあまり立入った質問だと思ったのでつい失礼な返事を出してしまった。理科の教科書ならばとにかく多少でも文学的な作品を児童に読ませるのに、それほど分析的に煩雑《はんざつ》な註解《ちゅうかい》を加えるのはかえって児童のために不利益ではないかと思うというようなことを書き送ったような気がする。これは後で悪かったと思った。

以上挙げたような諸例はいずれも著者にとってはありがたい親切な読者からの反響であるが稀《まれ》にはありがたくない手紙をくれる人もある、例えば、昨年であったか、ある未知の人から来た手紙を読んでみると、まず最初に自分の経歴を述べ、永年新聞社の探訪係を勤めていたということを書いたあとで、小説家や戯曲家はみんなどこかから種を盗んできてそれを元にして自分の原稿をこしらえるのだが、自分は知名の文士の誰々の種の出所をちゃんと知っている、といったようなことを書きならべ、貴下の随筆も必ず何か種の出所があるだろうというようなことを婉曲《えんきょく》に諷《ふう》した後に、急に方向を一転して自分の生活の刻下の窮状を描写し、つまりは若干の助力に預りたいという結論に到達しているのであった。筆跡もなかなか立派だし文章も達者である。こんな手紙よりもその人の多年の探訪生活の記録をかかせたらきっと面白いであろうと思われた。それはとにかくこの人の云うとおり、自分なども五十年来書物から人間から自然からこそこそ盗み集めた種に少しばかり尾鰭《おひれ》をつけて全部自分で発明したか、母の胎内から持って生れてきたような顔をして書いているのは全くの事実なのである。

人から咎《とが》められなくても自分でも気が咎めるのは、一度どこかで書いたような事をもう一度別の随筆の中で書かなければ工合《ぐあい》の悪いようなはめになった時である。もっともそれ自身では同じ事がらでも前後の関係がちがってくればその内容もまたちがった意義をもってくることは可能であるが、そういう場合でも同じ読者が見ればきっと「またか」と思うに相違ない。

現に自分でも他人の書いたものを読んでいてそういう場合に出逢《であ》うとやはりちょっとそんな気がするようである。しかし考えてみると、例えば子供の時分に同じお伽《とぎ》噺《ばなし》をなんべんでも聞かされたおかげで年取って後までも覚えていられるが、桃太郎でも猿蟹《さるかに》合戦でも、たった一度聞いて面白いと思ったきりだったらおそらくとうの昔に綺麗《きれい》に忘れてしまったに相違ない。してみると本当に読んでもらいたいと思うことはやはりなんべんか同じことを繰返していろいろの場所へ適当に織込むのが著者の立場からはむしろ当然かもしれない。前に読んだことのある読者はまたかと思うとしても一度読んだだけではたぶんそれっきり忘れてしまったであろうことを、またかと思うことによって始めて心に止めるようになるかもしれない。のみならず、著者の側では同じことを書いた第何回目かのを始めて読んでくれる人もやはりあるのであろう。こう考えてくると自分などは街頭に露店をはって買手のかかるのを待っている露店商人とどこかしらかなり似たところがあるようにも思われてくるのである。

同じようなことを繰返すのでも、中途半端の繰返しは鼻についてくるが、そこを通り越して徹底的に繰返していると、また一種別の面白味が出てくるようである。ジグスとマギーの漫画のようなものもそうであり、お伽噺や忠臣蔵や水戸《みと》黄門《こうもん》の講談のようなものもその類《たぐい》である。いわば、米の飯や煙草のようなものになってしまうのかもしれない。そうなってしまえば、もうジャーナリズム的批評の圏外に出てしまって、土に根を下ろしたことになるであろうが、今のジャーナリズムの世界ではそういうことはちょっと困難なように見える。

以上は自分が今日までに感じた随筆難のありのままの記録で、いわばはなはだ他愛のない「筆禍事件」の報告と愚痴のいたずら書にすぎないが、こんなことまで書くようになるのもやはり随筆難の一つであるかもしれないのである。

（昭和十年六月『経済往来』）

糸車

祖母は文化十二年（一八一五）生れで明治二十二年（一八八九）自分が十二歳の歳末に病没した。この祖母の「想出の画像」の数々のうちで、一番自分に親しみとなつかしみを感じさせるのは、昔の我家の煤《すす》けた茶の間で、糸車を廻《まわ》している袖無《そでなし》羽織を着た老嫗《ろうおう》の姿である。紋付を着て撮《と》った写真や、それをモデルにして描いた油絵などを見ても、なんだか本当の祖母らしく思われないが、ただ記憶の印象だけに残っているこの「糸車の祖母像」は没後四十六年の今日でも実に驚くべき鮮明さをもって随時に眼前に呼出される。

この糸車というものが今では全く歴史的のものになってしまったようである。自分の子供などでも誰も実物を見たことはないらしい。産業博物館とでもいうものがあれば、そういう処に参考品として陳列されるべきものかもしれない。

祖母の使っていた糸車はその当時でもすっかり深く煤色に染まったいかにも古めかしいものであった。おそらく祖母の嫁入道具の一つであったかもしれない。あるいはまた曾祖母《そうそぼ》の使い馴《な》れたのを大切に持ち伝えたものであったかもしれないのである。

とにかく、祖母は自分の家にとついでからの何十年の間にこの糸車の把手《とって》をおそらく何千万回あるいはおそらくは何億回か廻したことであろう。

自分も子供固有の好奇心から何度か祖母に教わったこの糸車で糸を紡《つむ》ぐ真似をした記憶がある。綿を「打った」のを直径約一センチ長さ約二十センチの円筒形に丸めたものを左の手の指先で撮《つま》んで持っている。その先端の綿の繊維を少しばかり引出してそれを糸車の紡錘《ぼうすい》の針の尖端《せんたん》に巻付けておいて、右手で車の把手を適当な速度で廻すと、つむの針が急速度で廻転《かいてん》して綿の繊維の束に撚《よ》りをかける。撚りをかけながら左の手を引き退けていくと、見る見る指頭に撮んだ綿の棒の先から細い糸が発生し延びていく、左の手を伸ばされるだけ伸ばしたところでその手を挙げて今出来上っただけの糸を紡錘に通した竹管に巻取る、そうしておいて再び左手を下げて糸を紡錘の針の尖端にからませて撚りをかけながら新たな糸を引出すのである。大概車の把手を三回廻す間に左の手が延び切って数十センチの糸が紡がれ、それを巻取ってから、また同じ事を繰返す。そういう操作のために糸車の音に特有なリズムが生ずる。それを昔の人は「ビーン、ビーン、ビーン、ヤ」という言葉で形容した。把手の一回転が「ビーン」で、それが三回繰返された後に「ヤ」のところで糸が巻取られるのである。「ビーン」の部で鉄針とそれにつながる糸とが急速な振動をしているために一種の楽音が発生するが、巻取るときはそうした振動が中止するので音のパウゼが来るわけである。

要するにこの四拍子の、およそ考え得らるべき最も簡単なメロディーがこの糸車という「楽器」によって奏せられるのである。そのメロディーは実に昔の日本の婦人の理想とされた限りなき忍従の徳を讃美《さんび》する歌を歌っていたようなものかもしれない。右手と左手との運動を巧に対応させせコーディネートさせる呼吸がなかなかむつかしいもので、それができないと紡がれた糸は太さが揃わなくて、不規則に節くれ立った妙な滑稽《こっけい》なものに出来損ねてしまうのである。自分など一、二度試みてあきれてしまってそれきり断念したことであった。

ひと年かふた年ぐらい裏の畑に棉《わた》を作ったことがあった。当時子供の自分の眼に映じた棉の花は実に美しいものであった。花冠の美しさだけでなくて花萼《かがく》から葉から茎までが言葉では云えないような美しい色彩の配合を見せていたように思う。観賞植物として現代の都人にでも愛玩《あいがん》されてよさそうな気のするものであるが、子供のとき宅の畑で見たきりでその後どこでもこの花にめぐり合ったという記憶がない。考えてみると今どき棉を植えてみたところで到底商売にもなんにもならないせいかもしれない。もっとも、統計で見ると内国産棉実《めんじつ》千トン弱とあるから、まだどこかで作っているところもあると見えるが、輸入数十万トンに対すればまず無いも同様であろう。

花時が終って「もも」が実ってやがてその蒴《さく》が開裂した純白な綿の団塊を吐く、うすら寒い秋の暮に祖母や母と一緒に手々に味噌漉《みそこ》しを提げて棉畑へ行って、その収穫の楽しさを楽しんだ。少しもう薄暗くなった夕方でも、この真白な綿の団塊だけがくっきり畑の上に浮き上って見えていたように思う。そういうとき、郷里で「あお北《ぎた》」と呼ぶ秋風がすぐ傍の竹藪を戦《おのの》かせて棉畑に吹き下していたような気がする。

採集した綿の中に包まれている種子を取除く時に、「みくり」と称する器械にかける。これはいわば簡単なローラーであって、二つの反対に廻る樫材《かしざい》の円筒の間隙《かんげき》に棉実を喰《く》い込ませると、綿の繊維の部分が喰い込まれ喰い取られて向う側へ落ち、堅くてローラーの空隙《くうげき》を通過し得ない種子だけが裸にされて手前に落ちるのである。面白いのは、このローラーが全部木製で、その要部となる二つの円筒が直径一センチ半ぐらいであったかと思うが、それが片方の端で互に嚙《か》み合って反対に廻るようにそこに螺旋溝《らせんこう》が深く掘り込まれていた。昔の木工がよくもこうした螺旋を切ったものだとちょっと不思議なようにも思われる。もっともこの嚙み合せがかなりぎしぎしと軋《きし》るので、その減摩油としては行灯《あんどん》のともし油を綿切れに浸《し》ませて時々急所急所に塗りつけていた。それで把手を廻すと同じリズムでキュルキュルキュルと一種特別な轢音《れきおん》を立てるのであった。「みくり」を通過して平たくひしゃげた綿の断片は種子の皮の色素が薄紫の線条となってほのかに附着していたと思う。

こうして種子を除いた綿を集めて綿打ちを業とするものの家に送り、そこで糸車にかけるように仕上げしてもらう。この綿打ち作業は一度も見たことはないが、話に聞いたところでは、鯨の筋を張った弓の絃《げん》で綿の小団塊を根気よく叩《たた》いて叩きほごしてその繊維を一度空中に飛散させ、それを沈積させて薄膜状としたのを、巻紙を巻くように巻いて円筒状とするのだそうである。そうしてできた綿の円筒が糸車にかけて紡がれるわけである。

田舎道《いなかみち》を歩いていると道脇の農家の納屋の二階のような処から、この綿弓の絃の音が聞えてくることがあった。それがやはり四拍子の節奏で「パンパンパンヤ」というふうに響くのであった。おそらく今ではもうどこへ行ってもめったに聞かれない田園の音楽の一つであろうと思われる。

明治二十七、八年日清戦争《にっしんせんそう》の最中に、予備役で召集されて名古屋の留守師団に勤めていた父を訪ねて遊びに行ったとき、始めて紡績会社の工場というものの見学をして非常に驚いたものである。祖母が糸車で一生涯かかって紡ぎ得たであろうと思う糸の量が数えきれない機械の紡錘から短時間に一度に流れ出していた。そこにはあのゆるやかな抑揚ある四拍子の「子守歌」の代りに、機械的に調律された恒同な雑音と唸音《うなり》の交響楽が奏せられていた。

祖母の紡いだ糸を紡錘竹《つむだけ》からもういっぺん四角な糸繰枠に巻取って「かせ」に作り、それを紺屋に渡して染めさせたのを手機《てばた》に移して織るのであった。裏の炊事場《かまや》の土間の片隅にこしらえた板間に手機が一台置いてあった。母がそれに腰をかけて「ちゃんちゃんちゃきちゃん」というこれもまた四拍子の拍音を立てながら織っている姿がぼんやりした夢のような記憶に残ってはいるが、自分が少し大きくなってからは、もうこの機はあまり使われなかったらしい。しかし自分の姉の家ではその老母がずっと後まで、自分らの中学時代までも、この機織りを唯一の楽しみのようにして続けていた。木の皮を煮てかせ糸を染めることまで自分でやるのを道楽にしていたようである。純粋な昔ふうのいわゆる草木染で、化学染料などの存在はこの老人の夢にも知らぬ存在であった。この老人の織った蒲団《ふとん》地が今でもまだ姉の家に残っているが、その色がちっとも褪《あ》せていないと云って甥《おい》のZが感歎《かんたん》して話していた。

いつであったか、銀座資生堂《ぎんざしせいどう》楼上ではじめて山崎斌氏《やまざきたけし》の草木染の織物を見たときになぜか涙の出そうなほどなつかしい気がした。そのなつかしさの中にはおそらく自分の子供の時分のこうした体験の追憶が無意識に活動していたものと思われる。また今年の初夏には松坂屋の展覧会で昔の手織縞《じま》のコレクションを見て同じようななつかしさを感じた。もしできれば次に出版するはずの随筆集の表紙にこの木綿《もめん》を使いたいと思って店員に相談してみたが、古い物をありだけ諸方から拾い集めたのだから、同じ品を何反も揃える事は到底不可能だというので遺憾《いかん》ながら断念した。新たに織らせるとなるとだいぶ高価になるそうである。こんなに美しいと思われるものが現代の一般の人の目には美しいと思われなくなってしまったという事実が今さらのように不思議に感ぜられた。話は脱線するが、最近に見た新発明の方法によると称する有色発声映画「クカラッチャ」のあの「叫ぶがごとき色彩」などと比べると、昔の手織縞の色彩はまさしく「唄う色彩」であり「思考する色彩」であるかと思われるのである。

化学的薬品よりほかに薬はないように思われた時代の次には、昔の草根木皮が再びその新しい科学的の意義と価値とを認められる時代がそろそろめぐってきそうな傾向が見える。いよいよその時代が来るころには、あるいは草木染の手織木綿が最もスマートな都人士の新しい流行趣味の対象となるという奇現象が起らないとも限らない。銀座で草木染が展観されデパートで手織木綿が陳列されるという現象がその前兆であるかも分らないのである。そうして、鋼鉄製あるいはジュラルミン製の糸車や手機が家庭婦人の少くも一つの手慰《てなぐさ》みとして使用されるようなことが将来絶対にあり得ないということを証明することもむつかしそうに思われる。現に高官や富豪の誰れ彼れが日曜日にわざわざ田舎へ百姓の真似をしにいくことのはやり始めた昨今ではなおさらそんな空想も起し得られるのである。

昔の下級士族の家庭婦人は糸車を廻し手機を織ることを少しも恥かしい賤業《せんぎょう》とは思わないで、つつましい誇りとしあるいはむしろ最大の楽しみとしていたものらしい。ピクニックよりもダンスよりも、婦人何々会で駆け廻るよりもこの方が遥《はるか》に身に沁《し》みて本当に面白いであろうということは、「物を作り出すことの喜び」を解する人には現代でもいくらか想像ができそうである。

ついでながら西洋の糸車は「飛び行くオランダ人」のオペラのひと幕で実演されるのを見たことがある。やっぱり西洋の踊のように軽快で陽気で、日本の糸車のような俳諧《はいかい》はどこにもない。また、シューベルトの歌曲「糸車のグレーチヘン」は六拍子であって、その伴奏のあの特徴ある六連音の波のうねりが糸車の廻転を象徴しているようである。これだけから見ても西洋の糸車と日本の糸車とが全くちがった詩の世界に属するものだということがわかると思う。

この糸車の追憶につながっている子供のころの田園生活の思出は本当に糸車の紡ぎ出す糸のごとく尽くるところを知らない。そうして、こんなことを考えていると、自分がたまたま貧乏士族の子と生れて田園の自然の間に育ったというなんの誇りにもならないことが世にも仕合せな運命であったかのような気もしてくるのである。

(昭和十年八月『文学』)

震災日記より

大正十二年八月二十四日　曇、後驟雨《しゅうう》
子供らと志村《しむら》の家へ行った。崖《がけ》下の田圃《たんぼ》路《みち》で南蛮《なんばん》ぎせるという寄生植物をたくさん採集した。加藤《かとう》首相痼疾《こしつ》急変して薨去《こうきょ》。

八月二十五日　晴
日本橋で散弾二斤買う。ランプの台に入れるため。

八月二十六日　曇、夕方雷雨
月蝕《げつしょく》雨で見えず。夕方珍らしい電光 Rocket lightning が西から天頂へかけての空に見えた。ちょうど紙テープを投げるように西から東へ延びていくのであった。一同で見物する。この歳になるまでこんなお光りは見たことがないと母上が云う。

八月二十七日　晴

志村の家で泊る、珍らしい日本晴。旧暦十六夜《いざよい》の月が赤く森から出る。

八月二十八日　晴、驟雨

朝霧が深く地を這《は》う。草刈。百舌《もず》が来たが鳴かず。夕方の汽車で帰るころ、雷雨の先端が来た。加藤首相葬儀。

八月二十九日　曇、午後雷雨

午前気象台で藤原君の渦や雲の写真を見る。

八月三十日　晴

妻と志村の家へ行きスケッチ板一枚描く。

九月一日　（土曜）

朝はしけ模様で時々暴雨が襲ってきた。非常な強度で降っていると思うと、まるで断ち切ったようにぱたりと止む、そうかと思うとまた急に降り出す実に珍らしい断続的な降り方であった。雑誌『文化生活』への原稿「石油ランプ」を書き上げた。雨が収まったので上野二科会《にかかい》展招待日の見物に行く。会場に入ったのが十時半ごろ。蒸暑かった。フランス展の影響が著しく眼についた。T君と喫茶店で紅茶を呑《の》みながら同君の出品画「I崎の女」に対するそのモデルの良人からの撤回要求問題の話を聞いているうちに急激な地震を感じた。椅子に腰かけている両足の蹠《うら》を下から木槌《きづち》で急速に乱打するように感じた。たぶんその前に来たはずの弱い初期微動を気がつかずに直ちに主要動を感じたのだろうという気がして、それにしても妙に短週期の振動だと思っているうちにいよいよ本当の主要動が急激に襲ってきた。同時に、これは自分の全く経験のない異常の大地震であると知った。その瞬間に子供の時から何度となく母上に聞かされていた土佐の安政《あんせい》地震の話がありあり想出され、ちょうど船に乗ったようにゆたりゆたり揺れるという形容が適切である事を感じた。仰向《あおむ》いて会場の建築の揺れ工合《ぐあい》を注意して見ると四、五秒ほどと思われる長い週期でみしみしみしみしと音を立てながら緩やかに揺れていた。それを見たときこれならこの建物は大丈夫だということが直感されたので恐ろしいという感じはすぐになくなってしまった。そうして、この珍らしい強震の振動の経過をできるだけ精《くわ》しく観察しようと思って骨を折っていた。

主要動が始まってびっくりしてから数秒後に一時振動が衰え、この分ではたいした事もないと思うころにもう一度急激な、最初にも増した烈《はげ》しい波が来て、二度目にびっくりさせられたが、それからはしだいに減衰して長週期の波ばかりになった。

同じ食卓にいた人々はたいてい最初の最大主要動で吾《われ》がちに立上がって出口の方へ

駆出して行ったが、自分らの筋向いにいた中年の夫婦はその時はまだ立たなかった。しかもその夫人がビフテキを食っていたのが、少くも見たところ平然と肉片を口に運んでいたのがハッキリ印象に残っている。しかし二度目の最大動が来たときは一人残らず出てしまって場内はがらんとしてしまった。油画《あぶらえ》の額はゆがんだり、落ちたりしたのもあったがたいていはちゃんとして懸かっているようであった。これで見ても、そうこの建物の震動は激烈なものでなかったことがわかる。あとで考えてみると、これは建物の自己週期が著しく長いことが有利であったのであろうと思われる。震動が衰えてから外の様子を見に出ようと思ったが喫茶店のボーイも一人残らず出てしまって誰も居ないので勘定をすることができない。それで勘定場近くの便所の口へ出て低い木柵越しに外を見ると、そこに一団、かしこに一団というふうに人間が寄集って茫《ぼう》然《ぜん》として空を眺めている。この便所口から柵を越えて逃出した人々らしい。空はもう半ば晴れていたが千切れ千切れの綿雲が嵐の時のように飛んでいた。そのうちにボーイの一人が帰ってきたので勘定をすませた。ボーイがひどく丁寧に礼を云ったように記憶する。出口へ出るとそこでは下足番の婆さんがただ一人落ち散らばった履物《はきもの》の整理をしているのを見つけて、預けた蝙蝠傘《こうもりがさ》を出してもらって館の裏手の集団の中からT画伯を捜しあてた。同君の二人の子供も一緒に居た。その時気のついたのは附近の大木の枯枝の大きなのが折れて墜《お》ちている。地震のために折れ落ちたのかそれとも今朝の暴風雨で折れたのか分らない。T君に別れて東照宮《とうしょうぐう》前の方へ歩いてくると異様な黴臭《かびくさ》い匂が鼻を突いた。空を仰ぐと下谷《したや》の方面からひどい土ほこりが飛んでくるのが見える。これは非常に多数の家屋が倒潰《とうかい》したのだと思った、同時に、これでは東京じゅうが火になるかもしれないと直感された。東照宮前から境内を覗《のぞ》くと石灯籠《どうろう》は一つ残らず象棋《しょうぎ》倒しに北の方へ倒れている。大鳥居の柱は立っているが上の横桁《よこげた》が外れかかり、しかも落ちないで危く止《とど》まっているのであった。精養軒《せいようけん》のボーイ達が大きな桜の根元に寄集まっていた。大仏の首の落ちた事は後で知ったがその時は少しも気が付かなかった。池の方へ下りる坂脇の稲荷《いなり》の鳥居も、柱が立って桁が落ち砕けていた。坂を下りて見ると不忍弁天《しのばずべんてん》の社務所が池の方へのめるように倒れかかっているのを見て、なるほどこれは大地震だなということがようやくはっきり呑込めてきた。

無事な日の続いているうちに突然に起った著しい変化を充分にリアライズするには存外手数が掛かる。この日は二科会を見てから日本橋辺へ出て昼飯を食うつもりで出掛けたのであったが、あの地震を体験し下谷の方から吹上げてくる土埃《ぼこ》りの臭を嗅《か》いで大火を予想し東照宮の石灯籠のあの象棋倒しを眼前に見ても、それでもまだ昼飯のプログラムは帳消しにならずそのままになっていた。しかし弁天社務所の倒潰を見たとき初めてこれはいけないと思った、そうして始めて我家の事が少し気懸りになってきた。

弁天の前に電車が一台停ったまま動きそうもない。車掌に聞いてもいつ動き出すか分らないという。後から考えるとこんなことを聞くのがどんな非常識であったかがよく分るのであるが、その当時自分と同様の質問を車掌に持出した市民の数は万をもって数えられるであろう。

動物園裏まで来ると道路の真中へ畳を持出してその上に病人をねかせているのがあった。人通りのない町はひっそりしていた。根津を抜けて帰るつもりであったが頻繁に襲ってくる余震で煉瓦《れんが》壁の頽《くず》れかかったのがあらたに倒れたりするのを見て低湿地の街路は危険だと思ったから谷中三崎町《やなかさんさきちょう》から団子坂《だんご》へ向った。谷中の狭い町の両側に倒れかかった家もあった。塩煎餅屋《しおせんべいや》の取散らされた店先に烈日の光がさしていたのが心を引いた。団子坂を上って千駄木へ来るともう倒れかかった家などは一軒もなくて、ところどころただ瓦の一部分剝《は》がれた家があるだけであった。曙町《あけぼのちょう》へはいると、ちょっと見たところではほとんど何事も起らなかったかのように森閑として、春のように朗かな日光が門並を照らしている。宅の玄関へはいると妻は箒《ほうき》を持って壁の隅々からこぼれ落ちた壁土を掃除しているところであった。隣の家の前の煉瓦塀はすっかり道路へ崩れ落ち、隣と宅の境の石垣も全部、これは宅の方へ倒れている。もし裏庭へ出ていたら危険なわけであった。聞いてみるとかなりひどいゆれ方で居間の唐紙《からかみ》がすっかり倒れ、猫が驚いて庭へ飛出したが、我家の人々は飛出さなかった。これは平生幾度となく家族に云い含めてあったことの効果があったのだというような気がした。ピアノが台の下の小滑車で少しばかり歩き出しており、花瓶台の上の花瓶が板間にころがり落ちたのが不思議に砕けないでちゃんとしていた。あとは瓦が数枚落ちたのと壁に亀裂《きれつ》が入ったくらいのものであった。長男が中学校の始業日で本所《ほんじょ》の果まで行っていたのだが地震のときはもう帰宅していた。それで、時々の余震はあっても、その余は平日と何も変ったことがないような気がして、ついさきに東京中が火になるだろうと考えたことなどは綺麗に忘れていたのであった。

そのうちに助手の西田君が来て大学の医化学教室が火事だが理学部は無事だという。N君が来る。隣のTM教授が来て市中ところどころ出火だという。縁側から見ると南の空に珍らしい積雲《せきうん》が盛り上っている。それは普通の積雲とは全くちがって、先年桜島《さくらじま》大噴火の際の噴雲を写真で見るのと同じように典型的のいわゆるコーリフラワー状のものであった。よほど盛な火災のために生じたものと直感された。この雲の上には実に東京ではめったに見られない紺青《こんじょう》の秋の空が澄み切って、じりじり暑い残暑の日光が無風の庭の葉鶏頭《はげいとう》に輝いているのであった。そうして電車の音も止り近所の大工の音も止み、世間がしんとして実に静寂な感じがしたのであった。

夕方藤田君が来て、図書館と法文科も全焼、山上集会所も本部も焼け、理学部では木造の数学教室が焼けたと云う。夕食後E君と白山《はくさん》へ行って蠟燭《ろうそく》を買ってくる。TM

氏が来て大学の様子を知らせてくれた。夜になってから大学へ様子を見にいく、図書館の書庫の中の燃えているさまが窓外からよく見えた。一晩中くらいはかかって燃えそうに見えた。普通の火事ならば大勢の人が集っているであろうに、あたりには人影もなくただ野良犬が一匹そこいらにうろうろしていた。メートルとキログラムの副原器を収めた小屋の木造の屋根が燃えているのを三人掛りで消していたが耐火構造の室内は大丈夫と思われた。それにしても屋上にこんな燃草をわざわざ載せたのは愚かな設計であった。物理教室の窓枠の一つに飛火が付いて燃えかけたのを秋山、小沢両理学士が消していた。バケツ一つだけで弥生町《やよいちょう》門外の井戸まで汲みに行ってはぶっかけているのであった。これも捨てておけば建物全体が焼けてしまったであろう。十一時ごろ帰る途中の電車通は露宿者でいっぱいであった。火事で真紅に染まった雲の上には青い月が照らしていた。

九月二日　曇

朝大学へ行って破損の状況を見廻ってから、本郷通りを湯島《ゆしま》五丁目辺まで行くと、綺麗に焼払われた湯島台の起伏した地形が一目に見え上野の森が思いもかけない近くに見えた。兵燹《へいせん》という文字が頭に浮んだ。また江戸以前のこの辺の景色も想像されるのであった。電線がかたまりこんがらがって道を塞《ふさ》ぎ焼けた電車の骸骨《がいこつ》が立往生していた。土蔵もみんな焼け、ところどころ煉瓦塀の残骸が交っている。焦げた樹木の梢《こずえ》がそのまま真白に灰をかぶっているのもある。明神《みょうじん》前の交番と自働電話だけが奇蹟《きせき》のように焼けずに残っている。松住町《まつずみちょう》まで行くと浅草下谷方面はまだ一面に燃えていて黒煙と焔《ほのお》の海である。煙が暑く咽《むせ》っぽく眼に滲《し》みて進めない。その煙の奥の方から本郷の方へと陸続と避難してくる人々の中には顔も両手も火膨《ひぶく》れのしたのを左右二人で肩に凭《もた》らせ引きずるようにして連れてくるのがある。そうかと思うとまた反対に向うへ行く人々の中には写真機を下げて遠足にでも行くような呑気《のんき》そうな様子の人もあった。浅草の親戚《しんせき》を見舞うことは断念して松住町から御茶《おちゃ》の水《みず》の方へ上って行くと、女子高等師範の庭は杏雲堂《きょううんどう》病院の避難所になっていると立札が読まれる。御茶の水橋は中ほどの両側が少し崩れただけで残っていたが駿河台《するがだい》は全部焦土であった。明治《めいじ》大学前に黒焦の死体がころがっていて一枚の焼けたトタン板が被《かぶ》せてあった。神保町《じんぼうちょう》から一ツ橋《ひとつばし》まで来てみると気象台も大部分は焼けたらしいが官舎が不思議に残っているのが石垣越しに見える。橋に火がついて燃えているので巡査が張番していて人を通さない。自転車が一台飛んできて制止にかまわず突切って渡っていった。堀に沿うて牛《うし》が淵《ふち》まで行って道端で憩《いこ》うていると前を避難者が引切なしに通る。実にいろんな人が通る。五十恰好《かっこう》の女が一人大きな犬を一匹背中におぶっていく、風呂敷《ふろしき》包一つ持っていない。浴衣《ゆかた》が泥水でも浴びたかのように黄色く染まっている。多勢の人が見ているのも無関心のようにわき見もしないで急いでいく。若い男で大きな蓮《はす》の葉を頭にかぶって上から手拭《てぬぐい》でしばっているのがある。それからまた氷袋に水を入れたのを頭にぶら下げて歩きながら、時々その水を煽《あお》っているのもある。と、土方《どかた》ふうの男が一人縄で何かガラガラ引きずりながら引っぱってくるのを見ると、一枚の焼けトタンの上に二尺角くらいの氷塊をのっけたのをなんとなく得意げに引きずっていくのであった。そうした行列の中を一台立派な高級自動車が人の流れに堰《せ》かれながらいるのを見ると、その中にはたぶん掛物でも入っているらしい桐の箱がいっぱいに積込まれて、その中にうずまるように一人の男が腰をかけてあたりを見廻していた。

帰宅してみたら焼け出された浅草の親戚のものが十三人避難してきていた。いずれも何一つ持出すひまもなく、昨夜上野公園で露宿していたら巡査が来て〇〇《ママ》人の放火者が徘徊《はいかい》するから注意しろと云ったそうだ。井戸に毒を入れるとか、爆弾を投げるとかさまざまな浮説が聞こえてくる。こんな場末の町へまでも荒して歩くためには一体何千キロの毒薬、何万キロの爆弾が入るであろうか、そういう目の子勘定だけからでも自分にはその説は信ぜられなかった。

夕方に駒込《こまごめ》の通へ出てみると、避難者の群が陸続と滝野川《たきのがわ》の方へ流れていく。表通の店屋などでも荷物を纏《まと》めて立退用意をしている。帰ってみると、近所でも家を引払ったのがあるという。上野方面の火事がこの辺まで焼けてこようとは思われなかったが万一の場合の避難の心構だけはした。さて避難しようとして考えてみると、どうしても持出さなければならないような物はほとんど無かった。ただ自分の描き集めた若干の油絵だけがちょっと惜しいような気がしたのと、人から預っていたローマ字書きの書物の原稿に責任を感じたくらいである。妻が三毛猫だけ連れてもう一匹の玉の方は置いていこうと云ったら、子供らがどうしても連れていくと云ってバスケットかなんかを用意していた。

九月三日（月曜）曇後雨

朝九時ごろから長男を板橋《いたばし》へやり、三代吉を頼んで白米、野菜、塩などを送らせるようにする。自分は大学へ出かけた。追分の通の片側を田舎へ避難する人が引切なしに通った。反対の側はまだ避難していた人が帰ってくるのや、田舎から入込んでくるのが反対の流れをなしている。呑気《のんき》そうな顔をしている人もあるが見ただけでずいぶん悲惨な感じのする人もある。負傷した片足を引きずり引きずり杖にすがっていく若者の顔にはどこへ行くというあてもないらしい絶望の色があった。夫婦して小さな躄車のようなものに病人らしい老母を載せて引いていく、病人が塵埃《じんあい》で真黒になった顔を俯向《うつむ》けている。

帰りに追分辺でミルクの缶やせんべい、ビスケットなど買った。焼けた区域に接近した方面のあらゆる食料品屋の店先はからっぽになっていた。そうした食料品の欠乏が漸次に波及していく様が歴然とわかった。帰ってから用心に鰹節《かつおぶし》、梅干、缶詰、片栗粉等を近所へ買いにやる。なんだか悪い事をするような気がするが、二十余人の口を託されているのだからやむを得ないと思った。午後四時にはもう三代吉の父親の辰五郎が白米、薩摩《さつま》芋、大根、茄子《なす》、醬油《しょうゆ》、砂糖など車に積んで持ってきたので少し安心する事ができた。しかしまたこの場合に、台所から一車もの食料品を持込むのはかなり気の引けることであった。

E君に青山《あおやま》の小宮君の留守宅の様子を見にいってもらった。帰っての話によると、地震の時長男が二階に居たら書棚が倒れて出口をふさいだので心配した、それだけで別に異状はなかったそうである、その後は邸前の処に避難していたそうである。

夜警で一緒になった人で地震当時前橋《まえばし》に行っていた人の話によると、一日の夜の東京の火事はちょうど火柱のように見えたので大島《おおしま》の噴火でないかという噂があったそうである。

（昭和十年十月）

三斜晶系

一　夢

七月二十七日は朝から実に忙がしい日であった。朝起きるとから夜遅くまで入れ代り立ち代り人に攻められた。くたびれ果てて寝たその明方にいろいろの夢を見た。

土佐の高知の播磨屋橋《はりまやばし》の傍を高架電車で通りながら下の方を覗《のぞ》くと街路が上下二層にできていて堀河の泥水が遠い底の方に黒く光って見えた。

四辻《よつつじ》から二軒目に緑屋と看板のかかったたぶん宿屋と思われる家がある。その狭い入口から急な階段を上がると、中段の踊り場に花売りの女がいた。それを見ると妙に悲しかった。なぜか分らない。

大きな日本座敷の中にベンチがたくさん並んでいる。そこで何か法事のような儀式が行われているか、あるいはこれから行われようとしているらしい。自分はいつのまにか紋付袴《もんつきはかま》の礼装をしている。自分の前に向合って腰かけた男が、床上に誰かが持ってきておいた白い茶碗《ちゃわん》のようなものを踏むとそれがぱちりと砕けた。すると自分も同じように自分の脚元にある白い瀬戸物を踏み砕いた。いったいどういうわけでそんな事をするのか自分でも分らないで変な気持がした。濃紫の衣裳《いしょう》を着た女が自分の横に腰掛けているらしかった。何か不安な予感のようなものがそこいらじゅうに動いているようであった。

いつのまにかどこかの離れ島に渡っていた。海を距《へだ》てて遥《はるか》の向うに群青色の山々が異常に高く聳《そび》え連なっている。山々の中腹以下は黄色に代赭《たいしゃ》を隈取《くまど》った雲霧に隠れて見えない。すべてが岩絵具で描いた絵のように明るく美しい色彩をしている。もちろん土佐の山々だろうと思って、子供の時から見馴《みな》れたあの峰この峰を認識しようとするが、どうも様子がちがってそれらしいのがはっきり分らない。だんだん心細くなってきた。

昔の同窓で卒業後まもなく早世したS君に行逢った。昔のとおりの丸顔に昔のとおりの眼鏡をかけている。話をしかけたが、先方ではどうしても自分を想出してくれない。他の同窓の名前を列挙してみても無効である。

浜辺に近い、花崗《かこう》石の岩盤でできた街路を歩いていると横手から妙な男が自分を目がけてやってくる。藁帽《わらぼう》に麻の夏服を着ているのはいいが、鼻根から黒い布片をだらりと垂らして鼻から口のまわりをすっかり隠している。近づくと帽子を脱いで、その黒い鼻のヴェールを取り外ずしはしたが、いっこう見覚えのない顔である。「私はNの兄ですが、いつかお尋ねした時はお加減が悪いというのでお目にかかれませんでして」と云う。ちっとも覚えがないし、第一自分の近い交遊の範囲内にNという姓の人は一人もないようである。

なんだか急に帰りたくなってきた。便船はないかと聞いてみるとそんなものはこの島にはないという。この間○○帝大総長が帰る時は八挺艪《はっちょうろ》の漁船を仕立てて送ったのだという。

宅へ沙汰《さた》なしでうっかりこんな処へ来てしまって、いつ帰られるか分らないことになって、これは困ったことができたと思って、黒い海面のかなたの雲霧の中を眺めていたら眼がさめた。胃の工合が悪くて腹が引きつるようであった。そのためにこんな不安な夢を見たのであろう。

前々日A研究所の食堂で雑談の際に今度政府で新計画の航空路の噂が出て、大阪から高知までたった一時間五十五分で行かれるというような事を話し合った。その時自分の意識の底層に郷里の高知の町の影像が動きかけたが、それっきりで表層までは現われないで消えていた。それが夢の中で高知の播磨屋橋を呼出し、また飛行機の構造か何かが二重層の文化街を暗示したのではないかと思われる。後の場面に現われた土佐の山脈もまたここに縁を引いているかもしれない。

「みどりや」という宿屋には覚えがない。しかしやはり前日家人と沓掛《くつかけ》行の準備について話しをしたとき、今度行ったらグリーンホテルで泊ってそこでたまっている仕事を片づけようと思う、というようなことも云った覚えがある。しかし、グリーンホテルを緑屋などと訳してみた覚えは全然ないのであるが、いつか一度ぐらいひょっとそんな事を考えてそれきり忘れていたのが夢という現象の不思議な機巧によって忘却の闇《やみ》の奥から幻像の映写幕の上に引出されたのではないか、そうとでも考えなければ全然説明ができないのである。

階段の花売りについてはどうも心当りがない。しかしことによると前日新宿の百貨店で造花の売場の前を通ったときの無意識の印象が無意識な過程を通じてこれに関係しているのかもしれない。

法事の場面については心当りがある。前夜の夕刊に青森県大鰐《おおわに》の婚礼の奇風を紹介した写真があって、それに紋付羽織袴《もんつきはおりはかま》の男装をした婦人が酒樽《さかだる》に附添って嫁入行列の先頭に立っている珍妙な姿が写っている。これが自分の和服礼装に変相し、婚礼が法事に反訳されたのかもしれない。紫色の服を着た女はやはり同じ写真の中に現われた黒い式服の中年婦人の変形であるとしたところで、瀬戸物を踏み砕く一条だけは説明困難である。あるいは葬式や嫁入の門先に皿鉢を砕く、あの習俗がこんな妙な形に歪《わい》曲《きょく》されて出現したのかもしれない。

島へ渡ったのは、たぶん大阪高知間飛行の話の時に思浮べた瀬戸内海の島が素因をなしているかと思われる。

前日の昼食時にA君が、自分の昔の同窓の一人で現に生存しているある人の事について ほんのちょっとばかり話しをした。その瞬間に自分の頭の中のどこかの隅を他の同窓の誰れ彼れの影が通り過ぎてすぐ消えたのかもしれない、そうして中でも一番早く亡くなったS君の記憶が多少特別なアクセントをもって印銘された、その余響のようなものがこの夢のS君出現の動機になったのだと仮定すると不思議でなくなる。Nの兄というのは全然見当がつかないし、その鼻隠しのヴェールに至ってはさらに奇中の奇である。帝大総長の引合に出るのもどうも解釈がつかない。これはフロイドかそのお弟子《でし》に頼むほかないと思われる。とにかくそういう人達の参考になるかもしれないと思ったのでできるだけ忠実にこのひと朝の夢の現象を記録したつもりである。

二　蜻蜓

八月初旬のある日の夕方信州星野《ほしの》温泉のうしろの丘に散点する別荘地を散歩していた。蜻蜓《とんぼ》が一匹飛んできて自分の帽子の上に止まったのを同伴の子供が注意した。こういう事はこの土地では毎日のように経験することである。

ステッキの尖端を空中に向けて直立させているとそれに来てとまる。そこでステッキをその長軸のまわりに静に廻転させると、蜻蜓はステッキの廻るのとは逆の方向にからだを廻わして、周囲の空間に対して、常に一定の方向を保とうとする。そういう話を前日子供達から聞いていたのではたして事実かどうか実験してみようと思った。

帽子を離れた蜻蜓が道端の草に移った。その傍にステッキの尖端を近づけて二、三度操っていたら、うまく乗り移ってきた。静にステッキを垂直に取直しておいて、そろそろ廻転させてみた。はじめはいっこうに気づかないようであるが九十度以上も廻転すると何かしら異常を感じるらしく、摑《つか》まっている脚を動かしてからだを捻《ね》じ向ける。しかしそれはわずかに十度か二十度ぐらい廻転するだけで、すっかり元の方向まで向き直るようなことはない。なんべんも繰返してみたが同じ結果であった。

道路に沿うて頭の上を電線が走っている。それにたくさんの蜻蜓が止まっているが、それがみんなだいたい東を向いている。ステッキの蜻蜓が最初に止まったのと同じ向きである。

夕日がもう低く傾いていて、蜻蜓はみんなそれに尻《しり》を向けているのであった。当時ほとんど無風で、少くも人間に感じるような空気の微動はなかったので、ことによると蜻蜓はあの大きな眼玉を夕日に照りつけられるのが厭《いや》で反対の方に向いているのではないかとも思われた。

試に近い範囲の電線に止まっている三十五匹の蜻蜓の体軸と電線との挟む角度を一つ一つ目測して読取りながら娘に筆記させた。その結果を図示してみるとそれらの角度の統計的分布は明瞭《めいりょう》に典型的な誤差曲線を示している。三十五匹のうち九匹はだいたい東西に走る電線に対してその尻を南へ十度ひねって止まっている。この最大頻度《ひんど》の方向から左右へ各三十度の範囲内にあるものが十九匹である。つまり三十五のうちの二十八だけ、すなわち八十プロセントだけは、三十度以内まで一定の方向に狙いをつける能力をもっていたといわれる。

残りの二十プロセントすなわち七匹のうちで三匹だけは途方もなく見当をちがえて、最大頻度方向からそれぞれ百三十度と百四十度と百六十度というむしろ反対の方向をむいていた。人間流に考えるとこの三匹は呑気《のんき》で無神経で、つまり環境への順応が遅鈍であるのか、それともつむじ曲りのあまの邪鬼であるのかとも思われる。しかしまた考えてみると、蜻蜓の方向を支配する環境的因子はいろいろあるであろうから、他の多数の蜻蜓が感じないようなある特殊な因子に敏感な少数のものだけが大衆とはちがった行動を取っているのかもしれないと思われた。そのようなことの可能性を暗示する一つの根拠は、最大頻度方向より三十度以上の偏異を示す七匹のどれもがみんなその尾端を電線の南側に向けており、反対に北側に向けたのはただの一匹もなかったという事実である。

その翌日の正午ごろ自分達の家の前を通っている電線に止まった蜻蜓を注意して見ると、やはりだいたい統計的には一定方向をむいているが、しかし、太陽に尻を向けるという仮説には全然適合しない方向を示していた。ちょうど正午であるから、たとえどちらを向いてみても眼玉を照らされるのはだいたい同じだから、少々この場合には何か他の環境条件に支配されているだろうと思われた。

それから、ずっと毎日電線の蜻蜓のからだの向きを注意して見たが、結局彼らの体向を支配する第一因子は風であるということになった。地上で人体には感じない程度の風でも巻煙草《たばこ》に点火したのを頭上にかざしてみれば流向が分る、その程度の風に蜻蜓は敏感に反応して常に頭を風に面するような態度を取るのである。

もっとも、地上数メートルの間では風速は地面から上へと急激に増すから、電線の高さでは人間の感ずるよりはいくらか強い気流があるには相違ない。

谷間の土地であるから地形により数町はなれると風向がよほどちがう場合が多い。そういう場合に、いつでもまたどこでも、その時その場所の風に頭を向けている。時刻がだいたい同じなら太陽の方向は同じであると考えていいのであるから、太陽の影響は、もしいくらかあるにはあるとしてもそれは第二次的以下のものであるという結論になるのである。

この瑣末《さまつ》な経験はいろいろなことを自分に教えてくれた。

最初気づいた時にはおそらく、微弱な風がちょうど偶然太陽の方向に流れていたであろう、それを考えないで、蜻蜓の尻を捻じ向けたのは太陽だと早呑込をしてしまったのであった。

しかしまたこの事から、蜻蜓の止まっているときの体向は太陽の方位には無関係であるという結論を下したとしたら、それはまた第二の早合点という錯誤を犯すことになるであろう。この点を確かめるには、実験室内でできるだけ気流をならしておいて、その中で養ってある蜻蜓にいろいろの向きからいろいろの光度の照明をして実験することもできなくはない。しかし実験室内に捕われた蜻蜓がはたして野外の自由な蜻蜓と全く同じ性能をもつと仮定してよいかどうかという疑問は残る。

一番安全な方法はやはり野外でたくさんの観測を繰返し、おのおのの場合の風向風速、太陽の高度方位、日照の強度、その他あらゆる気象要素を観測記録し、それに各場合の地形的環境も参考した上で、統計的分析法を使用して、各要素固有の効果を抽出することであろうと思われる。

現在測候所で用いているような風速計では感度が不十分であるから、何か特別弱い風を測るに適した風速計の設計が必要になるであろうと思われた。また一方蜻蜓の群が時には最も敏感な風向計風速計として使われうるであろうということも想像された。風速によって蜻蜓の向きの平均誤差が減少するであろうと想像される。その影響の量的数式的関係なども少し勉強すれば容易に見つかりそうに思われる。アマチュア昆虫生態学者にとっては好箇のテーマになりはしないかという気がしたのであった。

蜻蜓がいかにして風の方向を知覚し、いかにしてそれに対して一定の姿勢をとるかということがまた単に生物学者・生理学者のみならず、物理学者・工学者にまでもいろいろの問題を提供するであろうと思われた。

人間を蜻蜓に比較するのはあまりに無分別かもしれない。しかし、ある時代のある国民の思想の動向をある方向に引き向ける第一、第二の因子が何かしら存在している、それを観察し認識する能力が現在の吾々《われわれ》には欠けているのではないかという気がする。そうして一層難儀なことはその根本的な無知を自覚しないで本当は分らないことを分ったつもりになったりあるいは第二次以下の末梢的《まっしょうてき》因子を第一次の因子と誤認したりして途方もない間違った施設方策をもって世の中に横車を押そうとするもののあることである。

人類を幸福に世界を平和に導く道は遼遠《りょうえん》である、そこに到達する前にまず吾々は手近な蜻蜓の習性の研究から完了してかからなければならないではないか。

この蜻蜓の問題が片付くまでは、自分にはいわゆる唯物論的社会学経済学の所論をはっきり理解することが困難なように思われるのである。

三　三上戸

あるビルディングの二階にある某日本食堂へ昼飯を食いに上がった。デパートの休日でない日はそれほど込合っていない。

室内を縦断する通路の自分とは反対側の食卓に若い会社員らしいのが三人、註文《ちゅうもん》した鰻《うなぎ》どんぶりのできるのを待つ間の談笑をしている。もっぱら談話をリードしているその中の一人が何か二言、三言云ったと思うと他の二人が声を揃えて爆笑する、それに誘われて話し手自身も愉快そうに大きく笑っている。三、四秒ぐらいの週期で三声ぐらい繰返して笑うと黙ってしまう。また二言、三言何か云ったと思うと再び同じような爆笑が起ってそれが三声つづく。また何かいう。また笑う。

そういうかなり規則正しい爆笑の週期的発作が十秒ないし二十秒ぐらいの間隔をおいて実に根気よく繰返されていた。

何を話しているか何がおかしいか分らない傍観者の自分には、この問題的な爆笑が全く機械的な現象のように思われてきた。何かわりに簡単なゼンマイ仕掛のメカニズムで、これと同じような動作をする三人組のロボットを造ろうと思えばいつでも造れそうな気がした。

この三人の話していることは何であったにせよ、それと全く同じことを同じ三人がいついかなる場所で話し合ってもこの場合と同じように笑えるかどうか。どうもそうとは限らないであろうと思われた。この場合にこの人たちをこんなに他愛なく笑わせているのは談話の内容よりもむしろこれらの人の内的・外的な環境条件ではないかという気がした。

午前中忙しく働く。それが正午のベルだか笛だかで解放され向う一時間の自由を保証されて食堂へかけ込む。腹が相当に減っている。まさに眼前に現われんとする御馳《ごち》走《そう》への期待が意識の底層に軽く動揺している。こういう瞬間が最も他愛のない軽口とそれに対する爆笑を誘発するに適当なものではないか。とにかく、これも未来の生理学的心理学者の研究題目の一つにはなりそうだと思われた。

そのうち鰻《うなぎ》どんぶりが三人の前に搬《はこ》ばれて食事が始まると同時に今までの間歇《かんけつ》的爆笑がぴたりと止まってしまった。食事をしながらも低声で談話は進行していたが、今までとちがって話が急に何か知らないが真面目な軌道へはいり込んだかのように見えた。

食事のあとで林檎《りんご》か何か食っていたようであったが、とにかく三人のムードが、食前とはすっかり一変して、なんとなく気重く落着いた、眠ったいような雰囲気《ふんいき》がその食卓の上にただよっているように感ぜられた。

自分の席から二つ三つ前方の席に、向うをむいて腰かけている老人の後姿が見えていた。だいぶよれよれになった背広を着て、だん袋のようなズボンをはいているようであった。自分より前から来ていたが註文の品が手間どるので少しじりじりしているらしくなんとなく落着かない挙動がうしろから見ている自分の眼についた。

向う側の三人の爆笑とそれに続く沈静との週期的交代の観察に気を取られて、しばらく前方の老人の事を忘れていたが、突然、実に突然にその老人が卓上の呼鈴をやけくそに叩きつけるけたたましい音に驚かされてその方に注意を呼びもどされた。

老人は近づいてきた給仕を相手に妙に押しつぶしたような声で何か掛け合いをはじめている。「いったいこれはいくらじゃ、向うのお客は五十銭払った。それだのにわしは七十銭じゃ。——いや、器はちがわん……」といったようなはなはだやるせのない苦情を云っているらしい。給仕頭《きゅうじがしら》と見える若い白服の男がやってきて小声で何か弁解している。老人はまた「ほかの客にはタオルを持ってくるのに、わしには持ってこんじゃないか」とも云っているようである。

これが二十年前のこういう種類の飲食店だと、店の男が揉手《もみで》をしながら、とにかく口の先で流麗に雄弁な詫言《わびごと》を云って、頭をぴょこぴょこ下げて、そうした給仕女を叱ってみせるところであろうが、時代の一転した一九三五年の給仕監督はきわめて事務的に冷静に米国ふうに事がらを処理していた。媚《こ》びず怒らず詐《いつわ》らず、しかも鷹揚《おうよう》に食品定価の差等について説明する、一方ではあっさりとタオルの手落を謝しているようであった。

しかし悲しいことにはこのたぶん七十歳に遠くはないと思われる老人には今日が一九三五年であることの自覚が鮮明でないらしく見えた。

この老人のやるせなき不平と堪えがたき憤懣《ふんまん》を傍観していた自分は、妙に少し感傷的な気分になってきた。なんだかひどく淋《さび》しいような心細いような得体の知れない気持が腹の底から湧いてくるように思われた。

ずっと前のことであるが、ある夏の日銀座の某喫茶店に行っていたら、隣席に貧しげな西洋人の老翁がいて、アイスクリームを食っていた。それが、通りかかったボーイを呼止めて何か興奮したような大声で「カントクサン、呼んで下さい。カントクサン、呼んで下さい」と繰返している。やがてやってきたボーイ頭をつかまえて「コノアイスクリーム、チトモツメタクナイ。ワタクシもう三つ食べました。チトモツメタクナイ。——。ツメタイノ持ってきて下さい。ツメタイアイスクリーム持ってきて下さい」というのである。

結局シャーベットか何かを持ってきたのでそれでやっとどうやら満足したらしく、傍観者の自分もそれでやっと安堵《あんど》の想をしたことであった。

その「つめたいアイスクリーム」の「つめたい」に特別のアクセントを置いて、なんべんとなく、泣くように訴えるように怨《うら》むように、また堪えがたい憤懣を押しつぶしたような声で繰返している片言まじりの日本語を聞いていたときに、自分はやはり妙に悲しいような淋しいような情ないような不思議な感じに襲われて、その当時の印象がいつまでも消えないで残っていた。それも今この眼前の老人の「七十銭」と「タオル」の事件に際して再び如実に想出したのであった。

老人がその環境への不満から腹を立てている。しかし周囲の人はそれをきわめて軽く取扱っている、そうした光景を見るとき自分は子供の時分から妙に一種の悲哀に似たあるものを感じる癖があったような気がする。小説や戯曲でもそういう場面がしばしば自分を感傷的にした。あらゆる悲劇中でそういうものを一番悲劇的に感ぜられたような気がする。なぜだか分らない。自分が年を取って後にもしかあんなになったらさぞ淋しいだろうと思う、子供としてははなはだしい取越苦労のせいであったろうとばかりも思われない。何か幼時の体験と結び付いた強い印象の影響かもしれない。

今ではもう自分自身が老人になりかけている。人が見たらもうなっているのかもしれない。そろそろもうアイスクリームの冷たくないのに屈辱の余味を帯びた憤懣を感じ、タオルの偶然な差別待遇にさえ世に捨てられでもしたような悲みと憤りを覚えることの可能な年齢に近づきつつあるのかもしれない。

こんな事をうかうか考えている自分を発見すると同時にまた、現在この眼前の食堂の中に期せずして笑い上戸・怒り上戸・泣き上戸、三幅対《さんぷくつい》揃った会合があったのだという滑稽《こっけい》なる事実に気がついたのであった。

（昭和十年十一月『中央公論』）

埋もれた漱石伝記資料

熊本高等学校で夏目先生の同僚にSという○物学の先生がいた。理学士ではなかったがしかし非常に篤学な人で、その専門の方ではとにかく日本有数の権威者だという評判であった。真偽は知らないがいろいろな奇行も伝えられた。日本にたった二つとか三つとかしかない珍らしい標本をいくつか持っているという自慢を聞かされない学生はなかったようである。服装なども無頓着《むとんちゃく》であったらしく、よれよれの和服の着流しで町を歩いている恰好などちょっと高等学校の先生らしく見えなかったという記憶がある。それはとにかく、その当時夏目先生と何かと世間話ししていたとき、このS先生の噂をしたら先生は「アー、Sかー」と云ってそうして口を大きく四角にあけて舌の先で下唇を嘗《な》め廻した。そうして口をつぶってから心持首をかしげるようにしてクスクスとさもおかしいというふうに先生特有の笑い方をした。そういうときに先生はきっと顔を少し赤くしてなんとなくうぶな処女のような表情をするのであった。

その先生の笑いの意味が自分にはよく分らなかった。ただ畸人《きじん》としてのS先生の奇行を想い浮べて笑われたのだろうというくらいにしか思っていなかった。

それから永い年月が経った。夏目先生が亡くなられて後、先生に関する諸家の想出話や何かがいろいろの雑誌を賑《にぎ》わしていたころであったと思うが、ある日思いがけなく昔のS先生から手紙が届いた。三銭切手二枚か三枚貼った恐ろしく重い分厚の手紙を読んでみると、それには夏目先生の幼少なころの追憶が実に詳しく事細かに書き連ねてあるのであった。それによると、S先生は子供のころ夏目先生の近所に住っていていわゆるいたずら仲間であったらしく、その当時のいろいろないたずらのデテールが非常に現実的に記載されているのであった。

夏目先生から自分はかつて一度もその幼時におけるS先生との交渉について聞いた覚えがなかったので、この手紙の内容が全く天から落ちたものででもあるように意外に思われた。そうしてなんとなくこれは本当かしらという気がするのであった。しかしS先生が意識して嘘をわざわざ書かれるはずはないので、詳細の点に関する記憶の誤りや思い違いはあるにしてもだいたいの事実に相違はないであろうと思われた。それで、これは夏目先生に関する一つの資料として保存しておけば他日きっと役に立つ機会があるであろうと思ったので、当時の大学理学部物理教室の自室の書卓の抽斗《ひきだ》しの中に他の大事な手紙と一緒に仕舞込んでおいた。

ところが、その後まもなく自分は胃潰瘍《いかいよう》にかかって職を休んで引籠《ひきこも》ってしまったので、教室の自分の部屋は全くそのままに塵埃のつもるに任せて永い間放置されていた。

そこへ大正十二年の大震災が襲ってきて教室の建物は大破し、崩壊は免れたが今後の地震には危険だという状態になったので、自分の病気が全快して出勤するようになったときは、もう元の部屋にははいらず、別棟の木造平屋建の他教室の一室に仮り住いをすることになった。その時でもまだ元の教室の部屋はだいたい昔のままに物置のような形で保存され黴《かび》とほこりと蜘蛛《くも》の囲《い》の支配に任せてあったのでしたがってこのS先生の手紙もずっとそのままに抽出しの中に永い眠りをつづけていたわけである。

その後自分の生活にはいろいろ急激な変化が起こった。関東震災のおかげで大学に地震研究所が設立されると同時に自分は学部との縁を切って研究所員に転じ、しばらくの間は工学部のある教室のバラックの仮事務所に出入していて、研究所の本建築が出来上がると同時にその方に引越した。こうして転々と居所を変えている間にどうしたことか、元の部屋の机の抽出しの事をすっかり忘れてしまっていたのである。つい近ごろになって「B教授の追憶」を書くときにふとそのB教授の手紙を想出すと同時にこの抽出しとS先生の手紙を想出したのであったが、今ではもう昔の教室の建物はすっかり取毀《とりこわ》されてしまって、昔の机などどうなったか行衛《ゆくえ》も分らず、ましてやその抽出しの中の古手紙など尋ねるよすがもなくなってしまったわけである。実に申訳のない次第である。

S先生の手紙の内容を想出そうと骨折ってみても、もうどうしても想出せない。ただ一つ、なんでも幼ない夏目先生がどこかの塀の上にあがっていて往来人に何かぶっかけて困らせたといったようなことがあったような気がするだけである。要するに、具体的な事件は一つも覚えていないが、ただその手紙の全体としての印象は、先生が手のつけられない悪戯《いたずら》っ児《こ》の悪太郎であったということであった。事実はとにかく幼時における夏目先生が当時のS先生の記憶の中にそんな風に印象されたということは事実であろうと思われるのである。

こういう風に考えてきてから、さらに振返って熊本時代の夏目先生が「アー、Sかー」と云って不思議な笑いを見せられたことを追想するとそこにまたいろいろな面白い暗示が得られるようである。

S先生が生きてさえおられれば、もういっぺんよくお尋ねして確かめる事ができるのであるが残念なことには数年前に亡くなられたので、もうどうにも取返しがつかない。もしS先生の御遺族なりあるいは親しかった人達を尋ねて聞いて歩いたら、あるいはその断片でも回収する望がないでもないかと思われる。

こんなふうに、先生の御遺族や、また御弟子達の思いもつかない方面に隠れ埋もれた資料が存外たくさんあるかもしれない、そういうのは今のうちに蒐集《しゅうしゅう》しなければもはや永久に失われてしまうのではないかと思われる。

そういう例としてはまた次のようなことを想出す。いつか先生との雑談中に「どうも君の国の人間は理窟《りくつ》ばかり云ってやかましくってしようがないぜ」というようなことを冗談半分に云われたことがある。なんでも昔寄宿舎で浜口雄幸《はまぐちおさち》、溝淵進馬《みぞぶちしんま》、大原貞馬《ていま》という三人の土佐人と同室だか隣室だかに居たことがある、そのときこの三人が途方もない大きな声で一晩中議論ばかりしてうるさくて困ったというのである。

この三人の方々に聞いてみたら何かしら学生時代の先生の横顔を偲ばせるような逸話でも聞き出されたかもしれなかったのであるが、浜口氏は亡くなり、大原氏は永く消息を聞かない。溝淵氏は自分らの中学時代に『ラセラス伝』を教わった先生であって、その後ずっと高等学校長を勤めておられたがこれもついごく最近に亡くなられた。

もう一つ、自分の学生時代に世話になった銀座のある商店の養子になっていた人から聞いた話によると、その実家というのが牛込《うしごめ》の喜久井町《きくいちょう》で、そのすぐ裏隣りとかに夏目という家があった、幼ない時のことだから、その夏目家の人についてはなんの記憶もないがその家居のさまなどは夢のように想出されるとのことであった。

こういう種類の思わぬ縁故で先生の生涯の一部に接触した事のある人がまだまだほうぼうにいくらでも隠れているのではないかという気がする。

吾々先生に親しかった人々はよほど用心していないととかく自分らだけの接触した先生の世界の一部分を、先生の全体の上に蔽《おお》い被せてしまって、そうして自分らの都合のいいような先生を勝手に作り上げようとする恐れがある。意識的には無我の真情からそうするにしても結果においては先生にとって嬉《うれ》しくないかもしれない。場合によってはかえって先生の味方でなかったあるいは敵であった人々の方面からも隠れた伝記資料を求める事も必要ではないかと思うのである。敵の証言が味方のそれよりもかえって当人の美点を如実に宣明することもしばしばあるのである。
ただいずれの場合においても応用心理学の方でよく研究されている「証言の心理」「追憶の誤謬《ごびゅう》」に関する十分の知識を基礎としてそれらの資料の整理をしなければならないことはもちろんであるが、しかし整理は百年の後でもできる。資料は一日おくれたら永久に失われる。私はこの機会に夏目先生に関するあらゆる隠れた資料が蒐集され記録される事を切望して止まないものである。

（昭和十年十一月『思想』）

解説

角川源義

『ピタゴラスと豆』に編まれた随筆は寅彦《とらひこ》晩年の執筆にかかる。詳しく云えば昭和八年（五十六歳）六月から歿年《ぼつねん》の十年十一月までに発表され、「蒸発皿」「物質と言葉」「触媒」「蛍光板」、歿後刊行された『橡《とち》の実《み》』に収められている。寅彦随筆は幾たびか変貌《へんぼう》し、転換をとげた。大正十二年に初期の随筆が『藪柑子集《やぶこうじしゅう》』として、大正八年の大患以後の作品が『冬彦集《ふゆひこしゅう》』として刊行されたとき、「困った事には一巻目の著者は藪柑子でないとどうも落ちつかないし、二巻目は吉村《よしむら》冬彦でないとどうもそぐわない心持がする。読者にとってはどうでもいいかも知れぬが、自分の気持はどうもそうでないと内容とそぐわない。これはいろいろ名を偽ったてきめんの報で誰を怨《うら》みんようもない次第」だと小宮《こみや》氏に洩《も》らしている。つまり大患を境として寅彦随筆は第一回の変貌をとげていたのである。

大患後二年ばかりの静養期間に寅彦は読書と執筆に暇《いとま》なかった。大学の講義から離れ、一応隠遁《いんとん》生活というかたちであった。ところで大正十二年九月の関東大震災は科学者寅彦の活動を盛んならしめもし、「折柄眼覚めかかつた自分の活力に新しい刺戟《しげき》を与へた」(『続冬彦集』自序)。いわば寅彦随筆の第二回の脱皮が行われた。震災後は健康状態もよく、心忙しい研究所生活の余暇に執筆活動も行われ、松根・小宮両氏と連句をつくり、セロやフレンチ・ホルンやコルネットなどを習い始め、映画にも興じている。多忙な中に趣味生活も豊かなものとなったのだが、このあいだの随筆が昭和七年に『続冬彦集』として上梓《じょうし》された。『冬彦集』の著者とこの集の著者とは、その内部外部の生活に於いてかなり違った人間であると自覚したほど生活内容に変化があった。

「近頃自分の書くものは、昔よりキメが粗くなつたことに」気づいているが、「生理的に自然の結果ならん」と客観し、「藪柑子集より冬彦集、それから近頃のものと段々馬脚を露《あら》はし来るところも又面白い。」(「昭和五年十二月二十六日　小宮豊隆《とよたか》氏宛書簡」)と云っている。『続冬彦集』の著者はもはや隠遁者ではなく、世間に出て活動している。議会に出かけ、音楽に興じ、映画を論じ、野球時代に生き、カメラを提げ、ラジオ・モンタージュを説く寅彦であった。綜合《そうごう》雑誌の中間読物が如何《いか》に大切であるかは、編輯《へんしゅう》者のみの実感ではない。寅彦はいわばこの中間読物のティピカルなライタアであった。新聞や雑誌は競って寅彦の随筆を求めた。寅彦もまた驚くべき変貌をとげて行った。

この十年間に書きためられた随筆集『続冬彦集』の刊行以来寅彦自身が驚くほど「急に売れっ子」になり、「頻繁に御座敷（雑誌）がかかって来て、うれしいやうな又いやあな気持がしてゐ」た（「昭和八年一月二十三日小宮豊隆氏宛書簡」）。この調子だといまに『キング』や『経済往来《けいざいおうらい》』の類《たぐい》にも恥をさらすようになるだろうと思っていると、果して『経済往来』にねだられて「珈琲《コーヒー》哲学序説」をかくという風に、寅彦の名が雑誌や講座の類に急激に増えて行った。私は『続冬彦集』の刊行を数次の転換期の一つに数えてみたい。かつては雑誌を選ぶほど、気むづかしい神経質な寅彦であったのだが、晩年にはなくなって行ったらしい。一つには余生を考え、家のことを慮《おも》っていたふしが多いのである（「昭和七年三月二十二日小宮氏宛書簡」参照）。後事を当時独逸《ドイツ》にあった藤岡由夫《ふじおかよしお》氏に託したり、「此夏は一つ奮発して軽井沢《かるいざわ》で貸別荘を借り（中略）もう何年生きるかも分らないから、生きているうちに一ぺん位軽井沢で涼んでも罰は当るまいと考へ」（「昭和八年七月十日小宮氏宛書簡」）その年から歿年までの夏は信州野沢《のざわ》温泉に出かけていた。この三年間に五、六冊の随筆集が成ったが、思えばすでに死を予期していて長男東一《とういち》氏の結婚を考え、『決定版漱石全集』刊行を前にして埋れた伝記資料の集録に心を用いていた。本書『ピタゴラスと豆』はいわば寅彦晩年の「軽み」の境涯であって、調子づいたほど次々と発表された随想の全貌を示すものと云ってよいであろう。

になってからは、芭蕉《ばしょう》に思いを致すことが多かった。殊に連句をやるようになってからは、芭蕉のいう「移り」に心がけていた。芭蕉に倣ったわけでもあるまいが、たった一度札幌《さっぽろ》からの帰途、世話になった中谷氏夫妻にあてた船中の書簡（昭和七年十月六日）に「寅翁」と認《したた》めたものがある。日暮れの海から見た函館《はこだて》の町に香港を想い若き日の西遊紀行を偲《しの》び、狂女と同船したりしたことが、そこはかとなく旅の芭蕉を思ったのか、弟子への心やすさの故か、そのおりの「寅翁」は如何にも自然である。芭蕉の伝記類を読みあさった頃、芭蕉の弟子たちが「翁」と称するのを、内輪は兎《と》に角《かく》公刊するものに此《こ》の称を用いてはいけないと云ったのが面白いと感心したことがあった。丁度その頃の日記に芭蕉がしばらくも一処に定住する事が出来ずに遍歴した心持とに何処か共通なところがあるような気がしてならぬ。自分はじっとしていたくても、いろいろな幻像が呼び出しをかける強い誘惑に抵抗しきれず、また抵抗する気もないと書いている。寅彦の随筆には芭蕉のように精霊《モノ》に憑《つ》かれたという状態のものは稀《ま》れのように思うが、そうした激しい感情を押えて客観視して書いた故に、一種の風格が備わって来たものであろうか。故木下杢太郎《きのしたもくたろう》さんの森鷗外《もりおうがい》論がある。鷗外文学の「悲しみ」が何に起因するかという所論だが、寅彦文学にも鷗外と同じ悲しみ、寂しさが底に流れている。ただ寅彦はそれを俳諧《はいかい》化し、また学問への精進に転じていたのである。

『冬《ふゆ》の日《ひ》』蕉風の若さと美しさを愛する人がある。また『猿蓑《さるみの》』の整った格調を好む人がある。『炭俵《すみだわら》』の平明な軽みを取る人がある。人さまざまな趣好が許されるように、団栗に代表されている『藪柑子集』の写生の余情を愛する人があるであろう。電車と風呂や丸善と三越などの『冬彦集』の都会の憂鬱《ゆううつ》を好む人があるであろう。喫煙四十年などの『触媒《しょくばい》』を取る人があるであろう。そしてその中に寅彦があると考え、それぞれの寅彦像を設定するであろう。だが寅彦は常に固定しない自由人であった。求めて飽くなき寅彦であった。誘ってやまぬいろいろな「幻像」が彼に呼び出しをかけた故であろうか、寅彦は科学者となり、詩人となった。

夢の世界の可能性は現実の世界の可能性の延長である。この可能性の追求は科学者を生み、詩人を生む。ひとり寅彦の場合は科学者であるとともに詩人でありえた。人あるいはこれを非凡と称し、悲劇と称するであろう。寅彦を詩人たらしめた人に漱石と小宮豊隆氏がある。初期の寅彦随筆は漱石によって生まれた。漱石を中心とした虚《きょ》子《し》・四方太《しほうだ》等の写生文の会が寅彦を刺戟した。漱石歿後また随筆に親しんだのは小宮氏の刺戟による。寅彦は執筆の都度小宮氏に送り批評を請うた。豊隆氏は寅彦のよさを巧みに認めるとともに、それを自由に引き出して行った。寅彦にはまた小宮氏が文学者で自分は科学者だという謙虚さもあった。多くの作家の生長のかげに愛情のある批評家があったことは文学史に明らかである。

私は先きにこの集を寅彦晩年の「軽み」と称した。だがこの「軽み」は強い格調の行きづまりから破れて出たものではない。「自分で書いて見度《みた》いと思ふことが自然に発生して、少しの無理もなく筆が執れて、さうしてそれを書くことを勧めてくれる人がある間は、その書くことが自分の本来の仕事の邪魔にならず、却つて適度な刺戟とな」ったという。つまり求められるにまかせて書いて行く中に生じた自己触媒《オートカタリシス》の作用である。また晩年の随筆には何処かぎらぎら光るものがある。艶《つや》というのではない、そのくせ決して老いこんではいないのである。芭蕉の出発点は『冬の日』であった。寅彦の出発は『藪柑子集』であった。前者はむしろ抒情《じょじょう》である。後者はどちらかと云えば抒情を殺している。寅彦は晩年に行くほど抒情世界に入っている。それには写生説の発展を一応云わねばならぬが、此処《ここ》ではそれを避ける。未亡人の回想によると、寅彦はだんだん年とったら、赤いネクタイをして、洋服もうんと若やいだものを着て歩くと常々云っていたそうである。何かしらそれが文体の中に出ているように思う。晩年の日記に、ある日岩波《いわなみ》の小林勇《こばやしいさむ》氏が訪ねて来て、いろんな噂話のすえ、幸田露伴《こうだろはん》が「寺田の頭は、あれは染めてるんぢやないか」と洩したことが見えている。何かしら若やいだ気持が晩年の寅彦にあったらしい。そして寅彦随筆に流れている「悲しみ」に耐えているような感じがなくなって来た。かつて抱いていた色んな不満がとけて来たせいもあろう、何処か無理がなくなったという風なものが、自ら出て来ているのである。

明治四十年に寅彦は東京朝日に「話の種」を連載したことがあった。本書はいわば「話の種」といった風なものであるが、当時のそれは科学上の新知識を提供することを主としていた。珍奇な話題がニューズとして面白がられたのだが、今ではわれわれにさえ常識になった事柄が多い。本書は単なる科学上の新知識乃至《ないし》は珍奇な話題ではないことは誰しもが肯定するであろう。これは何故であろうか。絶えずその科学観が人間性に結びつき、生活内容に根ざしていた。日本の原子学者は原子力を過大視し原子エネルギーの発見は人間の生活内容を変格し、美意識などというものが無くなるであろうとさえ云う。寅彦が生きていたなら、どう思うであろうか。

もともと科学は哲学から岐《わか》れ出ている。科学が多くの分科として更に分れた。いわば枝から更に多くの枝が出て百花を生じた。それが二十世紀文化だとすれば、百花のあいだを飛ぶ蝶《ちょう》は科学者だということになる。科学者は花を知って本来の幹を知らない。地にひそむ根を知らない。哲学が科学と同じであったのは古代であるとばかりは云えぬのである。寅彦はすでに科学者の弊をいましめていた。現代の物理科学は数学のおかげで進歩をとげた。その結果数学にかからない自然現象は見て見ぬふりをしたり、無理に数学にかけ得るように自然をねじ曲げるような傾向を生じて来る。この弊が嵩《こう》じると却って科学の本然の進展を阻害するであろうと説く。例えば本書の題名として選ばれた「ピタゴラスと豆」にしても、豆を最も嫌ったピタゴラスが、市民に追われて逃げ出して行くうちに豆畑に行きあたり、戒律を破って豆畑に進入するより殺された方がましだとあきらめ、遂《つい》に敵に捕えられて殺されたという伝説を、単に非科学的なものとして斥《しりぞ》けていない。タブーの世界を寅彦は認めている。かかる伝説の発生は、ことピタゴラスにかかわりはなくとも、古代民族の生活感情を物語っている。豆を特に忌まねばならぬ信仰があったからで、寅彦はかかる精神現象の世界を認めもし、進んで方言の研究に心を用いたり、民俗学研究の必要を説いたりした。

昭和十年九月二十一日雨の北軽井沢を歩き東京へ戻ると床についた。初めは左の足が痛くて毎日びっこをひいて歩いていたが、「腰と腹との境目の筋肉」が痛み出し、立つことも坐《すわ》ることも困難となり、床についた。起きるときは室の中をステッキをついて歩き、来客と話すあいだもステッキを放せなかった。「医者を無視した独創的物理療法をやつてゐたが、あまり長くて少し心細くなつて来た」(「長谷川千秋氏宛 書簡」)。「寝てゐると奇想天井の蜘蛛の巣より落下、ガラス管一本で飛行機の対地速度を測る器械を考へてゐ」る(「榊原茂樹氏宛書簡」)とか、「鳥獣に習つて自然療法を実行しつつ、ロイマチスムス並に神経痛の起因に関する新学説の試験台に老軀《ろうく》を提供することにしてゐる。」とか云ってみても、「苦しい事はやっぱり苦しいのです」(「小宮氏宛書簡」)と、苦痛のあまり癇癪《かんしゃく》を起す日々が続いた。寅彦が如何に義理固い人であるかは、病床にあっても多くの手紙を認めていたことでもわかる。日記は七月五日で筆がおかれているが、手紙だけはかなり重くなるまで出来るだけ自分で書いていた。病気中一番気がくばられていたのは『決定版漱石全集』のことで、本書に収められている「埋もれた漱石伝記資料」にも明らかな通り、多くの人から思い出を聴いて書きとどめておかねばならぬとして、森田草平《もりたそうへい》氏に然《しか》るべき人を紹介したり、今までの全集に洩れた資料のことを小宮氏に云い送っている。

十一月二十一日露伴翁が見舞った。痛みが身体中廻って、今は右足の方へ行きかかっている。なれて来たら左足のときほど痛まぬように卒業したい。どこが本当に痛いのか突きとめて精神を集中していると寅彦は云った。そりゃいけないと露伴が反対した。痛むときは他のことを考えると楽だ。痛いところに気をやればよけいに苦しい。自分の股《また》のあいだに谷があると考え、気を鎮めて上の方からその谷をじいっと眺め、下へ下へと眼をやり心をやる。そうすると痛みを忘れる。これが古くから伝わっている方法だと云い、お灸《きゅう》の話やソーダ水療法など話が交された。露伴翁の訪問が寅彦をひどく喜ばせた。『決定版漱石全集』も出初め、長男東一氏の婚約も十二月の末に成った。寅彦は思い残すこともなかった。十二月三十一日午後零時二十八分歿した。病は転移性骨腫《こつしゅ》症であった。

年あけて十一年一月六日告別式が谷中斎場において神式を以《も》って取り行われた。会葬者の顔ぶれは詩人科学者の交友のほどを思わせ各界にわたる人々が相会した。冴《さ》えかえった冬晴であった。安倍能成《あべよししげ》氏の弔事が進むにつれて会葬者の席からすすり泣きが聞え初めた。「君自身は実に寂しい人でありながら、その不在によって我等を限りなく寂しがらせるのは悲しい皮肉ではないか。……今こうして君の棺前に弔辞を読むとき、君の少し顔を赤らめつつ恥しげに苦笑する面影を思い浮べて、私自身もまたいささかきまりのわるさを感ぜずにはいられない。しかもこの君の面影さえ幻には浮べえても、遂に現《うつつ》に執えうる由もない。悲しい哉《かな》。」

解説

鎌田浩毅

一八七八年に東京で生まれた寺田寅彦《てらだとらひこ》は、高知で育ったあと東京帝国大学理科大学実験物理学科を卒業。後に東京帝国大学理科大学教授を務めながら、夏目漱石《なつめそうせき》をめぐる文壇の一員としても活躍した。ちなみに、漱石の小説『三四郎《さんしろう》』に登場する科学者の野々宮宗八《ののみやそうはち》のモデルとしても有名である。

身近な現象を科学の眼でみつめるユニークな視座は、「寺田物理学」とも呼ばれる。ノーベル賞級の世界的な研究業績を残しただけでなく、自然と人間の行動に関するユニークなエッセイを数多く執筆し、科学啓発のパイオニアとして現在でも高く評価されている。

角川源義《かどかわげんよし》氏の解説にもあるように、本書はかつて岩波書店から同名の単行本が刊行され、後に角川文庫に入った。科学者が書いたエッセイとしては芸術感覚に富み、科学と文学が見事に調和した珠玉の作品となっている。

寺田は一九二三（大正一二）年の関東大震災を四四歳の時に体験した。それに基づき、地震・津波・火災・噴火に関する先駆的な論考を残し、平時における備えと災害教育の重要性を説いた。ここに地球科学を専門とする私と深い接点があるので、本書の「震災日記より」から読み解いてみよう。

●科学者の目で見た関東大震災

関東大震災が発生した大正一二年九月一日（土曜）にはプロフェッショナルの目で見た詳細な記述がある。

急激な地震を感じた。椅子に腰かけている両足の蹠《うら》を下から木槌《きづち》で急速に乱打するように感じた。たぶんその前に来たはずの弱い初期微動を気がつかずに直ちに主要動を感じたのだろうという気がして、それにしても妙に短週期の振動だと思っているうちにいよいよ本当の主要動が急激に襲ってきた。同時に、これは自分の全く経験のない異常の大地震であると知った（271頁）。

専門の地球物理学者が実際に巨大地震を体験した、後世に残る極めて貴重な記録である。激しい揺れに翻弄《ほんろう》されながらも、寺田はいま起きていることを冷静に観察する。

そして彼の思考は郷里の高知で母が経験した一八五四年の安政《あんせい》南海地震のエピソード

へ向かう。

その瞬間に子供の時から何度となく母上に聞かされていた土佐《とさ》の安政地震の話がありあり想出され、ちょうど船に乗ったように、ゆたりゆたり揺れるという形容が適切である事を感じた。仰向《あおむ》いて会場の建築の揺れ工合《ぐあい》を注意して見ると四、五秒ほどと思われる長い週期でみしみしみしみしと音を立てながら緩やかに揺れていた（271頁）。

これらは地震学の基礎として習う内容だが、初動の縦揺れ（P波）の次に大きな横揺れ（S波）がやってくる記述である。

主要動が始まってびっくりしてから数秒後に一時振動が衰え、この分ではたいした事もないと思うころにもう一度急激な、最初にも増した烈《はげ》しい波が来て、二度目にびっくりさせられたが、それからはしだいに減衰して長週期の波ばかりになった（271頁）。

そのあと寺田は、木造家屋が倒壊して立ち上る土埃《つちぼこり》の臭《にお》いからその後の大火の発生を予測する。実は、関東大震災で亡くなった約一〇万人の犠牲者のうち、九割が地震後の火災旋風などによるものだったのである。彼は自宅に戻った後、家に寄った同僚たちからくわしく話を聞く。

隣のTM教授が来て市中ところどころ出火だという。縁側から見ると南の空に珍らしい積雲《せきうん》が盛り上っている。それは普通の積雲とは全くちがって、先年桜島《さくらじま》大噴火の際の噴雲を写真で見るのと同じように典型的のいわゆるコーリフラワー状のものであった。よほど盛な火災のために生じたものと直感された（275頁）。

●九〇年以上前に「火災旋風」を記録

大地震にともなって起きる火災旋風と呼ばれている現象で、人口の多い木造密集地域を焼土と化してしまう。現在でも首都圏でマグニチュード7クラスの直下型地震が起きた際に懸念されている（拙著『京大人気講義 生き抜くための地震学』ちくま新書）。そして寺田は地震発生二日目にこう記述する。

浅草下谷《あさくさしたや》方面はまだ一面に燃えていて黒煙と焔《ほのお》の海である。煙が暑く咽《むせ》っぽく眼に滲《し》みて進めない。（中略）駿河台《するがだい》は全部焦土であった。明治《めいじ》大学前に黒焦の死体がころがっていて一枚の焼けたトタン板が被《かぶ》せてあった（277頁）。

関東大震災を経験した寺田の議論はいまだに有効で、二〇一一年から「大地変動の時代」に入った現在の日本列島を考えるためにも非常に役立つ。我が国では首都圏を始めとする大都市に人とシステムが集中し、その勢いは一九二三年の関東大震災後はおろか、二〇一一年の東日本大震災の後も留《とど》まることを知らない。

九〇年以上も前の寺田は、関東大震災の直後から「災害を大きくしたのは人間」という卓見を表明した。すなわち、もともと自然界に蓄積されたエネルギーには良いも悪いもなく、そのエネルギーを災害として増幅させてしまうかは、人間の所為によると喝破した。ちなみに、彼は『天災と国防』というエッセイで「災害を大きくするのは文明人そのもの」と記している。

実は、地震や噴火など自然災害への対処法について、一般市民へ真剣に語りかけた研究者は、寺田が最初である。市民みずからが地震などの正しい知識を持つにはどうすれば良いかを彼は真剣に模索した。

試行錯誤を繰り返した彼は、結局「自分の身は自分で守る」姿勢を作らなければ災害は軽減できないと考えた。よって、地震や噴火など不定期に突発する災害に対して平時から危機感を持つように、市民向けのエッセイで説き続けたのである。

まさに現代社会の問題を予言したものであり、彼の主張内容がまったく古びていないことに驚く。日本人は世界屈指の地殻変動帯に住みながら、地震と津波に対する防御が依然としてお粗末なのである。

彼は数多くの随筆を残したが、その多くは世間の人たちが自然科学に理解がないことを憂いて執筆されたものだ。寺田は一〇万人以上の死者を出した関東大震災の原因の一つに知識不足があることを見抜いた。正しい知識がなかったため、災害時にとんでもないデマ（流言）が流布し、犠牲者が増えたからだ。

彼は関東大震災のような惨事を起こさないためには、正しい知識が必要であると考え、教育で自らが身を守ることを教えなければならないと考えた。それが次に取りあげる科学教育のテーマに繋《つな》がってゆく。

●レビューを観て教育を考える

「マーカス・ショーとレビュー式教育」は、アメリカのレビュー団マーカス・ショーがニューヨークから来日して行った公演に関するエッセイである。この大人気の興行を寺田は一九三四年（昭和九年）に観に行き、同年六月の『中央公論』に発表した。

日曜日の開演ともあって大変な数の人が車道まではみ出している。人々が切符を買う場面から詳しく描写するが、全員が入場するまでどのくらい時間が掛かるか見当がつかない。

一人宛《あて》平均三十秒はかかるであろう。それで、待っている人数がざっと五百人と見て全部が入場するまでには二百五十分、すなわち四時間以上かかる。これは大変である（114頁）。


寺田の真骨頂である。目の子勘定でこれだけの定量的な人数予測を行う。そうした科学者らしい奇妙な行動と計算結果の確からしさに、読者は寺田の性癖にあきれながらも微笑みを浮かべるのだ。

そしてレビューの本質を簡潔に記述する。二、三時間に三十もの見世物が、五分程度で休止なしに続く。こうして観客を終わりまで退屈させずに引きずる手際に寺田は感心する。この見せる技術が、エッセイ後半の科学教育論へ展開する。


筋の通った劇よりも、筋はなくて刺戟《しげき》と衝動を盛り合わせたレビューのはやる現代に、同じような傾向がいろいろの他の方面にも見られるのは当然のことかもしれない。

それについてまず何よりも先きに思い当るのは現代の教育のプログラムである（121頁）。

このエッセイが書かれた昭和初期の教育はレビュー式だったと寺田は言う。すなわち、盛りだくさんの刺激はあるが、一つの考えに統一された筋の通った教育は既に稀《き》薄《はく》になっていた。

教科書がまたそれぞれにレビュー式である。読本《とくほん》をあけて見る。ありとあらゆる作者のあらゆる文体の見本が百貨店の飾棚のごとく並べられてある。今の生徒は『徒然《つれづれ》草《ぐさ》』や『大鏡《おおかがみ》』などをぶっ通しに読まされた時代の「こく」のある退屈さを知らない代りに、頭に沁《し》みる何物も得られないかもしれない（122頁）。

「こくのある退屈」とは見事な表現である。哲学者で数学者のバートランド・ラッセルは『幸福論』に fruitful monotony（実りある単調さ）と表現するが、全く同じ見方である。

●物理教科書にもの申す寺田

次に彼の矛先は専門である物理学の教科書に向けられる。

自分等が商売がら何よりも眼につくのは物理学の中等教科書の内容である。限られた紙幅の中に規定されただけの項目を盛り込まなければならないという必要からではあろうが、実にごたごたとよくいろいろのことが鮨詰《すしづめ》になっている（122頁）。

そして教科書に載せられた生徒向けの図版を重要視する寺田は、具体的にこう指摘する。

一頁の中に三つも四つもの器械の絵があったりする。見ただけで頭がくらくらしそうである。そうしてそれらの挿図の説明はというとほとんど空っぽである。全く挿図のレビューである（122頁）。

寺田は、本当の「物理」を教えるには図は一つだけにして他は割愛し、その一つを詳しく分かるように説明した方が有効であると説く。そして物理の教科書を見たこともない一般人のために、彼は駅弁の例を挙げながら親切に語る。

汽車弁当というものがある。折詰の飯に添えた副食物が、いろいろごたごたと色取りを取合せ、動物質植物質、脂肪蛋白澱粉《たんぱくでんぷん》、甘酸辛鹹《かんさんしんかん》、というふうにプログラム的に編成されているが、どれもこれもちょっぴりで、しかもどれを食ってもまずくてからだのたしになりそうなものは一つもない（123頁）。

彼は物理学の学習がレビュー的表現によってはぐらかされる危険性を指摘する。

多くのレビューでは、見ている間だけ面白くて、見てしまったあとでは綺麗《きれい》に忘れてしまうのがむしろその長所であり狙いどころではないかと思うが、物理やその他の科学の教科書はそれでは困りはしないか（123頁）。

●科学教育のポイント

ここから「科学を学ぶ」もしくは「科学を教える」際には何がポイントとなるかの議論が展開される。

三つのものを一つに減らしてもその中の一番根本的な一つをみっしりよく理解し呑《の》込んでしまえば、残りの二つはひとりでに分かるというのが基礎的科学の本来の面目である。そうでなくても一つのものをよく玩味《がんみ》してその旨《うま》さが分かれば他のものへの食慾はおのずから誘発されるのである。たくさんに並べた栗のいがばかりしゃぶらせるような教科書は明らかに汽車弁当に劣ること数等であろう（123頁）。

そして、「教えるためには教えない術《すべ》が必要である」という大事なキーフレーズが飛び出す。寺田の発案とされるお馴《な》染《じ》みの名文句「天災は忘れた頃にやってくる」のように、人口に膾炙《かいしゃ》する見事なキーフレーズを生み出す能力がここでも垣間《かいま》見える。

光の反射屈折に関する基礎法則を本当によく呑込ませることに全力を集注し、そうしてそれを解説するに最適切な二、三の実例を身にしみるように理解させれば、その余の複雑な光学器械などは、興味さえあらば手近な本や雑誌を見てひとりで分かることである（124〜125頁）。

科学教育の本質を突いたまっとうな意見で、現在でも通用する。ちなみに、光の反射屈折は古典物理学の基礎教育で必ず登場する内容で、ニュートンの主著『光学』のテーマでもあった。ここから彼は高等学校から大学までの科学教育の問題点を一刀両断する。

基礎的なことがよく分からないで枝葉のデテールをごたごたに暗記して、それで高等学校の入学試験をパスし、大学の関門を潜ぐり、そうしてきわめてスペシァルなアカデミックな教育を受けて天晴《あっぱ》れ学士となり、そうしてしかも、実はその専門の学問の一番エレメンタリーな第一義がまるで分かっていないというスペシァリストは愚か大家さえできるという実に不思議な可能性が成立するのである（125頁）。

日ごろ寺田が感じていた鬱憤《うっぷん》が爆発したような個所だが、これは令和の現代にも当てはまる。こういう脱線を読むと、彼がいかに自由奔放にエッセイを楽しんで書いていたかが分かる。その素直さも私を始めとする寺田ファンにはたまらない点で、寺田が夏目漱石に可愛がられたことも頷《うなず》けよう。

さらに、本題のレビュー式教育の良い点と悪い点を公平に判断する論考が続く。美食に関心の高かった彼は、飲食の例を用いてその利点をこう説明する。

熱で渇いた口に薫りの高い振出しをのませ、腹のへったものの前に気の利いた膳をすえ、仕事に疲れたものに一夕の軽妙なレビューを見せてこそ利目《ききめ》はあるであろう（128頁）。

●「中古典」としての寺田エッセイ

本書のエッセイには、寺田寅彦の仕事と趣味と人生がすべて盛り込まれている。ちなみに、私は高校生の頃、寺田に強く惹《ひ》かれて随筆を読みあさっていたことがある。大学の教養課程で進学先を選択する際、理学部の地学科を選んだ理由には彼の影響があった。寺田の守備範囲の一つであった地球科学を専攻するというだけでなく、彼の考え方はその後の私の生きざまにも影響を与えることとなった。

二三年前に京大に着任してから私は、寺田のエッセイを「中古典」として学生たちに薦めてきた。つまり、『ソクラテスの弁明』や『論語』『方法序説』が大古典であるとすれば、『アラン幸福論』や『氷川清話《ひかわせいわ》』などの中古典は身近ではるかに読みやすい近現代の名著なのである（拙著『理学博士の本棚』角川新書）。

本書のエッセイはいずれも味のある作品で、科学者にしか書けない珠玉の短編と言っても過言ではない。寺田の残した中古典の中から、自分の一番好きな文章を選んで繰り返し味わっていただきたいと思う。

編集付記

一、本書は、一九四九年に角川書店から刊行された『ピタゴラスと豆』を底本とした。

一、目次と本文との不一致、文字・句読点など明らかに誤りと思われる箇所については、『寺田寅彦全集』（岩波書店）などを校合のうえ適宜修正した。

一、原文の旧仮名遣いは現代仮名遣いに、旧字体は新字体に改めた。

一、漢字表記のうち、代名詞、副詞、接続詞、助詞、助動詞などの多くは、引用文の一部を除き、読みやすさを考慮して平仮名に改めた。

一、送り仮名が過不足の字句については適宜正した。また片仮名の一部を平仮名に改めた。

一、底本本文の漢字にはすべて振り仮名が付されているが、小社基準に則り、難読と思われる語にのみ、改めて現代仮名遣いによる振り仮名を付し直した。

一、外来語、国名、人名、単位、宛字などの多くは、現代で一般に用いられている表記に改めた。

一、書名、雑誌名には『　』を、論考名には「　」を付した。

一、本文中には、「毛唐」「盲」「眇目」「狂女」「暗黒アフリカ」「黒奴」「ニグロ」「土人」「びっこ」「跛」「気が狂った」「躄車」といった、今日の人権意識や歴史認識に照らして不適切と思われる語句や表現がある。著者が故人であること、また扱っている題材の歴史的状況およびその状況における著者の記述を正しく理解するためにも、基本的に底本のままとした。

ピタゴラスと豆《まめ》

寺田寅彦《てらだとらひこ》

令和2年 8月25日　初版発行
令和6年 11月30日　再版発行

発行者●山下直久

発行●株式会社KADOKAWA
〒102-8177　東京都千代田区富士見2-13-3
電話　0570-002-301(ナビダイヤル)

角川文庫 22320

印刷所●株式会社KADOKAWA
製本所●株式会社KADOKAWA

表紙画●和田三造

Printed in Japan
ISBN 978-4-04-400588-7　C0195

◆◆◆

角川文庫発刊に際して

角川源義

第二次世界大戦の敗北は、軍事力の敗北であった以上に、私たちの若い文化力の敗退であった。私たちの文化が戦争に対して如何に無力であり、単なるあだ花に過ぎなかったかを、私たちは身を以て体験し痛感した。西洋近代文化の摂取にとって、明治以後八十年の歳月は決して短かすぎたとは言えない。にもかかわらず、近代文化の伝統を確立し、自由な批判と柔軟な良識に富む文化層として自らを形成することに私たちは失敗して来た。そしてこれは、各層への文化の普及滲透を任務とする出版人の責任でもあった。

一九四五年以来、私たちは再び振出しに戻り、第一歩から踏み出すことを余儀なくされた。これは大きな不幸ではあるが、反面、これまでの混沌・未熟・歪曲の中にあった我が国の文化に秩序と確たる基礎を齎らすためには絶好の機会でもある。角川書店は、このような祖国の文化的危機にあたり、微力をも顧みず再建の礎石たるべき抱負と決意とをもって出発したが、ここに創立以来の念願を果すべく角川文庫を発刊する。これまで刊行されたあらゆる全集叢書文庫類の長所と短所とを検討し、古今東西の不朽の典籍を、良心的編集のもとに、廉価に、そして書架にふさわしい美本として、多くのひとびとに提供しようとする。しかし私たちは徒らに百科全書的な知識のジレッタントを作ることを目的とせず、あくまで祖国の文化に秩序と再建への道を示し、この文庫を角川書店の栄ある事業として、今後永久に継続発展せしめ、学芸と教養との殿堂として大成せんことを期したい。多くの読書子の愛情ある忠言と支持とによって、この希望と抱負とを完遂せしめられんことを願う。

一九四九年五月三日

角川ソフィア文庫ベストセラー

天災と日本人　寺田寅彦随筆選
寺田寅彦
編／山折哲雄

地震列島日本に暮らす我々は、どのように自然と向き合うべきか――。災害に対する備えの大切さ、科学と政治の役割、日本人の自然観など、今なお多くの示唆を与える、寺田寅彦の名随筆を編んだ傑作選。

春宵十話
岡　潔

「人の中心は情緒である」。天才的数学者でありながら、思想家として多くの名随筆を遺した岡潔。戦後の西欧化が急速に進む中、伝統に培われた日本人の叡智が失われると警笛を鳴らした代表作。解説・中沢新一

春風夏雨
岡　潔

「生命というのは、ひっきょうメロディーにほかならない。日本ふうにいえば〝しらべ〟なのである」――科学から芸術や学問まで、岡の縦横無尽な思考の豊かさを堪能できる名著。解説・茂木健一郎

夜雨の声
岡　潔
編／山折哲雄

世界的数学者でありながら、哲学、宗教、教育にも洞察を深めた岡潔。数々の名随筆の中から科学と宗教、日本文化に関するものを厳選。最晩年の作「夜雨の声」ほか貴重な作品を多数収録。解説／編・山折哲雄。

風蘭
岡　潔

人を育てるのは大自然であり、その手助けをするのが人間である。だが何をすべきか、あまりにも知らなさすぎるのが現状である――。六十年後の日本を憂え、警鐘を鳴らした岡の鋭敏な教育論が冴える語り下ろし。

角川ソフィア文庫ベストセラー

一葉舟
岡　潔

「人が現実に住んでいるのは情緒としての自然、情緒としての時の中である」――。釈尊の再来と岡が仰いだ山崎弁栄の言葉や芭蕉の句を辿り、時に脳の働きにも注目しながら、情緒の多様な在り方を探る。

青春論
亀井勝一郎

青春は第二の誕生日である。友情と恋愛に対峙する「沈黙」のなかで「秘めごと」として自らの精神を育てなければならない――。新鮮なアフォリズムに満ち生きることへの熱情に貫かれた名随筆。解説・池内紀。

文学とは何か
加藤周一

詩とは何か、美とは何か、人間とは何か――。後年、戦後民主主義を代表する知識人となる若き著者が果敢に挑む日本文化論。世界的視野から古代と現代を縦横に行き来し、思索を広げる初期作品。解説・池澤夏樹。

陰翳礼讃
谷崎潤一郎

陰翳によって生かされる美こそ日本の伝統美であると説いた「陰翳礼讃」。世界中で読まれている谷崎の代表的名随筆をはじめ、紙、厠、器、食、衣服、文学、旅など日本の伝統に関する随筆集。解説・井上章一

恋愛及び色情
谷崎潤一郎
編／山折哲雄

表題作のほかに、自身の恋愛観を述べた「父となりて」「私の初恋」、関東大震災後の都市復興について書いた「東京をおもう」など、谷崎の女性観や美意識について述べた随筆を厳選。解説／編・山折哲雄

角川ソフィア文庫ベストセラー

美しい日本の私
川端康成

ノーベル賞授賞式に羽織袴で登場した川端康成は、古典文学や芸術を紹介しながら日本の死生観を述べ、聴衆の深い感銘を誘った。その表題作を中心に、今、日本をとらえなおすための傑作随筆を厳選収録。

人生論ノート 他二篇
三木清

ひとは軽蔑されたと感じたとき最もよく怒る。だから自信のある者はあまり怒らない（「怒りについて」）。深い教養と思索から生みだされた言葉の数々は、いまなお心に響く。『語られざる哲学』『幼き者の為に』所収。

数学物語 新装版
矢野健太郎

動物には数がわかるのか？　人類の祖先はどのように数を数えていたのか？　バビロニアでの数字誕生からパスカル、ニュートンなど大数学者の功績まで、数学の発展のドラマとその楽しさを伝えるロングセラー。

確率のはなし
矢野健太郎

25人のパーティで同じ誕生日の2人が出会うのは偶然？　それとも必然？　期待値、ドゥ・モルガンの法則、パスカルの三角形といった数学の基本へ。世界的数学者が、実例を挙げてやさしく誘う確率論の基本。

空気の発見
三宅泰雄

空気に重さがあることが発見されて以来、様々な気体の種類や特性が分かってきた。空はなぜ青いのか、空気中にアンモニアが含まれるのはなぜか――。身近な疑問や発見を解き明かし、科学が楽しくなる名著。

角川ソフィア文庫ベストセラー

死なないでいる理由　鷲田清一

〈わたし〉が他者の思いの宛先でなくなったとき、ひとは〈わたし〉を喪い、存在しなくなる――。現代社会が抱え込む、生きること、老いることの意味、そして〈いのち〉のあり方を滋味深く綴る。

大事なものは見えにくい　鷲田清一

ひとは他者とのインターディペンデンス（相互依存）でなりたっている。「わたし」の生も死も、在ることの理由も、他者とのつながりのなかにある。日常の隙間からの「問い」と向き合う、鷲田哲学の真骨頂。

まなざしの記憶　鷲田清一　写／植田正治

新たな思考の地平を切りひらく〈試み〉として、エッセイを表現手法としてきた鷲田哲学。その臨床哲学からのやわらかな思索が、植田正治の写真世界と深く共振し、響き合う。注目のやさしい哲学エッセイ。

人生はいつもちぐはぐ　鷲田清一

生きることの機微をめぐる思考が、日々の出会いやエピソード、遠い日の記憶から立ち上がる。まなび、いのち、痛み、しあわせ、自由、弱さ――。身近なことばを起点としてのびやかに広がってゆく哲学エッセイ。

方法序説　デカルト　小場瀬卓三＝訳

哲学史上もっとも有名な命題「我思う、ゆえに我あり」を導いた近代哲学の父・デカルトが、人間に役立つ知識を得たいと願ったデカルトが、懐疑主義に到達する経緯を綴る、読み応え充分の思想的自叙伝。

角川ソフィア文庫ベストセラー

新版 精神分析入門（上）（下）
フロイト
高橋義孝・下坂幸三＝訳

無意識、自由連想法、エディプス・コンプレックス。精神医学や臨床心理学のみならず、社会学・教育学・文学・芸術ほか20世紀以降のあらゆる分野に根源的な変革をもたらした、フロイト理論の核心を知る名著。

自殺について
ショーペンハウエル
石井 立＝訳

誰もが逃れられない、死（自殺）について深く考察し、そこから生きることの意欲、善人と悪人との差異、人生についての本質へと迫る！ 意思に翻弄される現代人へ、死という永遠の謎を解く鍵をもたらす名著。

饗宴
恋について
プラトン
山本光雄＝訳

「愛」を主題とした対話編のうち、恋愛の本質と価値について論じた「饗宴」と、友愛の動機と本質について論じた「リュシス」の2編を収録。プラトニック・ラブの真意と古代ギリシャの恋愛観に触れる。

君主論
マキアヴェッリ
大岩 誠＝訳

ルネサンス期、当時分裂していたイタリアを強力な独立国とするために大胆な理論を提言。その政治思想は「マキアヴェリズム」の語を生み、今なお政治とは何かを答え、ビジネスにも応用可能な社会人必読の書。

幸福論
B・ラッセル
堀 秀彦＝訳

数学者の論理的思考と哲学者の機知を兼ね備えたラッセル。第一部では不幸の原因分析と、思考のコントロールの必要性を説き、第二部では関心を外に向けバランス感覚を養うことで幸福になる術を提案する。

角川ソフィア文庫ベストセラー

世界の名作を読む
海外文学講義

工藤庸子・池内 紀・柴田元幸・沼野充義

『罪と罰』『ボヴァリー夫人』などの大作から、チェーホフやカフカ、メルヴィルの短篇まで。フィクションを読む技法と愉しみを知りつくした四人が贈る、海外文学への招待。原典の新訳・名訳を交えた決定版！

若者よ、マルクスを読もう
20歳代の模索と情熱

内田 樹・石川康宏

『共産党宣言』『ヘーゲル法哲学批判序説』をはじめとする、初期の代表作5作を徹底的に嚙み砕いて紹介。その精神、思想と情熱に迫る。初心者にも分かりやすく読める、専門用語を使わないマルクス入門！

哲学は資本主義を変えられるか
ヘーゲル哲学再考

竹田青嗣

現行の資本主義は、格差の拡大、資源と環境の限界を生んだ。これを克服する手がかりは、近代社会の根本理念を作ったヘーゲルの近代哲学にある。今、これをいかに国家間の原理へと拡大できるか、考察する。

幸福の条件
アドラーとギリシア哲学

岸見一郎

過去がどうであれ、今の決断によって未来を変えることはできる。ギリシア哲学、アドラー心理学の智恵から読み解く、著者ならではの哲学的視点で、幸せとは何か、生きることとは何かを考察した現代の幸福論。

修養

新渡戸稲造

職業、勇気、読書法、逆境、世渡り――。当代一流の国際人であり教養人だった新渡戸が記した実践的人生論。いまなお日本人に多くの示唆をあたえる不朽の名著、待望の文庫決定版！ 解説／斎藤兆史

角川ソフィア文庫ベストセラー

西田幾多郎
言語、貨幣、時計の成立の謎へ

永井　均

西田が考えた道筋をわかりやすく提示。「私」と「汝」論の展開に加えて、あらたにマクタガートの『時間の非実在性』の概念を介在させ、「時計」の成立を扱った文庫版付論で新しい視点を開く。

世界を変えた哲学者たち

堀川　哲

二度の大戦、世界恐慌、共産主義革命――。ニーチェ、ハイデガーなど、激動の二〇世紀に多大な影響を与えた一五人の哲学者は、己の思想でいかに社会と対峙したのか。現代哲学と世界史が同時にわかる哲学入門。

歴史を動かした哲学者たち

堀川　哲

革命と資本主義の生成という時代に、哲学者たちはいかなる変革をめざしたのか――。デカルト、カント、ヘーゲル、マルクスなど、近代を代表する11人の哲学者の思想と世界の歴史を平易な文章で紹介する入門書。

大人のための世界の名著50

木原武一

『聖書』『ハムレット』『論語』『種の起原』ほか、世界の文豪や知識人たちが著した知の遺産を精選。独自の「要約」と「読みどころと名言」や「文献案内」も充実。一冊で必要な情報を通覧できる名著ガイド！

大人のための日本の名著50

木原武一

『源氏物語』『こころ』『武士道』『旅人』ほか、日本人としての教養を高める50作品を精選。編者独自のわかりやすい「要約」を中心に、「読みどころと名言」や「文献案内」も充実した名著ガイドの決定版！